Deutsche Version

Unverhoffte Leidenschaften

Maggy McAndrew

- Sphären-Serie Deutschland-

Unverhoffte Leidenschaften

(Sphären-Serie Deutschland)

Maggy McAndrew

1. Ausgabe, Mai 2024

Unabhängig veröffentlicht.

Überarbeitete Fassung der Übersetzung

Für meine Ehefrau.

Kapitel 1

Schreiben ist eine Form, Ideen einzusperren

Simone

Das Leben ist ein Spiel... Ein Spiel, bei dem das Schicksal mischt, austeilt, und wir... wir müssen entscheiden, was wir mit dem Glück machen, das uns zuteilwurde. Manchmal lächeln wir, wenn wir unsere Hand betrachten, andere Male stellen wir nur das Offensichtliche fest, dass das Spiel nichts weiter als unmöglich ist und alle Alternativen zu einem angekündigten Tod führen.

§§§

"Schläfst du?", höre ich eine Stimme fragen, die viel zu weit entfernt klingt. Sofort öffne ich die Augen, "Natürlich nicht..., ich habe mich nur ausgeruht", lüge ich, bevor ich auf ihren türkisblauen Bikini in der Farbe des Meeres und ihrer Augen in einer perfekten Triade stoße. Das blonde Haar, jetzt dunkler durch das Wasser, lässt dicke Tropfen fallen und benetzt alles um sie herum, mich eingeschlossen. Die kalten Tropfen auf meiner von der Sonne erhitzten, unbedeckten Haut lassen mich erschaudern und rufen einen angenehmen Kontrast der Empfindungen hervor.

"Ich habe darauf gewartet, dass du dich bequemst, aus dem Wasser zu kommen", wiederhole ich, um es zu verbergen.

"Du solltest eine Runde schwimmen gehen, das Wasser ist fabelhaft!"

"Für dich ist es immer fabelhaft..., es kann eiskalt sein und du sagst immer

noch, dass es großartig ist", lächle ich und strecke ihr die Arme entgegen. Lisa lässt das orangefarbene Handtuch los, in das sie gehüllt ist, und legt sich neben mich ins Gras. Sie macht die Bewegungen langsam, misst die Gesten und bewertet den Raum, sodass sie ihren Körper fast an meinen schmiegt, ohne mich zu berühren. Die bewusste Nähe der wenigen Zentimeter, die uns trennen, hat die Gabe, mein Verlangen zu wecken.

Ich nähere mich mit den Lippen in einem Versuch, ihr einen Kuss zu geben, aber sie weicht sanft zurück. Sie fährt mit der Zunge über meine Schulter und täuscht vor, die Tropfen zu trinken, die ihr Haar verstreut hat. Ihre Hand gleitet langsam meinen Rücken hinunter und hält sofort inne, als sie den Stoff des Badeanzugs berührt. Sie kehrt zum Anfang zurück und fährt über die freiliegende Haut von oben nach unten und von unten nach oben, in einem Rhythmus, dessen Intensität sich mit jedem Durchgang beschleunigt. Ich schließe die Augen und konzentriere mich auf ihre Finger, lasse mein Gehirn von allen anderen Gedanken frei werden.

"Ich will dich für mich!", höre ich sie sagen und spüre die Wärme ihres Atems in dem Moment, in dem ihre Hand zum ersten Mal nicht aufhört und das Gummiband überwindet. Es reicht aus, um mich auf eine andere Ebene zu bringen. Da ich weiß, dass es noch nicht an der Zeit ist, atme ich tief ein und aus, immer wieder, in einem erfolglosen Versuch, die Kontrolle zurückzugewinnen.

"Ich bin dein, jetzt und für immer, und das weißt du!", murmle ich an ihrem Ohr.

Ich wiederhole diese Worte seit der ersten Nacht, in der ich sie vor vielen Jahren an einem verlassenen Strand aussprach. Ich erinnere mich an diesen

Nachmittag, als wäre es heute, einer jener Momente, von denen wir bezweifeln, dass sie real sein können, und wir fragen uns, ob es nur unsere Wahrnehmung von Glück ist, die sich in einem Bild materialisiert.

§§§

Erschrocken wache ich auf und setze mich mit einer heftigen Bewegung im Bett auf. Mein Herz schlägt unregelmäßig, das Trägertop klebt völlig verschwitzt am Körper und ich habe Schwierigkeiten zu atmen.

Ich lasse mich rückwärts fallen, bleibe regungslos und starre an die Decke. Das Zimmer ist dunkel, aber durch die Ritzen der Jalousie nehme ich wahr, dass es schon hell ist. Ich kann mich nicht genau an den Traum erinnern, den ich hatte. Ich schließe die Augen und versuche, wieder einzuschlafen, in einem verzweifelten Bemühen, eine verlorene Zeit zurückzuholen. Ich drehe mich auf den Bauch und zwinge mich, an sie zu denken, aber egal, wie sehr ich es versuche, nichts geschieht. Als ich feststelle, dass das, was ich beabsichtige, unmöglich ist, öffne ich die Augen und steige genervt aus dem Bett, ziehe die Laken mit Nachdruck zurück, fest entschlossen, so schnell wie möglich mit der Arbeit zu beginnen.

Ich schaue auf die Uhr, es ist fünfundzwanzig nach drei, ich habe noch nicht zu Mittag gegessen und heute ist Mittwoch. Seit sie gestorben ist, hängt meine geistige Gesundheit davon ab, dass ich es schaffe, Routinen aufrechtzuerhalten, die den Tagen einen Sinn geben. Einmal pro Woche Karten zu spielen, ist ein fester Bestandteil dieser selbst auferlegten Therapie.

Heute Morgen, nach zwei Kaffees und einem warmen Brot mit viel Butter, setzte ich mich auf meinen Stuhl vor den Computer und blieb bis jetzt hier,

um Wörter zu finden, die dem Text Form verleihen, an dem ich seit Wochen arbeite.
Seltsam, wenn ich einfach nur nachdenke, ohne Tastatur, ohne Bleistift und Papier, fließen die Gedanken in meinem Kopf, verketten sich, bewegen sich und nehmen ihren Platz ein, zeichnen das Gesamtbild in einer einzigartigen Perfektion. Aber wenn ich mich hinsetze und versuche, sie zu verbalisieren, vermischen sie sich zu einem Knäuel mit verschwommenen Konturen, spielen mit mir Verstecken, was mich daran hindert, sie niederzuschreiben. Vor kurzem habe ich mich gefragt, ob es daran liegt, dass diese Ideen sich so sehr als meine eigenen, so intimen fühlen, dass sie sich nicht in Worten einsperren lassen, sich nicht der Kritik Dritter aussetzen lassen wollen. Vielleicht sind es einfach schüchterne Ideen, die sich hinter einem Schleier verbergen, der sich zwischen Gedanken und Papier schiebt.
Ich nehme das Notizbuch, einen der gut gespitzten gelben Bleistifte, die neben zwanzig anderen gleichartigen im Glas ruhen, und schreibe auf eine leere Seite: "Ich kann sie denken, aber ich kann sie nicht aufschreiben. Schreiben ist eine Form, Ideen einzusperren, und eingesperrte Ideen können nicht frei sein." Ich schließe das Notizbuch, lege den Bleistift zurück ins Glas und lächle.
Ich gehe die sieben Stockwerke hinunter, die mich von Graces und Davids Wohnung trennen, und durchquere mit großen Schritten den Gang, der meinen Block mit ihrem verbindet. Vor der Tür von 3° B II - A läute ich.
"Es ist Simone!", höre ich Davids Stimme noch bevor er die Tür öffnet.
"Entschuldigung, ich war zu Hause, habe die Zeit vergessen und mich schließlich verspätet", kommentiere ich, während ich meinen Platz am Tisch

einnehme, gegenüber meiner Freundin Carmen, neben Grace.
"Geht es dir gut?", fragt Carmen ohne Umschweife.
Ohne eine Antwort zu geben, lenke ich geschickt vom Thema ab. Wir spielen und plaudern, reden über alles und nichts. Unweigerlich konzentrieren sie das Gespräch auf ihre jeweiligen Krankenhäuser und tratschen über das Leben anderer Leute.
"Lässt sich der Leiter der psychiatrischen Abteilung in deinem Krankenhaus scheiden?", fragt Carmen und schaut nun direkt zu David.
"Wirklich? Fili? Das kann nicht sein, ich kenne seine Frau", sagt er und scheint über die Information nachzudenken, regungslos mit einer Karte in der Hand. Man merkt an diesen Gesprächen, dass David selten etwas über das Privatleben anderer Kollegen weiß.
"Na und, was hat es damit zu tun, dass sie sich scheiden lassen, dass du seine Frau kennst?", unterbricht Grace etwas gereizt. "Willst du mir etwa sagen, dass das nie passieren könnte, dass sie das perfekte Paar waren...? Du bist doch sonst nicht so naiv!"
Im Laufe der Jahre habe ich gelernt, diese Gespräche zu schätzen, ich lernte die Protagonisten kennen und machte mir mentale Porträts von jedem von ihnen.
"Emily kommt heute Abend zum Essen", sagt Grace und wechselt Thema und Tonfall.
"Wie geht es ihr?", fragt Carmen.
"Großartig!" Obwohl die Antwort schnell und spontan kommt, hält Grace einen Moment inne, als müsste sie das, was sie gerade gesagt hat, überdenken. "Als sie das letzte Mal hier war, sagte sie, dass sie ein

Praktikum in deinem Krankenhaus machen würde. Vielleicht sehe ich sie öfter, wenn sie näher arbeitet. Du wirst ihr sicher über den Weg laufen."
"Ich habe sie seit Jahren nicht mehr gesehen! Ich glaube, ich würde sie nicht wiedererkennen, wenn ich ihr auf der Straße begegnen würde. Sie macht Neurologie, oder?" Während sie spricht, runzelt Carmen die Stirn, als versuche sie sich vorzustellen, zu welcher Frau Emily geworden ist.
"Sie ist im vierten Jahr..., die Zeit vergeht, im November wird sie achtundzwanzig."
Wir gewinnen die erste Runde und Carmen teilt für eine weitere Partie aus. Ich hebe die Karten hoch, schaue auf mein Blatt und ordne sie langsam. Vier Asse, drei Neunen, zwei Könige und zwei Achten. Sofort beschleunigt sich mein Herzschlag. Wenn David zu meiner Rechten nur eine Neun ablegt, denke ich. Ich halte die Karten mit der linken Hand und lege die rechte auf den grünen Filz. Ich beobachte Carmen, sie macht den ersten Zug. David ist an der Reihe, er zieht eine Karte und macht sich bereit, eine andere abzulegen. Für einen Moment wende ich den Blick zum Fenster, ein Moment des Glaubens, und er wirft eine Neun ab!
Das Unwahrscheinliche ist eingetreten, das Schicksal hat mir ein Gewinnerblatt gegeben, ohne dass ich überhaupt eine Wahl treffen musste. Carmen bestätigt und applaudiert, mit dieser Runde haben wir gerade das Spiel gewonnen.
"Wisst ihr was? Hier im Gebäude wird ein Turnier veranstaltet, es steht Bewohnern und externen Spielern offen. Es gibt sogar Preise und alles, es ist ernst gemeint! Ihr solltet euch anmelden", sagt David.

**

In dem Café The Machine sitzend, schauen Carmen und ich auf die Teller vor uns, Pfannkuchen, Erdbeeren, Himbeeren und Blaubeeren, bedeckt von einer dicken Schicht makellos weißer Schlagsahne.
Ich werde nie müde, diesen Raum zu betrachten. Er ist mit Industrieteilen dekoriert, die einst Teil der riesigen Fabrik waren, die in diesem Gebäude betrieben wurde.
Ich bemerke, dass uns am anderen Ende des Raums eine Frau zuwinkt. Ich erwidere den Gruß schnell und höflich und wende den Blick ab.
"Schau mal...", sagt Carmen erfreut, "...das ist unsere neue Nachbarin, deine Kollegin, diejenige, die in Erics Wohnung gezogen ist, wie heißt sie noch?"
"Nicola", antworte ich trocken.
"Genau, Nicola", wiederholt sie und ahmt beim Aussprechen des Namens einen italienischen Akzent nach. "Sie schien mir sehr sympathisch zu sein, gestern bin ich ihr hier unten im Laden begegnet. Wie seltsam, so plötzlich, eine Person, die während eines Semesters Arbeit, Haus, Land wechselt."
Carmens Satz wird durch die Ankunft von Nicola selbst unterbrochen. Ohne das Lächeln zu erwidern, stelle ich sie Carmen vor, die sie erneut überschwänglich begrüßt. Glücklicherweise bleibt sie nicht zum Plaudern stehen, verabschiedet sich und geht mit schnellen, entschlossenen Schritten zur Tür und direkt auf die Straße hinaus.
Ich nehme das Gespräch an dem Punkt wieder auf, an dem wir stehen geblieben sind. "Es ist nichts Seltsames daran, es ist ein Professorenaustausch, wir machen das jedes Jahr, es ist Teil der Projekte des Europäischen Philosophie-Netzwerks", sage ich mit Überzeugung. "Du wirst schon sehen, eines Tages bin ich diejenige, die für ein paar Monate in

ein anderes Haus, in ein anderes Land geht, um ein anderes Leben zu leben!"
"Darauf wette ich", antwortet Carmen, ohne mich anzusehen und schiebt sich einen weiteren Bissen ihres Pfannkuchens in den Mund. "Magst du sie nicht? Ich weiß, dass du nicht die sympathischste und liebenswürdigste Person bist, aber du hast sie sehr kühl behandelt, selbst für deine Verhältnisse."
Ich esse langsam, piekse mit der Gabelspitze eine Blaubeere nach der anderen auf. Eigentlich mag ich Blaubeeren nicht, aber Lisa liebte sie, ihren Geschmack zu spüren, bringt mir ein wenig von ihr zurück. Ich konzentriere mich darauf, Carmen zu antworten und meine Gedanken zu kontrollieren. "Wen mag ich nicht? Nicola? Ich kenne sie kaum. Sie ist Spinoza-Spezialistin. Letzte Woche hat sie sich in der Fakultätsversammlung vorgestellt und danach habe ich sie nur noch einmal gesehen. Leider wird sie sich ein Büro mit mir, Ruth und JP teilen", sage ich langsam und fahre mit den Blaubeeren eine nach der anderen fort.
"Das kannst du jemand anderem erzählen", unterbricht Carmen. "Du sprichst immer noch in diesem Ton, den du bei Menschen verwendest, die dir unsympathisch sind. Was hat sie dir getan?", fragt sie mit einer ironischen Grimasse, die nicht wirklich ein Lächeln ist.
"Sie scheint immer sehr fröhlich zu sein. Um ehrlich zu sein, zu fröhlich! Sie spricht laut mit diesem italienischen Akzent, man hört sie überall! Sie kam mit Lederhose und Lederjacke und einer Flieger-Sonnenbrille. Man kann nicht behaupten, dass sie diskret ist. Außerdem, wer trägt im Sommer eine Lederjacke?" Ich schüttele in einer automatischen Geste den Kopf, was meine Unzufriedenheit gut zum Ausdruck bringt.

"Arme Frau, sie hat sich deine Abneigung zugezogen, weil sie Lederjacken trägt", sagt Carmen lächelnd. "Um das Thema zu wechseln", beginnt sie, verzieht das Gesicht und wird ernst, "heute Morgen, als wir uns in der Bäckerei getroffen haben, warst du sehr seltsam. Du hast kaum gesprochen, ist etwas passiert?"
"Nichts! Ich war besorgt über einen Text, den ich nicht schreiben kann. Jedes Mal, wenn ich versuche anzufangen, scheint es mir an Worten zu fehlen, die ausdrücken können, was ich denke. Es ist seltsam, hast du bemerkt, dass wir so viele Gefühle, so viele Emotionen haben können, für die wir keine Worte haben? Schau dir diese Blaubeere an...", sage ich und halte eine bläuliche Beere auf der Gabelspitze. "Es ist leicht, dir die Substanz zu beschreiben, eine kleine, runde, blaue Frucht, aber jetzt werde ich sie in den Mund nehmen und schmecken..., und egal wie sehr ich versuche, es dir zu beschreiben, ich werde nie genug Worte haben, damit du den Geschmack erleben kannst, den ich spüre."
"Sisi es reicht! Du verlierst mich mit deiner Rhetorik, das war schon immer so, seit wir klein waren."
Nur Carmen und Lisa nennen mich Sisi, wie die Kaiserin, denke ich, während sie fortfährt: "Du machst aus allem eine tiefgründige Reflexion, aber du redest immer noch um den heißen Brei herum, ohne mir zu antworten. Hattest du heute Morgen was oder nicht?"
"Ich habe von Lisa geträumt", sage ich einfach und wende den Blick auf den Teller ab und rühre wieder mechanisch im Tee.

Kapitel 2

Umstände

Carmen

Ohne sicher zu sein, was ich fragen soll, gehe ich vorsichtig vor: "Passiert das oft?"

"Es gibt Momente, in denen ja, es gab Monate, in denen ich fast jede Nacht von ihr geträumt habe. Aber es können auch Wochen vergehen, ohne dass es passiert...", Simone hält inne, "Ich habe Angst, dass ich eines Tages nicht mehr bei ihr sein kann", murmelt sie, "zumindest in Träumen", sagt sie fast unhörbar.

Ich lege meine Hand auf ihren Arm, ohne ein einziges Wort zu sagen, es gibt nichts, was ich sagen könnte, um den Schmerz zu lindern, den sie empfindet.

"Heute Morgen waren wir in dem Strandhaus, neben dem Pool, sie badete, lachte und versuchte wie immer, mich davon zu überzeugen, dass das Wasser wunderbar war, sie blieb dort, berührte mich, und ich spürte sie..., wir waren zusammen, ihre blauen Augen leuchteten vor Glück, das Haar tropfte, und der Pool reflektierte die Sonne und zauberte Lichtreflexe in verschiedenen Tönen, es war real, es war wahr... Ich wachte auf und begehrte sie, wollte sie mehr als alles andere, und..." Simone macht eine Pause und seufzt.

"Ich vermisse sie auch. Manchmal bin ich im Krankenhaus und greife immer noch in die Tasche, um mein Handy zu nehmen und sie nach ihrer Meinung

zu einem komplizierteren Fall zu fragen. Neulich, zu Hause, saßen wir alle beim Abendessen und Samuel erwähnte etwas über die Zeit, als wir auf Kap Verde waren, erinnerst du dich?"
"Natürlich, ihr seid losgezogen, um 'die Welt zu verändern', und habt mich hier gelassen." Obwohl der Satz wie eine Klage klingt, lächelt Simone.
"Die Mädchen hörten es und ließen mich nicht mehr los mit Fragen. Wie war es? Wozu sind wir dort hingegangen?"
Simone schaltet sich ein: "Sie liebte die Mädchen, sie sagte, Magie würde Philosophin werden wie ich und Bia Ärztin wie ihr...", sie fährt nicht fort, ihre Stimme zittert und sie führt die Tasse zum Mund und nimmt mehrere Schlucke Tee.
Eine Woche nach Lisas Tod sah ich Simone zum letzten Mal weinen. An diesem Tag, nach einem Anfall von konvulsivem Weinen, der ihr für lange Minuten die Fähigkeit zu sprechen und fast zu atmen nahm, sagte sie mir, dass der Schmerz, den sie empfand, so groß war, dass jede Manifestation, alles, was für andere sichtbar war, dass Weinen ein Akt war, der das, was sie fühlte, minimierte, und deshalb hatte sie beschlossen, es nicht mehr zu tun, und so war es, zumindest vor mir.
"Was hältst du von dem Canasta-Turnier? Nehmen wir teil?"
"Warum nicht? Kümmerst du dich um die Anmeldung? Weißt du, wann es stattfindet?", antwortet sie, als hätte sie die Frage bereits erwartet.
"Soweit ich verstanden habe, beginnt es jetzt und geht bis November." Ich sage nichts, aber ich denke, dass Samuel bis zum Jahresende schon in England sein wird, nun ja, das wird sich zeigen.
Von einem Moment auf den anderen scheint Simone es eilig zu haben, nach

Hause zu kommen. Sie kommt auf das Thema des Textes zurück, den sie nicht schreiben kann, erklärt mir etwas über Ideen und Worte, die in Schleiern aus Schatten und Licht verborgen sind. Ich gestehe, dass ich nichts verstehe, aber ich lasse sie gehen, ohne weitere Fragen zu stellen. Mit der Zeit habe ich gelernt, ihr Bedürfnis, allein zu sein, einfach zu respektieren.

**

Als ich nach Hause komme, höre ich die Stimmen von Sam und Bia aus der Küche. Der Duft täuscht nicht, es gibt Curry zum Abendessen. Magie ist auch schon da und geht an mir vorbei, balanciert Gläser und einen Krug Wasser in Richtung Tisch.

"Guten Abend, Mama! Hast du dran gedacht?", fragt sie mit einem Gesicht, das mich an die Tage erinnert, als sie ein Kind war.

"Natürlich!", sage ich und hole die zwei Tafeln Schokolade aus der Tasche, die ich heute Morgen vor dem Aufbruch versprochen hatte mitzubringen. "Als ob ich nicht wüsste, dass das die erste Frage wäre, die du mir stellen würdest!"

"Wie war Canasta? Wie ging es Simone?", fragt Samuel. "Ich habe sie schon lange nicht mehr gesehen, wir müssen sie mal zum Abendessen einladen. Sie ist gerne mit den Mädchen zusammen und es tut ihr gut, aus dem Haus zu kommen."

"Gute Idee, Papa", schaltet sich Magie ein, "Ich liebe es, mit 'Tante' zu reden..., ich muss ihr erzählen, dass ich wirklich Philosophie studieren will, das weiß sie noch nicht."

"Ich wusste es auch nicht", sage ich und spiele die falsch Empörte.

Bia und Magie beenden das Abendessen und stehen auf, lassen Samuel und mich allein. "Weißt du, Sam, ich mache mir Sorgen um sie, um Simone", sage ich und sehe ihn an. "Ich wollte es nicht vor den Mädchen erwähnen, aber heute Morgen kam sie mir seltsam vor, später erzählte sie mir, dass sie von Lisa geträumt hat. Es muss nichts bedeuten, aber ich habe darüber nachgedacht."

"Ende Oktober werden es schon drei Jahre sein, dass Lisa gestorben ist, ich weiß nicht, wann oder ob Simone sich jemals davon erholen wird." Samuel sieht mich nicht an und hält den Kopf gesenkt. "Es wäre gut, wenn sie jemanden Neues kennenlernen würde. Sie ist ein toller Mensch."

Ich kann dem nicht mehr zustimmen, aber das Schicksal wird sehr nachhelfen müssen, denke ich, ohne etwas zu sagen.

**

Wir kommen zur üblichen Zeit an einem Montag im Krankenhaus an. "Guten Morgen...", begrüßt uns unser Chefarzt, als Samuel und ich den Arztraum betreten, "Wir haben auf euch gewartet, es gibt zwei neue Assistenzärzte, die heute hier bei uns anfangen. Ich dachte, sie könnten jeweils bei einem von euch bleiben."

Sam ist der erste, der spricht: "Ich würde es vorziehen, keinen von ihnen zu übernehmen, nicht dass ich es nicht mag, Assistenzärzte zu haben, aber ich gehe bald nach England."

Für einen Moment höre ich auf mitzubekommen, was vor sich geht, und mir wird bewusst, dass Samuel ein Jahr lang weg sein wird. Als er vor über sechs Monaten darüber nachdachte, sich für das Stipendium zu bewerben, unterstützte ich ihn bedingungslos, ermutigte ihn sogar. In diesem Moment war ich sicher, dass es eine einmalige Chance in seiner Karriere war, und

jetzt denke ich immer noch dasselbe, nur bin ich mir nicht mehr so sicher, ob es auch eine gute Gelegenheit für unsere Beziehung ist.
"Carmen!... Carmen!"
"Entschuldige, ich war abgelenkt, was hast du gesagt?", frage ich und rutsche auf dem Stuhl herum.
Er lächelt und schüttelt den Kopf: "Du hast jetzt schon Trennungsschmerz wegen Samuel, wie ich sehe, das wird schön."
Als die neue Assistenzärztin die Praxis betritt und mir die Hand reicht, geht mir ein Licht auf. "Guten Tag und willkommen, ich verknüpfe gerade die Punkte... Du bist die Tochter von David und Grace, nicht wahr? Ich wusste schon, dass du ein Praktikum hier gewählt hast, aber als sie mir vorhin sagten, dass wir zwei neue Assistenzärzte haben, habe ich die Verbindung nicht hergestellt." Während ich spreche, strecke ich ihr die Hand entgegen und drücke ihre warmherzig.
Emily scheint noch jünger zu sein, als sie tatsächlich ist, mit Jeans und Turnschuhen unter dem Kittel, sie sieht mich mit ihren braunen Augen fest an. Sie drückt meine Hand kräftig und lächelt, wobei sich Grübchen in ihren Wangen bilden. "Danke! Das stimmt, meine Mutter hat mir gesagt, dass wir uns wahrscheinlich begegnen werden."
Im Laufe des Nachmittags bemerke ich, dass Emily zunehmend nervös wird, so sehr, dass sie irgendwann alle fünf Minuten auf die Uhr schaut. Diese Haltung stört mich immer mehr, bis ich mich nicht mehr zurückhalten kann.
"Schau mal, Emily, ich weiß nicht, was du dir von diesem Praktikum erwartest, aber deine Einstellung entspricht nicht dem, was ich von meinen Assistenzärzten erwarte. Wenn du etwas Wichtigeres zu tun hast, bitte ich

dich zu gehen. Geh und komm erst an dem Tag zurück, an dem du voll und ganz zur Verfügung stehst." Ich sage alles auf einmal, ohne ihr jemals die Möglichkeit zu geben, zu antworten.
Sie steht auf, geht zur Tür und verlässt den Raum, murmelt eine Entschuldigung zwischen den Zähnen.
Ich führe die Sprechstunde fort, aber jetzt bin ich diejenige, die sich nicht konzentrieren kann.

**

Ich wache später als gewöhnlich auf, es ist fast elf, aber heute ist mein freier Tag. Träge stehe ich auf, nehme eine ausgedehnte Dusche, schlüpfe in meine Lieblingsturnschuhe und entscheide mich für ein spätes Frühstück in The Machine.
Als ich eintrete, ist der Raum fast leer, wie an einem späten Donnerstagvormittag zu erwarten. Ich gewöhne meine Augen an das gedämpfte Licht im Inneren des Cafés und sehe Nicola allein an einem Tisch ganz hinten im Raum sitzen.
Als ich näher komme, bemerke ich, wie blass sie ist. Tatsächlich scheint sie so weit weg von allem zu sein, dass sie meine Anwesenheit erst bemerkt, als ich spreche: "Hallo, Nicola, wie geht es dir? Ich weiß nicht, ob du dich an mich erinnerst, ich bin eine Freundin von..."
"Freundin von Simone. Natürlich! Carmen, nicht wahr?", fragt sie mich und lädt mich mit einer Geste ein, mich zu setzen.
"Geht es dir gut?", sehe ich mich gezwungen zu fragen, wissend, dass etwas nicht stimmt, schon an ihrem Gesichtsausdruck.
"Es geht so, ich habe Migräne und gestern Nacht hatte ich eine Attacke...,

heute bin ich besser aufgewacht, aber mit dem Gefühl eines Katers", sagt sie und zwingt sich zu einem höflichen Lächeln.
"Brauchst du etwas? Nimmst du Medikamente?"
"Ja, ich habe das schon so lange, dass ich zum Profi geworden bin. Normalerweise schaffe ich es rechtzeitig, die Medikamente zu nehmen, aber gestern, gestern hat es sich nicht gelohnt, es ging zu schnell." Nicola führt ihre Hand an den Kopf und legt sie auf die linke Schläfe. "Es erfasst einen Teil des Auges und einen Teil der Stirn..., entschuldige, ich langweile dich mit diesem Gespräch", sie nimmt die Tasse, richtet sich auf dem Stuhl auf und trinkt, scheinbar etwas besser, einen Schluck Kaffee.
"Du langweilst mich überhaupt nicht, außerdem bin ich Ärztin, deshalb ist ein klinischer Fall immer willkommen!", rufe ich lächelnd aus.
Obwohl blass, ist Nicola eine sehr interessante Frau mit kurzem, schwarz geschnittenem Haar in einem zerzausten Stil und dunkelblauen Augen, einem Blau, das schwer zu definieren ist. Am oberen Teil ihres Ohrs bemerke ich ein Piercing, einen kleinen goldenen Punkt, diskret, aber vorhanden.
"Wie läuft die Eingewöhnung, klappt es gut?"
"Ich denke schon, übermorgen sind es zwei Wochen, seit ich angekommen bin. Ich schaffe es schon, zur Uni zu gehen, ohne mich zu verlaufen, ich kenne schon die Namen der Leute, mit denen ich das Büro teile. Es ist ein bisschen seltsam, niemanden zu kennen, aber nach und nach wird es besser werden. Ich bin melodramatisch, oder?"
Das Gespräch scheint eine therapeutische Wirkung zu haben, und sie lächelt jetzt offen, ein Lächeln, das ihr Gesicht erstrahlen lässt und alle verfügbaren

Muskeln zu mobilisieren scheint.

Ich beende mein Frühstück und sie trinkt den Rest ihres Kaffees, während sie mir von ihrem Leben in Italien erzählt. Sie ist eine geborene Geschichtenerzählerin, ich rieche den Käse und die Trüffel auf einer italienischen Pizza, serviert auf einer rot-weiß karierten Tischdecke, und schmecke ein wunderbar kaltes und cremiges Zitronensorbet, ausbalanciert auf einem dünnen, knusprigen Waffelbecher, während eines Sonntagsspaziergangs am Nachmittag im Parco Sempione.

"Ich weiß nicht, ob du Pläne hast, aber ich habe mich gefragt, ob du Lust hast, zu mir nach Hause zu kommen. Wenn wir schon Nachbarn sein werden, fangen wir am besten gleich an, es auszunutzen, ich mache etwas Leichtes, wir essen zu Mittag und plaudern weiter, du siehst viel besser aus, aber trotzdem."

Die Einladung muss ihr zumindest unerwartet erscheinen, aber sie ist aufrichtig, außerdem passt es mir gut, Gesellschaft zum Mittagessen zu haben.

"Danke, aber bist du sicher? Du hast doch bestimmt Besseres zu tun, als dich mit noch einer Kranken herumzuschlagen. Ärzte sind immer Ärzte, auch wenn sie in Zivil sind und frei haben!", kommentiert sie und lacht laut los, was mich wieder zum Lachen bringt.

Kapitel 3

Zusammen denken

Nicola

"Woher weißt du das? Nicht, dass du nicht recht hättest", kommentiert Carmen und runzelt leicht die Stirn.

"Mein Vater ist Arzt, er ist Kardiologe und..., und ich hatte mal eine Freundin, die Psychiaterin ist. Man kann sagen, dass ich das Milieu gut kenne", antworte ich und lasse absichtlich etwas Geheimnis in der Luft.

Wir sind schon mitten beim Mittagessen, als ich beschließe, vorzupreschen und zu fragen: "Ist Simone immer so?"

"Wie so?", fragt Carmen und hört auf zu essen.

"Ich weiß nicht..., distanziert, kalt. Mir kommt es so vor, als hätte sie etwas gegen mich. Sie ist immer misstrauisch und gleichzeitig abwesend. Neulich, als ich sie an der Uni gesehen habe, nach dem Treffen, habe ich versucht, mit ihr zu sprechen, aber ich hatte das deutliche Gefühl, dass sie mir aus dem Weg ging."

"Nimm es nicht persönlich, es ist nichts gegen dich, sie ist einfach so." Carmen hält inne, ich nehme an, um über Simone nachzudenken. "Sie war nie eine tolerante Person, immer rastlos, immer einen Schritt voraus. Ich kenne sie seit meiner Kindheit. Ich sage dir nicht, dass sie die geselligste Person der Welt ist, das war sie nie, aber sie hat sich mit Lisas Tod sehr verändert..."

"Wer ist Lisa?", frage ich und tue so, als wüsste ich es nicht, um Carmen zum Weiterreden zu bringen.
"Lisa war Simones Frau. Sie war meine Kollegin an der Uni und die meines Mannes Samuel. Ich habe sie Simone vorgestellt. Vor ein paar Jahren wurde bei Lisa Brustkrebs diagnostiziert, er war schon weit fortgeschritten, als er entdeckt wurde", Carmen verstummt und ihre Augen füllen sich mit Tränen.
"Du musst es mir nicht erzählen, entschuldige, ich wusste es nicht." Für einen Moment fühle ich mich unwohl, schließlich weiß ich, dass ich an einem sensiblen Thema rühre.
"Nein! Du musst dich nicht entschuldigen", sagt Carmen, trinkt etwas Limonade und atmet tief durch. "Ich habe Lisas Geschichte schon lange nicht mehr erzählt. Lisa hatte eine Lebensfreude, eine Energie, wie ich sie bei niemandem sonst je gesehen habe. Sie verliebte sich Hals über Kopf in Simone und machte daraus ein Lebensziel. Simone wurde zugänglicher, ließ sich von Lisa an der Hand führen, begann das Leben zu genießen, schaffte es sogar, sich von ihrer Arbeitsbesessenheit zu befreien. Als Lisa starb, war es, als wäre auch ein Teil von Simone gestorben. Sie verschloss sich, widmete sich der Arbeit, vor allem dem Schreiben, und verbrachte die meiste Zeit zu Hause."
"Simone ist außergewöhnlich. Ich lernte ihre Arbeit kennen, als ich in den letzten Jahren meines Studiums war. Sie hatte angefangen zu veröffentlichen und ihre Texte erregten die Aufmerksamkeit vieler Menschen durch die geniale, aber gleichzeitig bissige Art, wie sie Standpunkte von Rationalisten und Empirikern gegenüberstellt. Sie ist in der Lage, sich in jedem Moment in die Lage der einen und der anderen zu versetzen und sie mit gleicher

Intensität zu verteidigen. Manchmal, vor allem in den neueren Texten, ist es fast sinnlos, ihr zu folgen. Sie argumentiert für dies und das Gegenteil, und im nächsten Moment behauptet sie, dass keines von beiden plausibel ist oder dass beide koexistieren können. Im Moment ist Simone eine der großen Denkerinnen über die Realität, die Perspektiven der Vergangenheit und der Gegenwart mit unvergleichlicher Subtilität in Einklang bringt. Es ist schon seltsam, sich vorzustellen, dass sie meine Nachbarin von oben ist."

"Gib ihr Zeit, nähere dich langsam..., sie ist ein zerbrechliches und verängstigtes Wesen, das sich gegen alles verteidigen wird, selbst bevor es beurteilen kann, ob es sich wirklich um eine Bedrohung handelt."

**

Es ist halb sieben Uhr morgens und man merkt, dass die Sonne mit voller Intensität am Himmel scheinen wird. Wie ich diese Tage liebe, an denen man schon vor Sonnenaufgang das Licht und den Duft eines Sommertages erahnen kann! Ich strecke mich, dehne Arme und Beine, bis ich jeden Muskel spüre.

Es ist klar, dass ich nicht wieder einschlafen werde. Abgesehen davon, dass ich sehr früh zu Bett gegangen bin und fast zwölf Stunden tief geschlafen habe, überkommt mich eine subtile Nervosität. In einer Weile wird es eine allgemeine Fakultätssitzung geben, um Details für den Beginn des akademischen Jahres abzustimmen. Noch vier Wochen bis zum Start.

Ich betrachte mein Gesicht, das sich im Badezimmerspiegel spiegelt. Nach dem, was Carmen mir erzählt hat, konnte ich nicht aufhören, an Simone zu denken.

Gestern, schon spät, schickte ich die zweite E-Mail an Giovanna. Als wir uns am Flughafen verabschiedeten, ließ sie mich versprechen, mindestens einmal pro Woche zu schreiben.

'Liebe Freundin,

Hier vergeht die Zeit langsam und gibt mir das Privileg, sie zu genießen (...). Tagsüber schaffe ich es, ein relativ normales Leben zu führen, aber die Nächte..., die Augen zu schließen und die Gedanken frei schweifen zu lassen, fällt mir immer noch schwer. Ich vermisse unsere Gespräche. Schimpf noch nicht mit mir, ich weiß, dass du recht hast und dass es wichtig ist, Abstand zu gewinnen..., aber das macht die Dinge nicht einfacher. Ich weiß, dass du besorgt bist, aber es geht mir gut.

Heute habe ich mit Carmen zu Mittag gegessen, einer Nachbarin hier im Gebäude, und sie hat mir ein paar Dinge erzählt (...) Nachdem ich mit ihr gesprochen hatte, verbrachte ich den Rest des Nachmittags vertieft in Simones alten Texten. Es war eine interessante Übung. Ich versuchte, jeden von ihnen vor und nach Lisas Tod zu verorten..., ihrer Frau, die vor einiger Zeit gestorben ist. Weißt du was, der Ton änderte sich, und wenn möglich, perfektionierte sich ihre Exzellenz.

Die klaren und selbstbewussten Ansichten der ersten Texte wichen aufeinanderfolgenden Fragen und einer negativistischen Dunkelheit. Überzeugt davon, dass wir nie zweimal in derselben Situation sein können, weil wir in jeder von ihnen nicht dieselben sein werden, wurde Simone verschwenderischer in der Analyse menschlicher Emotionen. (...)

Du hast recht, sie als besonderen Menschen zu betrachten, vielleicht ist das Adjektiv genial..., ich werde mich annähern und versuchen zu tun, worum du und Francesca mich gebeten habt, aber es wird keine leichte Aufgabe sein..., sie hält Abstand und hat kein Interesse an Unterhaltung! Du kannst dir nicht vorstellen, wie verschlossen und wortkarg sie ist.

Und nein, denk nicht, dass ich eine andere Art von Interesse haben könnte..., ich kenne dich gut genug, um zu wissen, dass dir das durch den Kopf gegangen sein muss..., nichts dergleichen. Du weißt, dass ich Simone seit Jahren zutiefst bewundere, und es ist seltsam, so nah sein zu können..., so nah und gleichzeitig so fern. Jetzt ist nicht der Zeitpunkt, auch nur daran zu denken, mich auf jemanden einlassen zu können, und ich werde es nicht tun.

Wie läuft es bei euch? Wie geht es Eric? Passt gut auf ihn auf..., ich habe ihn nie persönlich getroffen, aber ich fühle mich, als würde ich ihn intim kennen..., schließlich teile ich alles oder fast alles von dem, was sein Leben hier war. (...)

Ciao. Nico'

**

Das kleine Auditorium ist voll besetzt, als ich eintrete. Ich schaue mich um, aber ich sehe keinen freien Stuhl. Mit Erics Helm unter dem Arm und dem Rucksack in der Hand versuche ich, mich durchzuschlängeln, bis ich es schaffe, mich an die Rückwand zu lehnen. Auf einer Seite des Saals, neben dem Fenster, sehe ich jemanden, der mir zuwinkt, näher zu kommen. Es ist Ruth, meine Bürokollegin.

"Setz dich hier hin. Gib mir den Helm, ich passe auf ihn auf", fährt sie fort, ohne mir eine Wahl zu lassen.

Ich schaue mich um, und während sich alle setzen, scheint der Raum etwas Ordnung zu gewinnen. Ich kenne fast niemanden und beobachte einfach. Ein glatzköpfiger Mann begrüßt eine kleine Frau überschwänglich, die bei der Begeisterung fast das Gleichgewicht verliert. Ich lasse meinen Blick weiter durch den Raum schweifen, bis er in der ersten Reihe hängen bleibt. Simone! In einem der seitlichen Bereiche sitzend, hat sie den Kopf gesenkt und einen Bleistift in der Hand und scheint etwas in einen Notizblock zu schreiben. Von dort, wo ich sitze, kann ich sie nur teilweise sehen - dunkle Locken, schulterlang, runde Brille. Sie trägt einen breit gestreiften Pullover mit hochgekrempelten Ärmeln und zeigt die Unbekümmertheit von jemandem, der sich dieses Recht erobert hat.

Während der nächsten zwei Stunden werden Stundenpläne und Lehrveranstaltungen diskutiert. Fast am Ende des Treffens werde ich aus meinen Überlegungen gerissen, als ich jemanden meinen Namen aussprechen höre.

"Nicola..., Nicola, was meinst du?" Der Sprecher ist der glatzköpfige Kollege, den ich beobachtet habe, als ich mich setzte, und der mich jetzt direkt ansieht.

"Entschuldigung, ich habe nicht mitbekommen, was du gesagt hast", sage ich und verberge meine Ablenkung.

"Ich bin einer der Koordinatoren des neuen Doktoratsstudiums, Philosophisches Denken im Femininen. Das Programm beginnt in diesem Jahr und wir haben uns überlegt, ob du nicht in diesem ersten Semester in einem der Module unterrichten möchtest. Ich weiß, es war nicht vorgesehen..."

Ich unterbreche ihn, ohne meine Aufregung zurückhalten zu können: "Ich finde es fantastisch, natürlich!"

Das Treffen endet nicht viel später und der Kollege wartet auf mich, als ich die Treppe hinuntergehe.

"Es freut mich sehr, dass du bereit bist, mit uns zusammenzuarbeiten. Dieses Doktoratsstudium ist eine Errungenschaft von Simone...", sagt er und schaut zu ihr hinüber.

Simone bleibt ungerührt, als wäre meine Anwesenheit für sie völlig gleichgültig. Sie sieht mich an, öffnet den Mund, als wolle sie etwas sagen, schließt ihn aber sofort wieder, ohne etwas zu sagen. Sie setzt sich wieder hin und gibt mir ein Zeichen, mich auch zu setzen. "Die Idee ist so einfach wie komplex...", sagt sie leise.

Da haben wir doch gleich einen Widerspruch am Anfang, denke ich und lache innerlich.

"... seit der Antike haben viele Frauen eine entscheidende Rolle bei der Weiterentwicklung des philosophischen Denkens gespielt, doch aufgrund der Wechselfälle der Geschichte tauchen nur wenige von ihnen in unseren Lehrbüchern auf. Dieses Programm ist eine Expedition auf der Suche nach verlorenen Ideen. Unser Ziel ist es nicht, irgendjemandem irgendetwas beizubringen, sondern gemeinsam nachzudenken, zu versuchen, die Beiträge von Frauen zu den verschiedenen Denkströmungen zu bewerten und gleichzeitig zu sehen, ob diese Ideen ihre männlichen Zeitgenossen prägten oder von ihnen geprägt wurden."

Simone zuzuhören hat eine einzigartige Wirkung. Jeder Satz, jedes Wort scheint viel mehr Bedeutung zu tragen, als wenn es von jemand anderem gesagt würde. "Zusammen denken hat einen Hauch von Ehrgeiz, findest du nicht?"
"Allerdings! Aber das ist das Wesen der Bildung, eine Gleichung, bei der eins plus eins mehr als zwei ergibt."
Während ich über das nachdenke, was sie gerade gesagt hat, füllt sich mein Kopf mit Ideen. "Es ist spannend, die kartesischen Grundlagen im Lichte der Stimme einer Frau zu diskutieren, die einige Jahre vor dem Protagonisten lebte, der in die Geschichte einging..."
"Teresa von Ávila!" Simone sieht mich endlich an, und in diesem Moment haben ihre honigfarbenen Augen ein Leuchten, das ich noch nie gesehen habe.
Den Zauber des Moments brechend, öffnet Ruth die Tür zum Hörsaal. "Entschuldige die Unterbrechung, ich habe deinen Helm behalten. Ich habe darauf gewartet, dass du im Büro vorbeikommst, aber da du nicht gekommen bist, bin ich hergekommen, um ihn dir zu bringen", sagt sie und reicht mir Erics grauen Helm.

"Danke...", murmle ich ungeduldig, dass das Gespräch wieder beginnen kann.
Gleichgültig gegenüber dem, was vor sich ging, fährt Ruth fort: "Ich gehe etwas trinken", sagt sie und zwinkert mir zu, "Ich dachte, du möchtest mich vielleicht begleiten, was meinst du?"
Der Moment ist endgültig vorbei. Simone hat ihre vorherige Haltung wieder

eingenommen und ist zu ihrem abwesenden Ausdruck zurückgekehrt. Ruth steht weiterhin vor mir und hüpft abwechselnd auf dem einen und dem anderen Fuß. Um die zwanzig, mit schokoladenfarbener Haut, schwarzen Augen und langen Haaren, die in einer geometrischen Anordnung von Zöpfen zusammengebunden sind, zieht sie zweifellos die Aufmerksamkeit auf sich. Ich wäge meine Optionen ab, ob ich in Erics Haus, jetzt mein Haus, zurückzukehren soll und den Rest des Nachmittags und Abends allein zu verbringen oder die Einladung anzunehmen. Bevor ich antworte, werfe ich noch einen Blick auf Simone, aber sie scheint uns definitiv zu ignorieren, obwohl wir im selben Raum sind.
"Einverstanden!"
"Ich hole meine Sachen und dann gehen wir los!" Ohne mir Zeit zu lassen, noch etwas zu sagen, läuft sie durch dieselbe Tür hinaus, durch die sie hereingekommen ist.
Ich bleibe mit Simone allein im Hörsaal. Ich ziehe meinen Mantel an, hänge mir den Rucksack um und klemme den Helm unter den Arm. "Meinst du, es wäre möglich, dieses Gespräch an einem anderen Tag fortzusetzen?", frage ich, "Ich würde gerne mehr über das Doktoratsstudium erfahren...", im Gegensatz zum Üblichen kommen mir die Worte nicht flüssig über die Lippen, sie scheinen übereinander zu stolpern und klingen seltsam verlangsamt. "Also..., ich würde gerne deine Sichtweise hören..."
Simone packt weiterhin akribisch ihre Sachen in eine türkisblaue Ledertasche. Es ist ein seltener Farbton für eine Tasche und passt nicht zu ihrem Image.
"In den nächsten Tagen werde ich sehr beschäftigt sein, ich muss einen Text

fertigstellen, um ihn meiner Lektorin zu übergeben." Simone hebt den Kopf und sieht mich wieder an, aber das Leuchten in ihrem Blick ist verschwunden.

Kapitel 4

Gefühle sind nur unsere eigenen

Simone

Trotz meiner Argumente und meiner Ablehnung besteht Nicola weiterhin darauf: "Einen Kaffee..., eine halbe Stunde..., nur um deine Ideen zu hören und anfangen zu können zu arbeiten, was meinst du?"
Was für eine unerträgliche Frau! Zu überschwänglich, zu hartnäckig, zu selbstbewusst, einfach... zu viel von allem.
"Du musst mir ein paar Tage geben", antworte ich und versuche, mich aus jeder Verpflichtung herauszuwinden. "Ich habe deine E-Mail-Adresse, und wenn ich es schaffe, meine Sachen zu organisieren, schicke ich dir eine Nachricht und wir verabreden uns, okay?" Schachmatt. Ich nehme meine Tasche, schüttele den Kopf und gehe, ohne mich zu verabschieden, und lasse sie allein.

**

Erschöpft komme ich zu Hause an, ich bin diese Gänge zur Fakultät und die überfüllten Hörsäle nicht mehr gewohnt. Ich esse die Reste vom gestrigen Abendessen und beschließe, früh ins Bett zu gehen, um ein Buch zu lesen, das ich beenden möchte.

§§§

Der Lärm um uns herum ist ohrenbetäubend. An jedem Tisch werden Gläser erhoben, Trinksprüche ausgebracht, die Leute lachen und reden laut,

unbekümmert um die Nachbartische. Jeder feiert seinen eigenen Erfolg. Auch Lisa und ich feiern, wir feiern zehn Jahre unseres ersten Kusses.
Ich erinnere mich an ihr Gesicht, als wäre es heute, wir waren in einem Park und warteten darauf, dass Carmen kam, um zusammen ins Kino zu gehen. Wir unterhielten uns und saßen im Gras. Mitten im Gespräch legte Lisa ihre Hand auf mein Bein, ich starrte auf ihre Hand, dann hob ich den Kopf und schaute in ihre Augen, tauchte ein in ein blaues Meer von Empfindungen, ich bewegte mich nicht aus Angst, der Moment könnte sich in Luft auflösen. Lisa näherte ihren Körper meinem an und ich konnte die Wärme spüren, die von ihr ausging, noch bevor sie mich berührte. Ohne ein einziges Wort zu sagen, legte sie ihre Lippen auf meine und küsste mich. Ihre Zunge bahnte sich den Weg zwischen meine Lippen und erforschte meinen Mund, als würde sie ihn bereits kennen, bis sie sich schließlich, ich glaube aus der Notwendigkeit zu atmen, zurückzog, alles, ohne jemals ihre Hand von meinem Bein zu nehmen.
Carmen kam ein paar Minuten später. Es war unmöglich, irgendetwas zu sagen. An diesem Tag entdeckte ich, dass Gefühle nur unsere eigenen sind. Ich kann dir nicht zeigen, wie eine Erdbeere schmeckt, und ich kann dich auch nicht erkennen lassen, wie sehr ich dich liebe.
"Ein Kuss für deine Gedanken", flüstert Lisa mir ins Ohr und lehnt sich auf ihrem Stuhl zu mir.
"Ich dachte gerade an..., an einen Kuss..., an unseren ersten Kuss..."
Sie hält, was sie versprochen hat, und küsst mich mit unerwarteter Intensität: "Erinnerst du dich an Carmens Gesicht, als wir es ihr erzählten? Sie ließ uns versprechen, dass sie Trauzeugin sein würde, wenn wir eines

Tages heiraten würden..."

Wir verlassen "La Coupole" und überqueren zu Fuß die Straßen von Montparnasse bis zu unserem Hotel. Ich gehe ins Bad, um schnell zu duschen, und lasse sie auf dem Bett sitzend zurück. Ich denke an Lisa, an unseren ersten Kuss, an das erste Mal, als wir uns liebten, und in einer ungeplanten Geste komme ich nur in ein Handtuch gehüllt zurück ins Zimmer. Sie liegt da, von der Decke bedeckt, mit dem Rücken zu mir, sie hat das Deckenlicht ausgeschaltet und liegt im Halbdunkel, nur vom gelben Schein der schwachen Lampe auf dem Nachttisch beleuchtet. Ich lasse das Handtuch fallen und schlüpfe nackt neben sie ins Bett. Wie in Vorahnung der Bewegung dreht sie sich um und zieht mich in eine Umarmung, presst meinen Körper an ihren. Sie küsst mich und ich erwidere den Kuss. Auch sie ist nackt. Ich schließe die Augen und gebe mich ganz ihren Händen hin. Mein Körper gibt nach, mein Kopf schaltet ab, ich öffne meine Augen wieder und blicke in andere Augen, dunkelblau, leuchtend vor Verlangen, das schwarze, zerzauste Haar...

§§§

Mit einem Schrei wache ich erschrocken auf, vom Klang meines eigenen Schreis. Ich setze mich ruckartig auf und will nicht glauben, was gerade passiert ist. Ich suche nach Lisas Bild, ihren türkisfarbenen Augen, den blonden Locken, die Bilder kommen und gehen, um dann wieder zum Leben zu erwachen, in Form eines schmalen Gesichts mit Augen von einem unwahrscheinlichen Blau und ungekämmtem schwarzen Haar. Ich werde nicht zulassen, dass eine andere Frau sich in meine Momente mit Lisa drängt. Ich kneife die Lider mit unnötiger Kraft zusammen, bis meine Augen schmerzen, und versuche vergeblich, diese letzten Bilder auszulöschen. Nachdem ich ein Glas eiskaltes Wasser getrunken habe, gehe ich zurück ins Bett, entschlossen, "meine" Realität wiederzuerlangen. Kaum liege ich, schlafe ich ein, ohne es zu merken.

§§§

Ich starre an die Decke und kann nicht genau erkennen, wo ich bin, mein Herz schlägt schnell, ich spüre das Gewebe des Lakens an meinem Rücken und merke, dass ich nur in Unterwäsche bin. Ihre Hände gleiten über mich, in einer sanften Berührung. Ohne mich ihr Gesicht sehen zu lassen, legt sie ihren Körper auf meinen und lässt sich nach unten gleiten. Sie wechselt die Position, knabbert leicht gegen den Stoff, der sich dazwischen schiebt. Mit jeder Bewegung ihrer Hand vibriert mein Körper. Ich weiß, dass ich nicht mehr lange durchhalte, ich spanne meine Muskeln an und versuche erfolglos, das Unvermeidliche hinauszuzögern.

"Jetzt!", murmle ich.

"Ich will dich!", antwortet sie mit italienischem Akzent.

§§§

Schweißgebadet und keuchend wache ich auf. Das ist nicht möglich, das kann nicht sein!

Das Fenster lässt das Sonnenlicht herein und zeigt, dass es schon Morgen ist. Ich greife nach dem Telefon auf dem Nachttisch und rufe Lisas Bruder an, plötzlich wird es zur wichtigsten Sache, mit ihm zu sprechen. Seit Lisa gestorben ist, ist er in schwierigen Momenten mein Vertrauter geworden.

"Wie geht es dir? Entschuldige, ist es zu früh?"

"Nein, natürlich nicht", sagt er.

"Ich musste deine Stimme hören..., ich habe wieder von ihr geträumt." Ich erkläre nicht mehr, denn das einzig wirklich Wichtige ist, seine Stimme zu hören.
"Ich vermisse sie auch."

**

Samuel rief an und lud mich zum Abendessen ein, wie er es früher so oft tat. Obwohl ich keine Lust hatte, zwang ich mich, zuzusagen, nach der letzten Nacht weiß ich, dass ich aus dem Haus muss.
"Ich habe dich lange nicht gesehen, Simone...", sagt er, "...wir leben im selben Gebäude, aber es könnte der Fall sein, dass wir in verschiedenen Städten leben."
"Das stimmt, ich war zu Hause und habe versucht, einen Text fertigzustellen, den ich abgeben muss, jedoch erfolglos." Das ist mein Standardsatz, um mit solchen Kommentaren umzugehen. "Apropos verschiedene Städte, wie laufen die Pläne für England?", frage ich zwischen zwei Bissen, um dann hinzuzufügen: "Heute hast du dich selbst übertroffen, der Fisch ist göttlich."
"Es ist alles bestätigt, ich bleibe in London und fange im Dezember an, ich muss zwei Wochen vorher hin, um mich einzurichten. Letzte Woche haben sie mir geschrieben, dass ich schon eine Unterkunft habe, sie ist direkt neben dem Krankenhaus!" Samuel setzt seine Beschreibung fort und verhehlt nicht seine Zufriedenheit.
Ich schaue unauffällig zu Carmen und sehe, dass sie entgegen ihrer Gewohnheit schweigend isst und die Augen auf den Teller gerichtet hält. Ich muss mit ihr sprechen.
In der Zwischenzeit fährt Samuel fort: "Der Plan ist, die Forschung innerhalb

eines Jahres abzuschließen..."
"Und glaubst du, dass das machbar ist?", frage ich und wische mir mit der Leinenserviette den Mund ab.
"Ich hoffe es. Sie bieten die Möglichkeit, das Stipendium um weitere sechs Monate zu verlängern, aber ich will, ich kann nicht so lange weg bleiben", sagt er, schaut zu Carmen und legt seine Hand liebevoll auf ihre.
"Die Zeit vergeht schnell. Erinnerst du dich, als sie nach Kap Verde gegangen sind?", frage ich rhetorisch und schaue ebenfalls zu Carmen, die lächelt, ein trauriges Lächeln, ohne etwas zu sagen. "Wir beide blieben hier. Ich gestehe, dass ich fast verzweifelt wäre, wenn du nicht gewesen wärst, hätte ich alles stehen und liegen lassen, wäre in ein Flugzeug gestiegen und hinterher geflogen." Ich schaue ihn an und sehe, dass er den Kopf senkt und für einen Bruchteil einer Sekunde schweigend auf den Fisch starrt.
"Du weißt, wie sehr ich dich liebe, oder?", ruft er plötzlich aus und sieht mich an. "Die Wahrheit ist, dass ich besorgt bin. Natürlich erinnere ich mich daran, als sie weggingen. Genauso wie ich mich an die Sommer, an die Weihnachten erinnere, ich werde nicht behaupten, dass ich sie so sehr vermisse wie du, denn das wäre unsinnig, aber Lisa fehlt mir sehr."
Ich weiß nicht, worauf er hinaus will, aber mein Gehirn hat sich bereits in einem Instinkt der Selbsterhaltung von dem Gespräch abgekoppelt. Samuel redet weiter und ich erwische einen halben Satz: "...du musst versuchen, dein Leben auf eine gesündere Art und Weise weiterzuleben, du musst dich zwingen, aus dem Haus zu gehen, Leute zu sehen, vielleicht jemanden kennenzulernen. Es ist nicht Lisa, das wird es nie sein, aber das Ziel ist nicht, den gleichen Weg noch einmal zu gehen, sondern einen anderen Weg zu

finden und zu versuchen, glücklich zu sein."
Carmens Stimme ist endlich zu hören und lenkt das Gespräch in eine andere Richtung. "Am Donnerstag traf ich deine Kollegin Nicola in The Machine. Es ging ihr miserabel, sie hat Migräne, wusstest du das? Wir saßen eine ganze Weile unten und unterhielten uns, und ich habe sie schließlich zum Mittagessen hierher eingeladen."
"Hierher nach Hause?", frage ich ungläubig.
"Ja, hierher nach Hause, warum?", antwortet Carmen mit einem Achselzucken.
"Ich weiß nicht. Sie ist gerade erst angekommen und taucht überall auf, hier, in der Fakultät..." Ich beende den Satz nicht, denn ich kann ihn nicht mit "in meinen Träumen" beenden.
"Sie ist sehr nett. Im Gegensatz zu dem, was du gesagt hast, finde ich sie nicht eingebildet oder überschwänglich, einfach eine Person mit einem eigenen Stil."
"Sie sieht aus, als käme sie direkt aus Hollywood, Lederhose, Helm und dunkle Brille. Du solltest den Erfolg sehen, den sie dort in dcr Fakultät hat."
"Und?..." Carmen sieht mich an und verbirgt nicht ihr Interesse an dem Thema.
In der Zwischenzeit ist Samuel aufgestanden, um die Teller abzuräumen und sich um den Nachtisch zu kümmern, und lässt uns allein am Tisch zurück.
"Und..., und sie hat zugestimmt. Als sie gingen, kamen sie an mir vorbei, ganz dicht beieinander, tauschten Lachen und Blicke aus. Sie fuhren auf Erics Motorrad davon, mit Ruth hinten, an Nicola geschmiegt." Als ich den Satz beende, wird mir klar, wie lächerlich er klingen kann.

"Es ist ein Motorrad! ..., so fahren die Leute eben! Warum irritiert dich das?" Carmen presst die Lippen zusammen und lächelt mit einem Hauch von stiller Ironie.
"Ich weiß nicht, ich mag es einfach nicht, jemanden zu sehen, der gerade erst angekommen ist und von einem Moment auf den anderen zum Mittelpunkt der Aufmerksamkeit wird." Ich weiß, dass ich versuche, das Ungerechtfertigte zu rechtfertigen, und je mehr ich rede, desto mehr scheint Carmen sich über mich lustig zu machen.
"Gib zu, dass sogar du ein wenig verzaubert warst. Ich weiß nicht, ob es der Akzent, die Augenfarbe oder einfach die Ausstrahlung ist, aber sie hat etwas Besonderes. Ich habe dir noch nicht erzählt, dass ich am Montag die Tochter der Martínez in der Sprechstunde hatte, tatsächlich wird sie ein Praktikum bei uns machen", sagt sie, runzelt die Stirn und schließt die Lippen, um ihr Missfallen auszudrücken.
"Wie ist sie so? Ich bin neugierig, ich habe sie schon so lange nicht mehr gesehen, um ehrlich zu sein, weiß ich nicht einmal mehr, wann ich sie das letzte Mal gesehen habe", frage ich, kneife die Augen zusammen und nehme mir gleichzeitig eine zweite Portion Schokoladenmousse.

Kapitel 5

Erster Blick

Carmen

"Sie sieht aus wie ein Kind, ich hätte ihr nicht mehr als fünfundzwanzig gegeben, obwohl ihre Mutter uns neulich sagte, dass sie achtundzwanzig wird. Sie trug einen Pferdeschwanz, sie hat langes, braunes Haar und mandelförmige, ebenfalls braune Augen. Sie hat eine entspannte Ausstrahlung, obwohl sie mir besorgt und müde vorkam, sie hatte dunkle Augenringe wie jemand, der seit mehreren Nächten nicht gut schläft."
Während ich Emily beschreibe, erinnere ich mich an die Grübchen, die sie bekommt, wenn sie lächelt, und lächle ebenfalls.

**

Wieder ein Tag in der Sprechstunde. Ich sitze allein an einem Tisch in der Kantine, esse meine Suppe und puste auf jeden Löffel, um meinen Hunger mit dem Bedürfnis, mich nicht zu verbrennen, in Einklang zu bringen. Nach und nach bemerke ich ein Gespräch, das am Tisch hinter mir stattfindet. Die weibliche Stimme kommt mir bekannt vor und ich drehe leicht den Kopf, um zu sehen, wer da spricht. Natürlich ist sie bekannt, es ist Emily! Sie unterhält sich mit dem anderen Assistenzarzt, der jetzt angefangen hat. Ich weiß, dass es nicht schön ist, aber ich kann nicht anders und beginne zu lauschen, was sie sagen.
"Warum willst du nicht, dass es jemand erfährt?", fragt er in einem Ton, der

seine Überraschung verrät.
"Dass ich Gedichte schreibe, ist nicht gerade etwas, worauf meine Eltern stolz wären, und schon gar nicht etwas, wovon ich leben könnte", sagt sie lachend.
Ich höre wieder seine Stimme: "Was spielt es für eine Rolle, was deine Eltern denken?! Mensch, wann wirst du es schaffen, dich zu emanzipieren?!"
"Sie würden es nicht gutheißen, aber ich glaube, auch die Leute hier im Krankenhaus nicht. Ich habe dir noch nicht mal erzählt, meine erste Sprechstunde bei Carmen Porter war genau am Tag meines Vorsprechens. Ich dachte, ich würde es schaffen... sie ist toll, na ja... wie auch immer, es kam ein Punkt, an dem ich so nervös war, dass ich ständig auf die Uhr schaute, es war so schlimm, so schlimm, dass sie mich nach Hause schickte."
"Und ist das Vorsprechen wenigstens gut gelaufen?"
"Ich bin in die nächste Runde gekommen."
Ich kann Emilys Gesicht nicht sehen, aber ihre Stimme spiegelt deutlich ihre Begeisterung wider. Also war es das, das war die Eile!
"Wie fandest du Carmen?"
"Als meine Mutter mir sagte, dass Carmen, die Nachbarin, mit der sie Canasta spielt, in dieser Abteilung arbeitet, habe ich dem keine Bedeutung beigemessen, und außerdem, wenn meine Mutter glaubt, dass sie ein 'guter Mensch' ist, ist das ein Grund mehr für mich, auf der Hut zu sein", sagt Emily und lacht laut. "Plötzlich, als ich in die Sprechstunde kam, stand ich einer Frau mit schwarzen Augen gegenüber, mit langen Haaren, die nachlässig hinter den Ohren zusammengebunden waren..."
"Ich glaub's nicht, Emily..."

Jetzt bin ich an der Reihe, perplex zu sein, was meint er damit?
Sie fährt fort: "Du weißt ja, wie das ist, aber danach... danach lief alles so schlecht wie nur möglich."
Er lacht schallend. "Und dieses Mädchen, mit dem du letzten Samstag zusammen warst, als wir uns trafen, hast du sie wiedergesehen?"
"Willst du etwas über Cristina wissen oder über ihre Freundin?" Jetzt ist es an Emily zu lachen.
"Über beide..."
"Cristina und ich haben das Wochenende zusammen verbracht. Wir sind am Montagabend ausgegangen, nach dem Vorsprechen, wir sind feiern gegangen!"
"Schöne Feier, ich weiß nicht, ob sie dich ablenkt oder inspiriert."
"Sie raubt mir den Atem!"
"Gut gesehen, und die Freundin?"
"Ich habe sie nicht wiedergesehen, aber Cristina hat nach deiner Telefonnummer gefragt, vielleicht hast du Glück." Beide lachen schallend.
Ich kann den Rest des Gesprächs nicht hören, weil sie aufstehen. Ich schaue zurück und sehe, wie sie ihre Tabletts zu den Wagen tragen, immer noch lachend, während sie zum Ausgang gehen.
Ich betrete das Sprechzimmer und Emily sitzt bereits auf einem Stuhl neben mir. Bevor ich Zeit habe, irgendetwas zu sagen, nicht mal "Guten Tag", steht sie in einer förmlichen Geste auf und sagt: "Ich wollte mich noch einmal für mein Verhalten entschuldigen. Es wird nicht wieder vorkommen."
"Ich bin sicher, dass es das nicht wird", antworte ich, schenke ihr ein Lächeln, während ich mich setze, den Computer einschalte und das

Stethoskop aus der Tasche hole.
Der Nachmittag schreitet voran und die Patienten kommen einer nach dem anderen herein. Es ist eine anstrengende Sprechstunde, aber heute ist sie voll bei der Sache und erweist sich tatsächlich als die besonnene und intelligente Person, von der ich letzte Woche einige Eindrücke bekam.
Die letzte Sprechstunde des Tages ist ein Erstbesuch. Eine Frau in den Fünfzigern betritt das Sprechzimmer, begleitet von ihrem Mann. Er ist es, der spricht und mir erklärt, dass sie seit einigen Monaten anders ist. Sie haben bereits mehrere Ärzte konsultiert und die Diagnose ist immer die gleiche: Angstzustände. Vor einigen Wochen sprachen sie mit einem Psychiater, der sie in der Unsicherheit einer Diagnose an mich überwies.
Das besorgte Gesicht des Mannes lässt eine gewisse Verzweiflung erkennen.
"Ist es eine Demenz?", fragt er ängstlich.
Ich wende mich an sie und versuche herauszufinden, wie weit ihr Verständnis reicht. Sie antwortet angemessen auf meine Fragen, mit wenigen Worten, und scheint sich nicht viel darum zu kümmern.
Es erscheint mir nicht wie Angstzustände, aber gleichzeitig kann ich auch nicht glauben, dass es sich um eine Demenz handelt. Mangels Alternativen beschließe ich, Untersuchungen anzufordern. Während ich auf den Computerbildschirm schaue, höre ich Emily, wie sie sich an die Patientin wendet.
"Entschuldigen Sie, aber ich würde Ihnen gerne ein paar Fragen stellen. Ist das in Ordnung?"
"Ja", antwortet die Frau, ohne den Kopf zu heben, den Blick fest auf den Boden gerichtet.

"Ihr Mann hat uns gesagt, dass Sie in einer Buchhaltungsfirma gearbeitet haben, stimmt das?"
"Ja."
"Können Sie mir sagen, was Sie gemacht haben?"
"Ich habe in der Buchhaltungsfirma gearbeitet..." Die Patientin spricht langsam, kann den Fragen aber ohne Schwierigkeiten folgen.
"Ja, aber was haben Sie den ganzen Tag gemacht?"
"Ich habe die Buchhaltungsarbeiten gemacht, das... Das, was man macht..."
Ich bin überrascht von dem Gespräch. Ich halte inne bei dem, was ich tue, wende den Blick endgültig vom Computer ab.
"Liebling, sag der Ärztin, was du Tag für Tag gemacht hast. Du hast die Rechnungen sortiert und...", er verstummt und versucht, sie zum Fortfahren zu bewegen.
"Das... Die Rechnungen, das war es, was ich gemacht habe", sagt sie und sieht ihn an.
Emily setzt ihre Befragung fort und ich wage es nicht, sie zu unterbrechen, obwohl ich ihre Absicht nicht verstehe. Als sie fertig ist, schaut sie mich und das Paar vor uns an und sagt: "Entschuldigung, es sieht für mich nicht so aus, als hätte sie eine Demenz oder Angstzustände. Ich glaube, es handelt sich um eine Aphasie. Sie kann nicht benennen, sie hat eine Anomie. Die Schwierigkeiten machen sie ängstlich, aber sie ist auch nicht in der Lage, das zu verbalisieren. Alles deutet in die gleiche Richtung."
Es ist bewundernswert, was sie gerade getan hat. Sehr wahrscheinlich hat sie recht. Es ist eine seltene und schwierige Diagnose, selbst für jemanden mit Erfahrung.

Als wir fertig sind, gehe ich den Flur entlang, zu dieser Stunde fast menschenleer, und denke über das nach, was passiert ist. Arme Frau... Und Emily?! Was für eine außergewöhnliche Diagnose! Bevor ich den Gedanken fortsetzen kann, höre ich ihre Stimme.
"Carmen, Carmen, warte...", ruft sie, während sie auf mich zugerannt kommt.
"Was ist los? Habe ich etwas vergessen?", frage ich überrascht.
"Nein... Na ja... Entschuldige die Frage, aber ich wollte wissen, ob du Zeit für einen Kaffee hast." Emily keucht, schaut zu Boden und fährt fort: "Nein... Vergiss es, tut mir leid. Wir sprechen ein andermal, es ist schon spät und du musst es eilig haben."
Ich schaue auf die Uhr, es ist schon zwanzig nach sieben. Samuel ist sicher schon mit den Mädchen zu Hause. Als ich ablehnen will, sehe ich sie an und antworte schließlich: "Kein Problem, lass uns gehen! Lass mich nur kurz zu Hause anrufen und Bescheid sagen, dass ich später komme."
An einem Tisch in der Bar am Eingang des Krankenhauses sitzend, tausche ich den Kaffee gegen ein Tonic Water ein. Emily scheint nervös zu sein, vielleicht bereut sie dieses Gespräch, aber jetzt ist es zu spät, sie wird etwas sagen müssen. Wird sie mir erzählen, was letzte Woche wirklich passiert ist?
"Stört es dich, wenn ich ein Bier trinke?", fragt sie und schaut auf die Kaffeetasse vor sich und verzieht das Gesicht.
"Nein, natürlich nicht. Warum sollte es mich stören?"
"Ich weiß nicht. Wir sind am Arbeitsplatz und... Na ja, jetzt bist du meine Chefin."
"Ach was, hier bin ich nur eine Kollegin, vielleicht sogar eine Freundin",

sage ich und lächle, was sofort erwidert wird.
Nachdem sie fast die Hälfte des Biers in einem Zug getrunken hat, scheint Emily den Mut gefunden zu haben, anzufangen: "Ich weiß, dass du mit meinen Eltern befreundet bist..."

Ich unterbreche sofort, da ich merke, dass diese Einschaltung bedeutet, dass sie sich eingeschüchtert fühlt: "Ich weiß nicht, ob Freundin das richtige Wort ist. Ich spiele schon eine Weile Karten mit ihnen, sagen wir, es ist eine Freundschaft der praktischen Bequemlichkeit, da das Spiel zu viert gespielt wird. Fühl dich also nicht gehemmt, du kannst frei mit mir reden."
"Stimmt. Trotzdem habe ich das Gefühl, dass ich dir eine Erklärung schulde."
Ich unterbreche sie erneut und merke, dass ich nervös bin: "Du schuldest mir nichts. Was letzte Woche passiert ist, ist genau das, Vergangenheit."
"Lass es mich erklären! Letzte Woche hatte ich ein Vorsprechen. Als die Zeit knapp wurde, wurde ich nervös. Ich hätte etwas sagen sollen, aber ich hatte nicht den Mut dazu. Ich dachte, du würdest es falsch auffassen, und habe es vorgezogen, nichts zu sagen."
"Warum sollte ich es falsch auffassen?", frage ich überrascht, ohne ihr zu sagen, dass ich ihr Gespräch in der Kantine mitgehört habe.
"Ich liebe Poesie. Als ich ein Kind war, habe ich Liedtexte, Gedichte, Geschichten geschrieben. Meine Mutter hielt das immer für Unsinn, eine Freizeitbeschäftigung. Als ich mich entscheiden musste, bat ich, flehte fast, dass sie mich Literatur studieren lässt, aber sie war unerbittlich. Subtil, aber nachdrücklich gaben sie mir zu verstehen, dass die einzig mögliche Option

Medizin war. Ich hatte nicht die Kraft, ihnen zu widersprechen, und tat, was sie wollten..." Emily hält kurz inne und trinkt den Rest des Biers, der noch im Glas war. "Ich wollte, dass du es weißt, ich will nicht die ganze Zeit alles verstecken. Ich will mich mit Leib und Seele diesem Praktikum widmen, aber ich will auch unbedingt in die nächste Phase des Slam-Poetry-Wettbewerbs kommen, das Vortragen unveröffentlichter Gedichte."
So sehr ich dieses Gespräch auch fortsetzen möchte, ich muss gehen. Als ich Samuel anrief, sagte ich ihm nur, dass sich die Sprechstunde verzögert hatte.

**

Heute arbeite ich nicht, deshalb ist Jeans-, Turnschuh- und spätes Frühstück-in-The-Machine-Tag. Es scheint, als würde die Zeit zurückgehen, ich sehe Nicola an demselben Tisch sitzen, an dem ich sie letzte Woche getroffen habe.
"Wie geht es dir?", begrüße ich sie fröhlich und setze mich, ohne auf die Einladung zu warten, ihr gegenüber.
"Großartig!", sagt sie lachend und fährt sich gleichzeitig mit der Hand durch die zerzausten Haare.
"Und an der Uni? Hast du dich schon eingelebt?", frage ich und erinnere mich an Simones Kommentare.
"Mehr oder weniger. Es ist alles neu, es ist nicht leicht."
"Das ist nicht das, was mir die Vögelchen erzählt haben. Ich habe gehört, dass du schon mindestens einen Fan hast. Mit Motorradausflügen und allem drum und dran", stichle ich.
"Sprichst du von Ruth?", sagt sie errötend. Mir entgeht nicht, dass Nicola eine sehr attraktive Frau ist. "Warum? Gibt es noch andere

Motorradausflüge? Sag du es mir", ironisiere ich. Obwohl wir uns erst seit sehr kurzer Zeit kennen, hat sich sofort eine Vertrautheit entwickelt, die das Gespräch fließen lässt, als wären wir alte Freundinnen. "Sie ist ein nettes Mädchen." "Mädchen?!" "Ja, Mädchen. Wir waren tanzen und was trinken, es war nett, aber mehr nicht. Schau mich nicht so an, es ist wirklich nichts weiter passiert und es wird nichts passieren", sagt sie mit absoluter Überzeugung, obwohl ich voraussehe, dass die Wahrheit ihrer Worte viel mehr in den Händen des Schicksals liegen wird als in ihren eigenen. "Und Simone?", fragt Nicola, ohne mich anzusehen. "Was ist mit Simone?", frage ich und tue so, als wüsste ich nicht, worauf sie hinaus will, und zwinge sie, fortzufahren.

Kapitel 6

Es ist nicht, weil wir nicht daran denken, dass es nicht existiert!

Nicola

"Ich habe neulich an der Uni mit ihr gesprochen, wir haben ein paar Worte gewechselt, wurden aber unterbrochen. Ich habe vorgeschlagen, dass wir einen Kaffee trinken gehen, aber sie ist mir auf alle möglichen Arten ausgewichen. Am Ende sagte sie mir, dass sie mir eine E-Mail schicken würde, wenn sie Zeit hätte. Ich denke, dieser Tag wird nie kommen."

Carmen kaut auf dem Croissant und scheint zu überlegen, was sie als Nächstes sagen soll. "Du hast recht, dieser Tag wird nicht kommen", sagt sie schließlich.

"Und was soll ich tun?", frage ich und hoffe aufrichtig, dass sie die Angst in meiner Stimme nicht bemerkt hat.

"Zu deinem eigenen Wohl solltest du nicht auf Simone setzen. Ich verstehe die Anziehungskraft, die sie ausübt, ich bin seit genügend Jahren mit ihr befreundet, um die Macht zu sehen, die sie auf andere ausübt, aber..."

"Aber was?" Ich richte mich unruhig auf dem Stuhl auf, ungeduldig wegen der Langsamkeit von Carmens Worten.

"Aber... Ich glaube nicht, dass Simone für eine Beziehung bereit ist, und nach deinem Blick zu urteilen, ist es das, was du suchst."

Carmen verstummt und lässt eine schwere Stille eintreten.

"Ich suche keine Beziehung mit irgendjemandem, schon gar nicht mit

Simone", murmle ich zwischen den Zähnen, nicht sicher, ob Carmen mich gehört hat.

Ich erinnere mich an Gios Antwort auf meine letzte E-Mail.

'Liebe Nico,

Es freut mich zu hören, dass es dir gut geht, obwohl mich deine Worte beunruhigen. Du wirst nie aufhören, die zu sein, die du bist... Du bist von hier weggegangen, um Zeit zu haben, dich neu zu sortieren, dich kopfüber in eine Leidenschaft zu stürzen, wird nicht helfen. Und ich bin sicher, dass du das weißt (...)

Ich weiß, dass du mit Francesca "gesprochen" hast... Werde nicht rot... Keine Sorge, sie wird mir niemals die Details eurer Gespräche verraten. Mach dir nichts draus, du weißt, dass ich nur Spaß mache. Sie vermisst dich... Und damit arbeitet sie immer mehr. Sie will mit dem Projekt vorankommen und es wird dringend, dass wir einen Namen haben. Wann denkst du, dass du uns einige Informationen geben kannst? Nach deiner E-Mail zu urteilen, ist die Bewertung günstig. Wenn das so ist, kannst du mit Simone sprechen. Wenn sie zustimmt, würde Francesca gerne persönlich mit ihr sprechen, und ich auch. (...)

Ciao, bis bald, Gio'.

Carmen zeigt, dass sie meine Worte gehört hat, und sagt: "Natürlich." Ihr Ton zeigt, wie wenig sie dieser Erklärung glaubt. Ohne mich noch etwas sagen zu lassen, spricht sie weiter über Simone: "Nach Lisas Tod ließ sie sich in ein Meer von Zweifeln und Rhetorik fallen, die sie als Arbeit tarnt, die aber in Wirklichkeit ihre eigenen Emotionen darstellen."

"Sag das nicht. Simone ist brillant und was sie schreibt, ist außergewöhnlich", fühle ich mich gedrängt, sie zu verteidigen, auch wenn ich weiß, dass Carmen nicht angreift.
"Ich sage nicht, dass sie es nicht ist, ich gestehe, dass ich oft nicht einmal die Hälfte der Tiefe ihrer Gedanken erreiche. Was ich dir sage, ist, dass sie in einer eigenen Realität lebt, die nur ihre ist. Wo die Fantasie herrscht, die, so rational sie auch ist, zur Tatsache wird. Es wäre großartig, wenn du dich ihr nähern könntest, sie lebt völlig allein. Außer mir und Sam hält sie regelmäßigen Kontakt nur zu Lisas Eltern und ihrem Bruder. Sie geht mindestens zweimal im Monat dort zum Abendessen."
Ich fahre mir mit der Hand durch die Haare, eine wiederholte Geste, die für mich charakteristisch ist, und führe die Hand zum Ohr, spiele mit dem Piercing. "Ich wurde eingeladen, im Doktoratsstudium zu unterrichten. Unweigerlich werden wir uns begegnen. Das einzige Problem ist, dass die Kurse erst in ein paar Wochen beginnen", sage ich und lenke das Gespräch wieder auf meine Notwendigkeit, mit Simone zu sprechen.
"Was hast du heute vor?", fragt sie seltsam, aber scheinbar unschuldig.
"Ich dachte daran, einen Spaziergang zu machen, hast du einen Vorschlag?"
"Zufällig habe ich sogar einen. Hier in der Nähe gibt es einen japanischen Garten. Ich glaube, der wird dir gefallen. Wenn du durch das Gartentor gehst, geh links und such dir einen Platz mit Bänken, etwas versteckt, direkt neben dem Fluss, der zwischen den Steinen und Bäumen fließt." Carmen schaut auf die Uhr und unwillkürlich schaue auch ich auf meine. "Die beste Zeit, um hinzugehen, ist gegen vier. Dann ist es nicht mehr so heiß und das Licht des späten Nachmittags lässt die Farben noch erhabener erscheinen",

sagt sie in einem beratenden Ton.

Als sie geht, bleibe ich allein. Ich bestelle einen Käse-Salami-Crepe, einen Salat und einen Saft. Essen hat mir immer geholfen, besser zu denken, und es dient dazu, die Zeit totzuschlagen.

In Gedanken versunken trinke ich langsam und kaue auf dem Crepe, der im Mund schmilzt. Ich stelle mir Simone vor, wie sie im Hörsaal sitzt, so distanziert, so abwesend von allem und gleichzeitig so präsent in allen Kommentaren. Mein Kopf fliegt ziellos umher, durchquert die Straßen der Stadt auf Erics Motorrad, mit Ruths Händen, die sich fest an meine Taille klammern, der Geschmack des Kusses, den sie mir beim Verlassen der Bar gestohlen hat. Der Schmerz, verlassen zu werden, die Abreise aus Mailand, die Ankunft in Rom, Francesca... Und in einem Augenblick verrät mich mein Verstand und das Bild von Francesca zwischen Laken wird durch das von Simone in einem dunklen Hörsaal ersetzt, der nach altem Holz riecht.

Nach tausend Zögerungen beschließe ich, Carmens Vorschlag zu befolgen. Ich gehe zu Fuß hinaus und wandere zwischen den Gebäuden, die die Straße zum Park säumen. Ich bin froh, dass ich die Jacke mitgenommen habe, obwohl die Sonne scheint, weht ein kühler Wind. Ich schaue mir die Passanten an und höre die Musik, die laut in meinen Ohrstöpseln spielt.

Ich durchquere den Park auf der Suche nach dem Tanoshii-Garten. Ich gehe mehr als zehn Minuten, bis ich den Eingang zwischen den Bäumen und dem Laub entdecke. Die Landschaft verändert sich vor meinen ungläubigen Augen. Die Bäume in Reihen, die Holzbänke und der Rasen des Parks weichen einem geometrischen Raum, sorgfältig berechnet, auf einem Brett aus Stein und Sand, mit den Bäumen akribisch verteilt und von

Künstlerhänden beschnittenen Kronen. Nichts wurde dem Zufall überlassen. Ich schalte die Ohrstöpsel aus und lasse mich in die Stille eintauchen, die nur vom Geräusch des fließenden Wassers durchbrochen wird.
Ich lächle innerlich und bin froh, dass ich Carmens Rat befolgt habe. Eine rote Holzbrücke überquert den Fluss, wo das Wasser stehen zu bleiben scheint, wäre da nicht das Geräusch. Ein paar Meter neben der Brücke erlauben Steinkreise, über das Wasser zu gehen und auf die andere Seite zu gelangen. Ich gehe weiter und sehe im Hintergrund einen Raum, der von mehreren Reihen Bambus unterschiedlicher Höhe gebildet wird, mit Steinbänken im Inneren.
Obwohl ich auf dieser Seite des Gartens nicht mehr als drei oder vier Personen gesehen habe, sitzt leider jemand auf einer der Bänke. Das kann nicht sein! Ich bleibe regungslos stehen und starre. Sie ist es, die auf der Bank sitzt, mit einem Notizbuch in der Hand. Mein Herz rast sofort. Ich atme tief durch und versuche, mich zu beruhigen. Was für eine ungewöhnliche Situation. Zufälle haben es so an sich. Oder vielleicht ist es kein Zufall? Ich erinnere mich an Carmens Angaben - der Weg auf der linken Seite, um vier Uhr wegen der Hitze kommen.
"Simone?!", rufe ich eher fragend, während ich mich von hinten nähere.
Sie dreht sich plötzlich um und lässt dabei das Notizbuch fallen. Ich beeile mich, ihr beim Aufheben zu helfen.
"Nicola! Was machst du hier?", die Stimme klingt feindselig.
Ich tue so, als würde ich den Ton nicht bemerken, und antworte: "Ich brauchte einen ruhigen Ort zum Lesen. Erics Haus ist sehr nett, aber es sind nur dreißig Quadratmeter. Heute Morgen habe ich Carmen getroffen und sie

hat mir vorgeschlagen, hierher zu kommen."
"Carmen?", wiederholt Simone leise, aber laut genug, dass ich es hören kann.
"Ich will nicht stören. Dieser Ort ist erhaben, aber ich gehe schon. Ich komme an einem anderen Tag wieder."
Ohne es zu merken, hocke ich immer noch da, an der Stelle, wo ich das Notizbuch aufgehoben habe. Ich stehe auf und entferne mich, verlasse dieses Refugium, das, obwohl es im Freien ist, deutlich eine Grenze zur Außenwelt markiert.
Wie soll ich es jemals schaffen, mit ihr zu sprechen, oder schlimmer noch, ihr einen Vorschlag zu machen, denke ich. Ich weiß nicht, ob der Frieden dieses Ortes von seiner Harmonie herrührt oder ob es genau umgekehrt ist, ob es mein innerer Frieden ist, der mich spüren lässt, dass alles in Harmonie ist.
Ich bleibe in geringer Entfernung stehen und nach ein paar Minuten höre ich Simones Stimme durch die Bambusblätter: "Neulich hast du gesagt, du wolltest mit mir sprechen. Jetzt könnte ein guter Zeitpunkt sein. Oder ist das, was du zu lesen hast, sehr dringend?"
Ich verstehe nicht, ob die Frage aufrichtig oder sarkastisch gemeint ist, aber ich nutze die Gelegenheit: "Wenn ich dich nicht unterbreche, wäre es mir eine Freude." Ich drehe mich schnell um und setze mich auf eine andere Bank.
"Wir haben über das Doktoratsstudium gesprochen, Teresa von Ávila. Eine bemerkenswerte Frau, auch wenn sie sich von anderen inspirieren ließ, die vor ihr kamen." Ich bin beeindruckt von Simones Fähigkeit, unser Gespräch

so genau wieder aufzunehmen.
"Und du hast gesagt, dass du willst, dass wir zusammen denken, dass unsere Zweifel der Grund für geteilte Überzeugungen sein sollen", füge ich hinzu und beiße mir auf die Unterlippe.
"Ich erinnere mich nicht, Zweifel erwähnt zu haben, aber diese Worte könnten von mir sein", sagt sie und lächelt zum ersten Mal.
"Die Idee ist, das zu nehmen, was in den Büchern steht, und es von dort aus in Frage zu stellen. Können wir unseren Sinnen wirklich nicht trauen? Die Tatsache, dass ich dich dort sitzen sehe, macht dich real? Wenn ich für einen Moment die Augen schließe, hörst du dann auf zu existieren?"
"Willst du Platon erforschen? Die Rationalisten? Ich dachte, wir würden uns auf die weibliche Perspektive konzentrieren", fahre ich fort und denke laut nach. "Wir könnten Schlüsselthemen angehen und versuchen zu verstehen, ob es Unterschiede gibt, wenn wir aus einer weiblichen Perspektive schauen. Dein Blick auf dieselbe Realität ist sicherlich anders. Ist einer von ihnen wahrer? Sind unsere ähnlicher, weil wir Frauen sind? In Wirklichkeit werden wir es nie wissen, oder?"
Obwohl meine Frage rhetorisch ist, unterbricht sie: "Nein. Wir werden es nicht wissen, aber wahrscheinlich ist es nicht wichtig, dass wir es wissen. Die absolute Realität ist nicht von Interesse, die absolute Wahrheit gibt es nicht. Das Privileg der ersten Person, so oft beschworen, hat den Verdienst, uns mit der Relativität des Ich gegenüber den anderen zu konfrontieren. Es ist nicht, weil wir nicht daran denken, dass es nicht existiert!"
Das Gewicht dieser Aussage macht sich bemerkbar und keine von uns sagt für einen Moment etwas. Sie legt die Beine übereinander auf der Bank, lehnt

sich in meine Richtung und legt den Kopf auf einen Arm, in einer Haltung wie ein griechischer Denker.
Schließlich bin ich es, die das Gespräch wieder aufnimmt: "Ich habe noch nie so darüber nachgedacht, aber ich stimme zu. 'Es ist nicht, weil wir nicht daran denken, dass es nicht existiert!' Die absolute Realität muss weniger egozentrisch sein."
Simone scheint von dem Gespräch begeistert zu sein. Ihre Augen bekommen wieder den Glanz, den ich an jenem Nachmittag im Hörsaal gesehen habe, und der Ton wird wärmer: "Das... Wir sollten sagen: 'Wir denken, also existiert es'. Aber wir sind nicht in der Lage, im Plural zu denken. Jeder von uns ist in seinem Inneren nur mit seiner eigenen, sehr begrenzten Realität beschäftigt."
Jetzt bin ich es, die sie nicht ausreden lässt. Ich fahre mir geistesabwesend mit der Hand durch die Haare, öffne den Reißverschluss der Jacke und setze die Brille auf den Kopf, während ich sie fest anschaue: "Weißt du, was mir mein ganzes Leben lang einen gewissen Trost gespendet hat? Zu denken, dass das, was ich fühle, was ich denke und was ich bin, so wahr ist, wie ich glaube."
Simone lacht laut auf und bringt mich dazu, sie anzuschauen, ohne genau zu verstehen, was sie so lustig fand.
"Kommst du oft hierher?"
"Fast jeden Nachmittag", sagt sie, nimmt ihre Brille ab und reibt sich mit beiden Händen die Augen. Als sie mich ansieht, hat sie die Brille noch nicht wieder aufgesetzt. Ihr Gesicht sieht anders aus, leichter, menschlicher. Ich beginne zu denken, dass Zufall nichts mit dieser Begegnung zu tun hat.

Simone fährt fort: "Ich bin gerne hier. Ich denke besser und manchmal schaffe ich es sogar zu schreiben. In letzter Zeit bin ich zutiefst unproduktiv. Die Worte weigern sich, sich der Ordnung zu unterwerfen, die ich ihnen auferlegen will, sie kämpfen darum, den Ideen keine Form zu geben. Ich schwöre, wenn ich zeichnen könnte, würde ich auf sie verzichten und die Ideen in Bilder verwandeln."
"Sag das nicht. Deine Texte waren grundlegend für meinen Weg. Ich glaube nicht, dass ich in der Lage gewesen wäre, Bilder auf die gleiche Weise zu interpretieren. Glaubst du, es wären abstrakte oder gegenständliche Bilder?"
Wir lachen beide laut auf und stellen uns das Ergebnis vor. Simone scheint endlich ein wenig die Deckung fallen gelassen zu haben. Zum ersten Mal, seit wir uns kennen, habe ich das Gefühl, dass sie mich ansieht und mich wirklich sieht. Es könnte das Thema für eine neue Überlegung sein: "Was ich bin und was sie sieht."
"Wir sind Nachbarn und ich weiß nichts über dich", sagt sie plötzlich und überrascht mich damit.
"Was willst du wissen?", frage ich und versuche, Zeit zu gewinnen, bevor ich etwas sage. Natürlich weiß sie nichts, sie hat nie gefragt, nie Gelegenheit gegeben.

Kapitel 7

Eine Geschichte aus der Mitte

Simone

"Alles! Nichts weniger als das..."

Als Nicola ihre Sonnenbrille abnahm und mich direkt ansah, fühlte ich ein Unbehagen. Es war, als würde ich wieder in das blaue Meer von Lisas Blick eintauchen, diesmal in einem dunkleren Farbton, aber mit derselben Unermesslichkeit. Ich mag diese Frau nicht, wiederhole ich mir selbst, getrieben von einer schwer zu kontrollierenden Neugier.

"Ich weiß nicht, wo ich anfangen soll", sagt sie mit ihrem charakteristischen Akzent, lehnt sich weiter zurück und verliert fast das Gleichgewicht.

"Fang in der Mitte an. Die Mitte der Geschichten ist immer das Wichtigste, es ist das, was uns zum Handeln veranlasst hat, der Wendepunkt der Kurve", sage ich und stehe auf. Ich will diesen Raum nicht mit ihr teilen, deshalb ist die beste Option, die Gelegenheit zu nutzen und ein wenig die Beine zu vertreten.

"Möchtest du einen Spaziergang machen? Ich kann dir den Rest des Gartens zeigen. Die einzige Möglichkeit, dir die wahre Dimension seiner Schönheit zu vermitteln, ist, dich selbst urteilen zu lassen. Im Gegenzug erzählst du mir eine Geschichte." Ich kann nicht widerstehen, sie zu provozieren, es ist stärker als ich. Andererseits denke ich, von zwei Dingen eins, entweder hat sie die Fähigkeit, dieses Spiel zu spielen, oder es lohnt sich nicht,

weiterzumachen. Wir werden sehen.
"Pascal! Wenn der Garten schön ist, genieße ich seine Schönheit; wenn er es nicht ist, genieße ich deine Gesellschaft umso länger. Es ist immer eine Wette, bei der man nur gewinnen kann!"
Touché, denke ich.
"In der Mitte anzufangen, ist ein semantischer Widerspruch. Aber letztendlich, was könnte ich von dir erwarten, der Meisterin der Dialektik?"
Während wir die Brücke überqueren, beschließe ich, selbstbewusster voranzugehen. Ich weiß, dass in diesem Moment das Spiel auf meiner Seite ist. Daher kann ich auf Höflichkeit verzichten und auf meine Art spielen. Wenn es ihr nicht gefällt, werde nicht ich es sein, die sie zurückhält.
"Wo warst du vor einem Jahr? Genau vor einem Jahr... Was hast du gemacht?", frage ich, wohl wissend, dass ich in Bereiche eindringe, die mich nichts angehen.
Nicola hält inne und scheint nachzudenken. Für einen Moment sagt sie nichts. Dann, als hätte sie endlich die richtige Erinnerung gefunden, beginnt sie zu sprechen: "Ich war in Paris. Genau vor einem Jahr jetzt, bereitete ich mich auf eine Party in einem der luxuriösesten Hotels in Paris vor."
Das war nicht die Antwort, die ich erwartet hatte. Wie kann ich den Anspruch haben, irgendetwas vorherzusehen? Ich kenne sie nicht, aber ich muss die Leerstellen füllen. Und ich bin verschwenderisch darin, plausible Realitäten für sie zu erfinden, plausibel nicht, weil sie ihre sind, sondern weil sie diejenigen sind, die ich mir für sie vorstellen kann. Und in meiner Realität geht Nicola nicht auf Luxuspartys in Pariser Hotels. "Allein?", frage ich.

"Nein...", bevor sie etwas anderes sagt, sieht sie mich an, "...bist du sicher, dass du diese Geschichte hören willst?"
"Natürlich, und jetzt, wo du fragst, noch mehr!"
"Gut. Der Garten ist wunderschön." Nicola lächelt verschwörerisch und fährt fort: "Wir werden nie wissen, ob wir dieselbe Schönheit sehen, aber es tröstet mich zu wissen, dass wir uns über das Attribut einig sind. Wette gewonnen!"
Ich weiß nicht, worauf sie sich bezieht, wenn sie die letzten Worte sagt. Aber ich erkenne, dass ich es mit einer Spielerin der Extraklasse zu tun habe. "Die Geschichte?", bestehe ich darauf. "Willst du dich setzen? Dort hinten ist eine Bank." Sie scheint mit meinem Vorschlag zufrieden zu sein. Wir gehen dorthin und setzen uns.
"Ich bin mit Francesca nach Paris gereist. Sie hatte ein Treffen und lud mich ein, sie zu begleiten. Ich lernte Francesca kennen, als ich nach Rom ging. Es war eine schwierige Zeit."
Nicola hört auf zu sprechen, als würde sie jeden Schritt dessen, was sie beschreibt, wieder durchleben, und lässt in der Luft hängen, dass etwas wirklich Ernstes passiert sein muss. Ich versuche, die Informationen mit dem zu verbinden, was ich in ihrem Lebenslauf gelesen habe, als ich den Professorenaustausch genehmigte. Die Person, die kommen sollte, um Erics Platz einzunehmen, war nicht Nicola, sondern ein anderer Kollege. Vor etwa einem Monat wurde völlig ungewöhnlich mitgeteilt, dass er aus persönlichen Gründen nicht kommen könne und von ihr ersetzt würde. Nicola hat eine beeindruckende Laufbahn, sie schloss ihr Studium in Mailand ab und promovierte in Rom, mit dreiunddreißig Jahren, mit der

höchsten Auszeichnung. Ihre Studien über Spinoza sind derzeit die Referenz in ganz Europa.

"Ich bin neugierig. Was war das für eine Party?", sage ich und bringe sie dazu, den Hals zu drehen und mich anzusehen. Gegen alle meine Erwartungen ist es angenehm, ihr zuzuhören.

"Es war eine Party der 'Sphären'..."

Ich weiß nicht, was die 'Sphären' sind, aber es scheint mir auch nicht der richtige Zeitpunkt zu fragen.

Nicola, die für einen Moment das Gesicht verschlossen, die Augen halb geschlossen und die Stirn gerunzelt hatte, entspannt sich wieder und fährt fort. "An diesem Abend trug ich einen schwarzen Anzug, mit gebügelten Hosen und einem Satinblazer, ein ebenfalls schwarzes Hemd. Francesca trug ein blaues Kleid mit einem engen Rock, der bis zu den Füßen reichte. Um den Hals, unvermeidlich Perlen. Ich sah bekannte Gesichter wieder und wurde einigen Leuten vorgestellt, die ich noch nie gesehen hatte. Eine dieser Personen, eine Physikerin von der Universität Berlin, Analise war ihr Name, verzauberte mich mit ihrem Wissen über Strategie und Geopolitik. Sie sprach lebhaft und brachte in ihrem Ausdruck viel von der Emotion zum Ausdruck, die sie in ihre Worte legte. Irgendwann ließ sie mich allein, um mehr Champagner zu holen. Als sie zurückkam, beugte sie sich zu mir, um mir das Glas zu geben, und in diesem Moment küsste sie mich auf die Lippen. Sie setzte sich wieder neben mich, als wäre nichts passiert, und sprach weiter. Mein Körper reagierte auf den Kuss und mein Kopf konnte sich nicht mehr auf die Worte konzentrieren. Ich erinnere mich, dass ich eine Hand auf ihr Bein legte und mit den Fingern unter den Rock fuhr, den sie trug. Sie sah mich an, lächelte und sprach wieder weiter, als würde meine Hand nicht existieren. Wir saßen da, allein inmitten so vieler Menschen, gleichgültig gegenüber unserer Umgebung. Ich ließ meine Hand über ihren Schenkel gleiten, und sie... sie sprach weiter und trank ihren Champagner. Irgendwann rückte sie näher an mich heran und gewährte mir eine größere Bewegungsfreiheit. Wären da nicht die Beschleunigung ihres Atems und ihr leicht gerötetes Gesicht gewesen, hätte es den Anschein erweckt, als würde nichts passieren."

Nicola unterbricht, was sie sagt, auch sie schwer atmend, auch sie mit gerötetem Gesicht. Sie sieht mich an und steht auf, bleibt stehen. Sie streckt mir den Arm entgegen und zieht mich hoch, um mir ebenfalls aufzustehen zu helfen. "Es wird spät. Du musst meiner Geschichte langsam überdrüssig sein. Entschuldige, ich weiß nicht warum, aber du hast gefragt, wo ich vor einem Jahr war, und ich habe mich von einem Strudel von Erinnerungen mitreißen lassen."

"Nein, entschuldige dich nicht. Ich mochte deine Geschichte aus der Mitte. Wirklich, ich mochte sie sehr. Im Gegensatz zu Anfang und Ende, die unvermeidlich kurze Momente sind, ist die Mitte so umfangreich. Ich glaube, du hast noch viele Geschichten zu erzählen." Es macht wenig Sinn! Es macht sehr wenig Sinn, dass ausgerechnet ich die Geschichten einer Fremden hören will. Es macht wenig Sinn, dass sie sich so offenbart. Aber ich weiß, dass es die Dinge sind, die wenig Sinn ergeben, die mich lebendig fühlen lassen.

"Ist dir kalt?", fragt sie mich, als ich zittere und mit den Händen über meine Arme reibe. Ohne mich antworten zu lassen, zieht Nicola ihre Jacke aus und

legt sie mir um die Schultern. Der Duft ihrer Haut vermischt sich mit dem ihres Parfüms. "Gehst du nach Hause? Wir können zusammen gehen, schließlich sind wir Nachbarn", sagt sie, als müsste diese Selbstverständlichkeit klargestellt werden.
"Wenn du willst, kannst du mit zu mir kommen. Die Aussicht von meiner Terrasse ist nicht Paris, aber ich glaube, sie ist sehenswert."
Hier draußen, an dem Tisch auf der Terrasse sitzend, ich bereits mit einem Pullover bekleidet und sie, natürlich, mit ihrer bis zum Hals zugeknöpften Lederjacke, trinke ich einen Gin und sie ein Sprudelwasser. Die Sonne geht am Horizont unter und färbt den Himmel rosa und orange, in einer Farbmischung, die das Herz erwärmt. Nicola sprach nicht mehr über die Party oder Paris, und ich, obwohl ich viel mehr wissen wollte, wagte nicht zu fragen. Das Gespräch drehte sich um das Doktoratsstudium und die Organisation des nächsten Studienjahres.
Nachdem ich mehrmals gezögert habe, sage ich, was mir auf der Zunge brennt: "Neulich habe ich dich mit Ruth weggehen sehen..." Ich stelle nicht einmal wirklich eine Frage, es ist nur eine kurze Bemerkung, aber sie reicht aus, damit sie mir antwortet.
"Sie ist sehr sympathisch und hübsch! Sie hat mich eingeladen, in eine neue Bar im Zentrum zu gehen. Es war ein schöner Abend, gute Musik und gute Gespräche."
Das reicht mir nicht, das ist nicht das, was ich wissen will, denke ich.
Mit derselben Unbefangenheit wie zuvor und ohne auf mein Eingreifen zu warten, fährt sie einfach fort: "...Ruth ist ein sehr attraktives Mädchen. Schon hier draußen, bevor sie sich verabschiedete, raubte sie mir einen Kuss.

Wer weiß..."

Ich fühle mich unwohl. Ich schaue sie an und sehe, dass ihr Glas leer ist. Ich lasse sie auf der Terrasse zurück und gehe in die Küche, komme mit zwei vollen Gläsern zurück - Wasser für sie und Gin für mich, diesmal etwas hochprozentiger.

Wir verlieren uns wieder in philosophischen Themen und der unsichtbaren Rolle, die Frauen im Laufe der Geschichte gespielt haben. Nicola weiß viel mehr über das Thema, als ich mir hätte vorstellen können. Ich spüre, wie der Alkohol anfängt zu wirken. Der Himmel ist jetzt völlig schwarz. Die Sternennächte, die Aussicht, dieser Stuhl, alles erinnert mich an Lisa. Wie viele Nächte haben wir hier verbracht, bis in die frühen Morgenstunden geredet. Als sie schon krank war, kamen wir hier raus, die frische Luft linderte ein wenig die Übelkeit und das Erbrechen. Ich schüttele den Kopf, um die Gedanken körperlich zu vertreiben. Ich schaue zur Seite und sehe, dass Nicola mich unverwandt anstarrt, ohne etwas zu sagen. Wie lange war ich wohl abwesend, in meinen Gedanken verloren? "Entschuldige. Ich hing Erinnerungen nach."

"Lisa?"

"Ja! Lisa."

"Ich weiß nicht, ob ich fragen soll, aber fühl dich völlig frei, mich zum Schweigen zu bringen oder nicht zu antworten. Neulich habe ich mit Carmen gesprochen und sie hat mir von Lisa erzählt."

"Lisa und Carmen waren mehr als Kolleginnen, sie waren Freundinnen, Schwestern. Ich erinnere mich an den Tag, als sie von der Uni kam und sagte, sie hätte 'meine' Person gefunden. Wochen später stellte sie mich Lisa vor."

Ich greife nach dem Glas, das auf dem Tisch steht, und leere den Rest der Flüssigkeit, die noch übrig ist. Nicolas Glas hingegen bleibt praktisch unberührt stehen. "Wenn wir über Lisa reden wollen, musst du mich reingehen lassen, um mir noch etwas zu trinken zu holen. Ich nehme an, du willst nichts mehr."

Ich komme mit dem wieder gefüllten Glas zurück und stürze mich kopfüber in ein Thema, das widersprüchliche Gefühle in mir auslöst: Lisa. "Sie holte mich aus dem Universum von Licht und Schatten, in das ich mich immer geflüchtet hatte. Bei ihr wurde alles gefühlt, berührt, geschmeckt. Sie hatte eine emotionale Intelligenz, die weit über das hinausging, was ich dir sagen kann. Sie betrachtete die Welt um sich herum und blickte in die Menschen hinein. Ich glaube nicht, dass sie auch nur eine Minute damit verbracht hat, darüber nachzudenken, was Realität ist oder sich mit dem Bewusstsein herumzuschlagen, das wir von den Dingen haben. Für sie war die Wahrheit einfach das, was sie umgab, und sie glaubte... Sie glaubte an die Reinheit der Dinge, an die Ehrlichkeit der Menschen, denn, wie sie selbst sagte, auch wenn jemand lügt, sagt er auf seine Weise die Wahrheit, und es ist unsere Pflicht, nicht nur die Wahrheit an sich zu interpretieren, sondern auch den Wahrheitsgehalt der Lüge." Ich atme tief durch und trinke noch etwas. Ich habe schon lange nicht mehr mit jemandem außer Carmen über Lisa gesprochen. Ich schaue zu Nicola, die inzwischen den Blick abgewandt hat und die Lichter der Stadt zu unseren Füßen betrachtet. In meine Erinnerungen versunken, bin ich nicht in der Lage aufzuhören. "Lisa lebte, als hätte sie alle Zeit der Welt und legte gleichzeitig in jede Geste die Intensität von jemandem, der weiß, dass alles morgen vorbei sein könnte.

Als die Diagnose gestellt wurde, ging sie optimistisch mit der Situation um und überzeugte sich selbst und mich, dass alles gut werden würde. Und in den ersten zwei Jahren war das unsere Realität. Es war unsere Realität, weil wir uns davon überzeugten, dass sie real war. Wir ignorierten, was alle anderen sahen, und gestalteten unsere eigene Welt, bis..." Ich atme tief durch und reibe mir die Augen, aber selbst so kann ich eine Träne nicht zurückhalten, die unbedingt fallen will.

Mein Schweigen unterbrechend, murmelt Nicola leise, aber laut genug, um gehört zu werden: "Ich wünschte, ich hätte sie kennengelernt."

"Ich bin sicher, sie hätte dir gefallen", ich mache eine Pause, "...und du hättest ihr gefallen."

"Warum?"

"Weil du die gleiche Ausstrahlung hast. Du erfüllst den Raum." Ich spüre, wie mein Kopf sich dreht, ich glaube, ich habe mehr getrunken, als ich sollte.

**

Mittwoch, noch eine Runde Karten mit den Martínez und noch ein Sieg. Diesmal gab es nicht einmal einen Kampf, es ging zu schnell. Mit dem Versprechen, bei der nächsten Herausforderung dabei zu sein, gratulierten uns Grace und David zum Turniersieg, nicht ohne zuvor einige spitze Kommentare über das Glück im Spiel fallenzulassen.

Grace lenkte das ganze Gespräch auf Emily und brachte Carmen dazu, sich viel mehr als sonst auf das Spiel zu konzentrieren, wenn auch nur, um dem Verhör zu entkommen.

Berauscht vom Aroma meines Erdbeer-Crêpes lehne ich den Kopf nach hinten und schließe die Augen.

"Geht es dir gut?", fragt Carmen.
"Bestens", antworte ich. "Du bist diejenige, die sich seltsam verhält. Es schien, als würdest du Grace ausweichen. Sie wollte etwas über Emily wissen und du hast das Gespräch abgelenkt und der armen Frau am Ende nichts gesagt. Ist etwas passiert?"
"Sagen wir, ich habe eine Seite der Martínez kennengelernt, von der ich nicht wusste, dass sie existiert. Wir verbringen Stunden und Stunden zusammen, ohne wirklich etwas übereinander zu wissen. Und jetzt glaube ich, dass es sogar besser so ist!", antwortet sie und lässt durchblicken, dass noch etwas mehr passiert ist.
"Hat es mit Emily zu tun?", hake ich nach.
"Sie ist eine intelligente und talentierte junge Frau."
"Aber...", am Tonfall erkenne ich, dass ein "Aber" kommt.
"Aber... mir wurde klar, dass die Eltern sehr einengend sind. Im Gegensatz zu dem, was Grace uns glauben machen will, wenn sie von ihrer Tochter spricht, haben sie keinerlei enges Verhältnis. Vielleicht haben wir sie deshalb nie hier im Gebäude getroffen", schließt Carmen und widmet ihre ganze Aufmerksamkeit dem Crêpe.
Den Gesprächsfaden wechselnd, schwinge ich die leere Gabel in der Luft und platze heraus: "Ich habe gehört, dass du jetzt Leuten Tipps gibst, welche Parks am besten zum Lernen geeignet sind. Eine ruhige Lektüre, ein schattiger Platz. Willst du dich darauf spezialisieren? Oder hast du noch undurchsichtigere Absichten?", spotte ich.
"Wovon sprichst du?", fragt sie und lässt ein Kichern hören, gerade genug, um einen Teil des Cappuccinos zu verschütten, den sie trinkt.

"Von einer gewissen schicksalhaften Begegnung. Der Zufall verschwört sich zu meinen Gunsten oder gegen mich, das habe ich noch nicht entschieden."

Kapitel 8

Wir haben alles getan, was möglich war

Carmen

"Sag mir nicht, dass du sie nach Hause geschickt hast. Die Arme!"

"Nein, ich habe sie nicht weggeschickt. Um ehrlich zu sein, habe ich sie schließlich zu mir nach Hause eingeladen..."

"Was? Zu dir nach Hause?", frage ich mit überraschter, erhobener Stimme, ohne sie ausreden zu lassen.

"Ja, wir sind auf der Terrasse gelandet und haben über die Promotion diskutiert..."

"Ihr habt auf deiner Terrasse über die Promotion diskutiert?" Mein Gesicht spiegelt sicherlich meine Ungläubigkeit wider.

"Hör auf, alles zu wiederholen, was ich sage. Du gehst mir auf die Nerven", sagt sie, während sie die Augenbrauen zusammenzieht und die Mundwinkel zu einem seltsamen Ausdruck verzieht.

Seit Lisa gestorben ist, kann ich mich nicht erinnern, dass sie jemanden außer mir und Samuel zu sich nach Hause eingeladen hat. "Und was ist passiert? Habt ihr über Philosophie gesprochen?"

"Ich glaube, ich habe mich in Bezug auf sie geirrt. Sie ist intelligent."

"Das ist eines der größten Komplimente, die Simone jemandem machen kann." Ich sage nichts und warte darauf, dass sie fortfährt. "Unter anderen Umständen, wer weiß."

"Was für Umstände? Du bist hier, Nicola ist interessiert. Was fehlt noch?"
"Es wird nie Platz für jemand anderen geben."

**

Ich komme fünf Minuten vor acht Uhr abends an, um meinen zwölfstündigen Dienst anzutreten. Die Schichtübergabe geht schnell und das Team ist vollständig, nur Emily fehlt noch. Wie ist es möglich, dass sie sich verspätet, ohne Bescheid zu sagen? Es ist schon nach neun, als sie am Ende des Flurs auftaucht und langsam auf mich zukommt. Ich versuche, meinen Ärger runterzuschlucken.
"Carmen, ich muss eine Minute mit dir reden." Es ist nicht einmal eine Frage, ihre Worte klingen wie eine Forderung. Ich weiß nicht, ob es an ihr oder an dieser neuen Generation liegt, aber der Tonfall hat die Gabe, mich noch mehr zu provozieren.
"Jetzt nicht! Du bist eine Stunde zu spät und ich habe ein Team zu leiten!" Meine Stimme ist aufgebracht und ich unternehme keine Anstrengung, es zu verbergen. "Was auch immer du mir zu sagen hast, es muss warten. Such dir einen freien Raum und fang an, Patienten aufzurufen, die Wartezeit beträgt über zwei Stunden."
Ich schlucke meine Empörung hinunter und beginne eine schnelle Visite, bei der ich jeden Patienten in Beobachtung aufsuche. Es gibt zwei, denen es viel besser geht und die in den nächsten Stunden entlassen werden können, wenn es so weitergeht. Zwei weitere warten auf ein Bett, um auf die Station verlegt zu werden, und die anderen werden noch untersucht oder warten auf Tests.
Die scheinbare Ruhe wird durch laute Stimmen und das Auslösen des Notrufs unterbrochen, was auf einen Herz-Kreislauf-Stillstand hinweist. Ich

lasse alles stehen und liegen und renne zum Reanimationsraum. Dort sind bereits zwei weitere Ärzte und drei Krankenschwestern. Es handelt sich um eine junge Frau, die gerade mit dem Krankenwagen eingeliefert wurde und bereits im Stillstand ist. Während des Transports versuchten sie, sie wiederzubeleben und schafften es, einen Puls zu bekommen, aber als sie ins Krankenhaus kam, hörte sie wieder auf zu atmen. Die Krankenschwester, die die Herzmassage durchführt, wechselt erschöpft mit einem der Ärzte. Jemand greift nach dem Beatmungsbeutel und beatmet, während ich nach vorne gehe und das Material zum Intubieren anfordere. Die Intubation ist einfach und schnell. Schließlich, nach fast vier Minuten und zwei Dosen Adrenalin, geht sie in Kammerflimmern über. Die Defi-Paddles werden angesetzt und der Schock vorbereitet. In einem Bruchteil einer Sekunde schließe ich die Augen und hoffe das Beste. Sinusrhythmus... Das Team atmet erleichtert im Chor auf.

Man erklärt mir, dass die junge Frau Fußball spielte, als sie ohne ersichtlichen Grund bewusstlos zusammenbrach. Es waren die Trainerinnen, die den Notruf wählten, und bis jetzt weiß man nichts weiter über die Situation, außer dass es sich um eine fünfundzwanzigjährige Frau handelt, eine Profisportlerin und scheinbar gesund.

Der Lärm der Stimmen wird unterbrochen, als der Alarmton des Monitors erneut ertönt, der Rhythmus verlangsamt sich - fünfzig, vierzig... zwanzig, bis nur noch eine waagerechte Linie übrig bleibt. Der Trubel beginnt von neuem, aber diesmal scheint niemand zu glauben, dass es gelingen wird, die Situation umzukehren. Minuten später bin ich es, die den Tod feststellt.

Ich ziehe die Handschuhe aus und werfe sie mit einer wütenden Geste in den

Müll. Es ist alles, was ich mir erlaube, aber es ist zweifellos bei weitem zu wenig, um die Machtlosigkeit zu vertreiben, die ich empfinde. Ich gehe durch die Tür und mache mich auf den Weg zum Warteraum, ohne stehen zu bleiben und nachzudenken, wohl wissend, dass ich dem, was mich erwartet, nicht gewachsen sein werde, wenn ich es tue.

Ich bitte eine der Krankenschwestern, die Eltern ausfindig zu machen und sie in einen abgelegeneren Raum im Inneren zu bringen. Drei Personen betreten den Raum und stellen sich als Vater, Mutter und Freundin vor. Letztere, in Tränen aufgelöst, bleibt umarmt von der Mutter des Mädchens, das gerade gestorben ist. Es gibt keine einfache Art, solche Nachrichten zu überbringen. Ich mache das, was man uns beibringt - nachdem ich die Tür geschlossen habe und alle sitzen, informiere ich sie, dass wir alles getan haben, was möglich war, aber dass sie es nicht geschafft hat und schließlich gestorben ist. Ich spüre, wie mir Tränen in die Augen steigen, aber ich halte mich zurück, weil ich merke, dass ich nicht das Recht habe, meine Gefühle in diesem Moment in den Vordergrund treten zu lassen.

Es ist fast drei Uhr morgens, als der Dienst endlich ruhiger wird. Der Beobachtungsraum ist mit halb ausgeschalteten Lichtern beleuchtet und in der Dunkelheit scheinen Patienten und Krankenschwestern zu ruhen, nur das ständige Geräusch der Maschinen ist zu hören. Ich bin an der Reihe, mich auszuruhen.

Als ich eintrete, ist der Arbeitsraum leer. Auf dem großen Tisch sind noch die Reste des Abendessens zu sehen. Bei all dem hatte ich nicht einmal Zeit, ans Essen zu denken. Ich gehe hin und greife nach einer Packung Schokomilch. Ich setze mich auf ein Sofa und lehne mich zurück, bis ich fast

liege. Ich lasse den Zucker in der Milch seine Wirkung entfalten und kann endlich über alles nachdenken, was gerade passiert ist.
Ich erinnere mich an die Augen dieser Eltern, ungläubig, unfähig zu glauben, was ich sagte. Was die Freundin betrifft, glaube ich, dass sie sich der Auswirkungen nicht einmal bewusst wurde, es werden schwierige Tage. Es gibt keinen Patienten, der stirbt, ohne dass ich an diesen Nachmittag denken muss...
Die Tür öffnet sich und Emily betritt den Raum. Schnell wische ich mir mit dem Handrücken über die Augen und richte mich auf. "Was machst du hier?", frage ich. "Solltest du dich nicht ausruhen? Ich habe gesehen, dass du die erste Schicht hattest."
"Ich muss mit dir reden."
"Emily, wir werden morgen reden, jetzt ist kein guter Zeitpunkt", ich fühle mich nicht in der Lage, ihr alles zu sagen, was nötig ist, und habe auch kcine Lust, ihre Erklärungen anzuhören.
"Es geht schnell!", sagt sie, während sie den Kittel auszieht, ohne sich hinzusetzen.
"Ich werde die Facharztausbildung abbrechen! Ich beende diese Schicht, aber ich werde weder zu den Ambulanzen noch zu irgendetwas anderem zurückkehren."
Ihre Worte erwischen mich völlig unvorbereitet, ich hätte mit allem gerechnet, nur nicht damit.
"Du kannst nicht kündigen", was für eine dumme Bemerkung von mir.
"Ich kann, verdammt! Natürlich kann ich! Ich halte es nicht mehr aus! Ich halte es nicht mehr aus, ständig bei allen um Entschuldigung zu bitten, weil

ich es nie schaffe, ganz bei der Sache zu sein. Ich habe versprochen, dass es nicht wieder vorkommen würde. Und schau, keine zwei Wochen später sind wir wieder hier. Ich habe einen Termin verpasst, das Team gefährdet und den Patienten gegenüber respektlos gehandelt. Ja, ich bin mir all dessen voll bewusst... Du musst es nicht sagen. Aber trotzdem konnte ich es nicht anders machen, was mich zu dem Schluss kommen lässt, dass es nie anders sein wird. Nicht einmal mit dir..."

Ich bleibe an dem letzten Satz hängen. Was meint sie mit 'nicht einmal mit dir'? Emily steht vor mir in einer weißen Bluse und engen Jeans und sieht so hilflos aus, dass ich mich zusammenreißen muss, um sie nicht zu umarmen.

"Setz dich bitte... Du kannst so eine Entscheidung nicht einfach um drei Uhr morgens treffen. Warum bist du so spät gekommen?"

"Ich musste eine Arbeit für den Poesiewettbewerb bis heute Mitternacht abgeben. Obwohl ich die Frist schon vor einer Woche kannte, vergingen die Tage und ich schaffte es nicht, etwas zu produzieren, das brauchbar war. Gestern hatte mein Vater Geburtstag und meine Mutter bestand darauf, dass ich nach Hause komme, obwohl ich normalerweise nicht zu solchen Feiern gehe. Wieder einmal dachte ich, es sei möglich, alles unter einen Hut zu bringen. Die Realität sah dann ganz anders aus. Das Essen zog sich in die Länge und meine Mutter nutzte den Abend, um mich in die Enge zu treiben. Sie hörte nicht auf, über meine Arbeit, mein neues Praktikum und natürlich über die Notwendigkeit zu sprechen, einen guten Mann zum Ausgehen zu finden. Ich wurde immer gereizter, schaute auf die Uhr und sah die Minuten verstreichen."

Emily, die sich inzwischen auf eine Ecke des Sofas gesetzt hat, fährt sich mit der Hand über das Kinn und dann durch die Haare, steckt eine Strähne hinter das Ohr und wirft den Zopf nach hinten. "Ich beendete den Abend bei meinen Eltern, stritt mit ihnen und allen anderen, die noch konservativer sind. Ich sagte, was ich sagen sollte und was ich nicht sagen sollte, und erwähnte, dass meine Freundin auf mich wartete. Es schlug ein wie eine Bombe, ich hatte nie gesagt, dass ich mit jemandem zusammen war, geschweige denn, dass ich mit Frauen ausging. Um ehrlich zu sein, ich weiß nicht, ob ich es war, die zur Tür hinausging oder ob es meine Mutter war, die mich zur Tür hinausschob."

Emily steht auf und geht zum Kühlschrank, um eine Flasche Wasser zu holen, und bringt auch eine für mich mit. Ich nehme sie an und lächle in dem Versuch, ihr etwas Trost zu spenden. Sie setzt sich wieder hin, diesmal näher bei mir. "...wie du dir vorstellen kannst, habe ich keine brauchbare Zeile geschrieben. Heute, als die Zeit knapp wurde, setzte ich mich vor den Computer, drehte die Musik auf volle Lautstärke und beschloss, nur dann zu gehen, wenn ich fertig wäre. Ich habe es schließlich geschafft. Das Problem war, dass als ich auf "Senden" drückte, es schon fünfunddreißig Minuten nach acht war."

"Es waren keine einfachen Momente, aber ich stelle mir auch vor, dass sie sich nicht vorhersehbar wiederholen werden. Das kann nicht der Grund sein, warum du die Facharztausbildung abbrichst, nicht jetzt. Das kannst du nicht tun", sage ich, ohne recht zu wissen, was ich sagen soll, aber mit dem eisernen Willen, sie zu überzeugen, nicht aufzugeben. "Wie, 'tun'?"

"Wir werden versuchen, das gemeinsam durchzustehen. Du hast die Arbeit abgegeben, nicht wahr?"

"Welche, die Poesie?"
"Ja, hast du noch eine andere?"
"Habe ich, ich habe einen überfälligen Bericht und meine Neurologie-Betreuerin lässt mich nicht in Ruhe. Ich habe auch den Bericht über das HNO-Praktikum, das ich gemacht habe, aber da der Verantwortliche im Ausland ist, habe ich eine Ausrede, ihn nicht abzugeben. Kurz gesagt, mein Leben ist in letzter Zeit eine Ansammlung von Verspätungen." Emily versucht einen humorvollen Ton anzuschlagen, aber alles, was ich sehe, wenn ich sie anschaue, ist eine junge Frau, die sich in dem Chaos verloren hat, das sich in ihrem Leben breitgemacht hat.
"Wie wäre es, wenn du mit mir zum Kongress für Pathologie beim sehr alten Patienten gehen würdest?"
"Ich würde es lieben!", antwortet sie ohne zu zögern, bevor sie Zeit hat nachzudenken und eine ganze Reihe von Einwänden vorzubringen. "Aber ich kann nicht. Erstens findet der Kongress schon nächste Woche statt. Zweitens habe ich keine Anmeldung, keine Reise, keine Unterkunft. Und als ob das alles nicht reichen würde, habe ich weder Zeit ... noch Geld."
"Schritt für Schritt! Würdest du wirklich gerne zum Kongress gehen?", frage ich und versuche das Terrain zu sondieren, bevor ich einen entscheidenderen Schritt wage.
"Natürlich! Ich würde es lieben!" Endlich zeigt sie ein ehrliches Lächeln und lässt die Grübchen in ihren Wangen sehen.

**

Das späte Frühstück in The Machine an freien Tagen wurde zur Gewohnheit. Und natürlich gehört zu dieser Routine ein nicht vereinbartes, aber

erwartetes Treffen mit Nicola. Je mehr ich sie kennenlerne, desto mehr denke ich, dass sie eine sehr interessante Frau ist, die in der Lage ist zu reden, aber auch zuzuhören, weit entfernt von der Femme Fatale, die Simone beschreibt. Ich kann mich nicht von dem distanzieren, was heute Nacht passiert ist, und erzähle ihr einen Teil dessen, was Emily mir erzählt hat. Sie bleibt praktisch die ganze Zeit still, aber an ihren Gesichtsausdrücken kann ich erkennen, dass sie viel mehr denkt, als sie mir sagt.
"Ich habe es geschafft, dass sie die Residency nicht aufgibt. Zumindest vorerst. Ich wurde zu einem Kongress eingeladen, der vielleicht interessant für sie wäre. Glaubst du, ich sollte sie vorschlagen? Der Kongress findet schon Anfang nächster Woche statt, aber Anmeldungen und Reisen lassen sich sicher noch organisieren. Auch wenn die Unterkunft komplizierter ist, kann sie sich die Wohnung mit mir teilen. Was denkst du?" Die Ideen jagen sich in meinem Kopf im Kreis und bringen die Worte durcheinander. Je mehr ich darüber nachdenke, desto sinnvoller erscheint es mir.
"Ich denke gar nichts", antwortet Nicola und macht gleichzeitig eine Grimasse, die ich nicht zu interpretieren vermag.
"Also, wir kennen uns schon lange genug, sodass ich eine überzeugende Antwort verlangen kann."
"Ich glaube, du solltest darüber nachdenken, warum du sie einladen möchtest", sagt sie auf seltsame Art und Weise.
"Ich habe Mitleid mit ihr", antworte ich, ohne sie ausreden zu lassen. "Ich möchte, dass sie spürt, dass jemand hinter ihr steht. Es ist das, was ich mir für meine Töchter wünschen würde."
Trotz meiner Antwort hat mich Nicolas Kommentar verunsichert, als müsste

ich mich rechtfertigen, mich verteidigen.

Kapitel 9

Die Wahrheit in der Lüge und die Lüge in der Wahrheit

Nicola

"Entschuldige die Offenheit, aber es scheint mir überhaupt nicht so, dass du Emily ansiehst und deine Töchter siehst."

Ich kann ahnen, dass da noch mehr im Spiel ist. Vielleicht ist sie sich dessen selbst nicht bewusst, aber die Art, wie sie von Emily spricht, das Leuchten in ihren Augen, hat eine ganz andere Bedeutung.

Carmen lässt abrupt den Löffel fallen und durchbohrt mich mit einem Blick an, der mich wieder einmal nicht ausreden lässt: "Was willst du damit sagen?"

"Was ich sagen will ist, nach allem was du mir erzählt hast, scheint es mir, dass du ein anderes Interesse haben könntest."

Carmen hat ein rotes Gesicht und schaut mich nicht an. Offensichtlich hat ihr nicht gefallen, was sie gehört hat. Völlig unvorhergesehen steht sie auf, schiebt den Stuhl mit solcher Wucht zurück, dass er scheppernd zu Boden fällt.

"Das lasse ich mir nicht unterstellen! Du kennst mich nicht."

"Setz dich. Bitte geh nicht so weg", sage ich leise und versuche sie zum Umdenken zu bewegen. "Ich wollte dich nicht beleidigen. Ich dachte nur ..."

Diesmal bin ich es, die den Satz absichtlich nicht zu Ende bringt.

Trotz meines Versuchs lässt sie sich nicht erweichen. Sie stellt den Stuhl

wieder auf, dreht sich um und geht, ohne sich umzuschauen.
Ich bleibe allein zurück, starre in die leere Tasse und versuche den Sinn dessen zu verstehen, was gerade passiert ist. Carmens abrupter Abgang hat mich beunruhigt und lässt mich in eine Zeit zurückgehen, in der Schreie und Streitereien fast an der Tagesordnung waren. Ich hoffe, sie ist nicht böse auf mich, ich kann es mir nicht leisten, eine der wenigen Freundinnen zu verlieren, die ich hier habe, denke ich.
Allein gelassen gebe ich meinen Gedanken freien Lauf, betrachte die Maschinenstücke um mich herum und versuche den Mut aufzubringen, den Computer wieder aufzuklappen und zu der E-Mail zurückzukehren, an der ich gerade schrieb.

"Liebe Freundin,
ich bin jetzt seit fast drei Wochen hier und das Gewicht der Sehnsucht beginnt sich bemerkbar zu machen. Ich habe mit Francesca gesprochen, aber du weißt ja, wie sie ist ... Immer am Scherzen. Ich kann nie ganz verstehen, was sie sagt (...). Sie gibt es nicht zu, aber ich möchte glauben, dass sie mich auch vermisst.
Die Vorlesungen beginnen erst in vierundzwanzig Tagen. Ich weiß nicht, ob es eine gute Idee war, so früh zu kommen. Ich weiß, dass du denkst, ich hätte nicht bleiben können. Und ich weiß auch, dass du Recht hast. Hier zu sein zwingt mich dazu, die Geister in der Vergangenheit eingesperrt zu lassen, wo sie hingehören. Hier denken alle, ich sei fröhlich und gut gelaunt, immer mit einem Lächeln. So will ich sein, und so werde ich wieder sein, denn trotz allem bin ich diese Person.

Du hast mich in deiner letzten E-Mail gefragt, ob es mir gut geht. Körperlich bin ich topfit, ich spüre nichts. Nichts Körperliches, denn der Rest ... Der Rest wird nie verschwinden (...)

Und sie, hat sie sich wieder gemeldet? Entschuldige die Frage, ich weiß, du wirst nicht antworten, aber es ist stärker als ich.

Um das Thema zu wechseln, ich habe dir noch gar nicht erzählt, dass ich es vorgestern endlich geschafft habe, ein Gespräch mit Simone zu führen. Wir sind uns zufällig begegnet, oder vielleicht auch nicht so zufällig, aber Tatsache ist, wir sind uns in einem Park hier in der Nähe begegnet. Wir sprachen über die Fakultät und die Promotion, und am Ende lud sie mich zu sich nach Hause auf einen Gin ein. Du weißt, dass ich in letzter Zeit nicht trinke, aber naja, Sprudelwasser tat es auch. Wir unterhielten uns stundenlang. Sie ist eine außergewöhnliche Frau! Ich bezweifle, dass sie jemals hier weg will, aber sie ist alles, was du beschrieben hast und zum Glück noch mehr (...)

Tschüss. Nico."

Es ist kurz nach halb zwei, als ich aus dem Café komme und langsam spazieren gehe, die Gebäude zu beiden Seiten der Straße betrachtend. Die Menschen eilen vorbei, auf der Suche nach schattigen Bereichen, auf der Flucht vor der Hitze, die heute zu spüren ist. Ich folge dem Weg, immer geradeaus, halte nur an, um die Straße zu überqueren und dann einen Block weiter zu gehen. Als ich den Park betrete, wird die Luft frischer, eine Folge der Bäume, die auf beiden Seiten eine grüne Allee bilden, in sanfter Bewegung der Blätter, die meine Ohren mit einer angenehmen Melodie

herausfordern. Um mich nicht zu verlaufen, erinnere ich mich an die Anweisungen und bleibe auf der linken Seite.
Nach wenigen Minuten betrete ich den japanischen Garten. Der Bereich ist menschenleer. Ich wähle dieselbe Bank, auf der Simone saß, als wir uns trafen.
Etwas, das ich nicht sofort identifiziere, weckt mich aus meiner Lektüre. Ich höre nichts außer dem Rauschen des Wassers, sehe niemanden, aber ich bleibe völlig reglos, überzeugt davon, beobachtet zu werden. Ich drehe mich um, ein paar Schritte entfernt steht Simone und schaut mich an. Wie automatisch schaue ich auf die Uhr - vier Uhr nachmittags.
"Hast du mein 'Büro' besetzt?", sagt sie in einem Tonfall, der eine Mischung aus Gewissheit und Frage ist, und überquert die kurze Distanz, die uns trennt.
"Nein! Ich habe nur beschlossen, dass es ein gemeinsames Arbeitszimmer sein könnte", antworte ich mit ernstem Tonfall und Blick.
"Das ist nur fair", sagt sie lakonisch und setzt sich auf die Bank direkt zu meiner Rechten.
"Wir sollten ein Schild aufstellen, dass das Zimmer voll ist, nicht dass noch jemand beschließt, den Raum mit uns teilen zu wollen."
Der Ort, an dem wir uns befinden, hat keine Wände oder Decke, Türen oder Fenster, nur Bambusstangen unterschiedlicher Höhe, so angeordnet, dass sie das paradoxe Gefühl vermitteln, sich in einem Zimmer im Freien zu befinden. Es muss an diesem Widerspruch liegen, dass Simone sich hier so wohl fühlt.
"Was liest du?", fragt sie, ohne mir Zeit zu lassen, das Buch wegzustecken.

"Reflexionen über die Wahrheit in der Lüge und die Lüge in der Wahrheit. Kennst du es?", frage ich lachend.
"Es ist alt."
"Nicht so sehr." Ich schaue auf das Veröffentlichungsdatum, es ist zwei Jahre her.
"Ich habe es geschrieben, als Lisa im Sterben lag", sagt Simone beinahe flüsternd, bis ihre Stimme verstummt und sie in ihren eigenen Gedanken verloren ist, den Blick in die Ferne gerichtet, ins Unendliche.
Ich wage nicht mich zu bewegen. Ich wage kaum zu atmen.
"Einen Teil des Textes habe ich geschrieben, als sie noch lebte. Während jener Monate, Wochen, bin ich sicher, dass meine Wahrheit anders war als die aller anderen. Oft habe ich mich gefragt, ob sie real wäre. Ob das, was ich fühlte, wahr wäre. Aber wenn es eine Lüge wäre, wer würde mich warnen? Ich musste mir selbst sagen, dass die Realität, die ich sah, nicht die 'richtige Realität' war." Simone hört auf zu sprechen und schaut mich an. Ich weiß nicht, ob sie Stille oder Antworten sucht, aber ich bin nicht in der Lage etwas zu sagen.
"Lisa und ich verbrachten viele Nächte auf der Terrasse liegend, mit den Sternen über unseren Köpfen, erinnerten uns an erlebte Geschichten und erfanden jene, von denen wir wussten, dass wir keine Zeit haben würden sie zu erleben. Wir bauten ein Erinnerungsbuch, ein Fotoalbum, eine geteilte Realität, die nur in unserer Fantasie existierte."
Die Kraft der Worte ist so groß, dass es mir schwer fällt, einen Platz zu finden, um in das Gespräch einzusteigen, sofern es sich um ein Gespräch handelt. Plötzlich scheint sie sich wieder bewusst zu werden, dass ich hier

bin, und fragt aus heiterem Himmel: "Gefällt es dir?"
"Ich weiß es nicht!" Ich bereue es sofort, natürlich gefällt es mir.
"Ich glaube, das war die ehrlichste Antwort, die ich bisher zu diesem Buch gehört habe."
Ich war schon dabei, zurückzurudern und zu versuchen, meinen Kommentar zu korrigieren, aber angesichts ihrer Aussage wage ich es, genau das zu sagen, was ich über das Buch denke.
"Ich weiß nicht, ob es mir gefällt, vor allem, weil ich nicht weiß, ob ich es verstehe."
"Klasse, ich habe es schon mehrmals gelesen und weiß auch nicht, ob ich es verstehe."
Wir lachen beide, in einer Gemeinsamkeit, die uns für einen Moment verbindet. Wie auf ein geheimes Zeichen stecke ich das Buch in den Rucksack, setze mich mit angezogenen Beinen auf die Sitzfläche der Bank und stütze meine Arme auf die Knie.
"Da du das Buch weggepackt hast, darf ich fragen, was du jetzt vorhast?", erkundigt sich Simone.
Ihre Fähigkeit, Momente wie diesen, von scheinbarer Nähe, mit anderen von enormer Distanz abzuwechseln, verblüfft mich.
"Nichts, ich werde hier bleiben und reden. Wenn du willst, natürlich."
"Ich will. Aber nicht hier."
Ohne auf meine Antwort zu warten, steht sie auf und mir bleibt nichts anderes übrig als ihr zu folgen. Wir spazieren am Fluss entlang, überqueren die rote Holzbrücke und folgen dem Weg, der an den Sand grenzt, zwischen den kleinen lila und weiß blühenden Bäumen hindurch, bis wir zu einem

Nebeneingang zum Park kommen, den ich nicht kannte. Auf der anderen Seite geht sie weiter und zeigt, dass sie weiß wohin.
Wir erreichen eine wellige Rasenfläche, die kleine Hügel und Täler bildet, mit verstreuten Bäumen hier und da, als hätte die Natur dort ihre eigenen Stühle und Sonnenschirme aufgestellt. Simone geht auf einen der kleinen Hügel im Schatten zu, setzt sich ins Gras und lehnt sich zurück, wobei sie die Neigung der Landschaft zur Rückenlehne ihres imaginären Sofas macht.
"Ich weiß nichts über dich."
"Das stimmt nicht. Vor kurzem habe ich dir eine Geschichte erzählt."
"Das stimmt, du hast mir eine Seite gezeigt. Ich würde gerne das ganze Buch lesen. Warum bist du hergekommen? Nach unserem Gespräch habe ich deinen Lebenslauf recherchiert. Ich hatte ihn damals gelesen, aber ich gebe zu, ohne die Aufmerksamkeit, die er jetzt verdient hätte." Simone unterbricht sich und schaut mich an. Ich kann ihren Blick nicht erwidern und schaue weg. Ich weiß nicht, ob ich dieses Gespräch führen will.
"Nicola de Luca! Eine anerkannte Persönlichkeit in Italien und sogar darüber hinaus, Professorin an einer renommierten Universität, Forscherin in der Arbeitsgruppe der unumgänglichen Gio, Giovanna Rossi, die, wie ich herausfinden konnte, kurz davor steht, ein wichtiges Überblickswerk über die kartesianischen Widersprüche zu veröffentlichen. Warum plötzlich alles hinter sich lassen und herkommen?"
"Ich musste weg. Ich musste ..." Ich kann den Satz nicht beenden. Was soll ich sagen?
"Entschuldige." Simone steht auf und setzt sich neben mich, streicht mit der Hand über mein Gesicht. Und in genau diesem Moment merke ich, dass

Tränen fließen. Ich beeile mich, sie mit der Hand wegzuwischen.
"Entschuldige dich nicht. Wir alle tragen unseren Anteil an Geschichten mit uns herum. Nicht immer fröhliche. Wollen wir das Thema wechseln? Als ich deinen Namen googelte, konnte ich nicht umhin, einige Fotos zu sehen. Eine Femme Fatale?"
"Ich weiß nicht, was du gesehen hast", sage ich, immer noch mit dem salzigen Geschmack der Tränen, die bis in meinen Mund gelaufen sind.
"Es ist egal, was ich gesehen habe, erzähl du es mir."
"Was? Die Abenteuer einer Verführerin?", spotte ich.
"Zum Beispiel", antwortet sie, rückt die Brille zurecht und weicht meinem Blick nicht aus.
Ich lächle innerlich und versetze mich in Gedanken nach Rom. "Erinnerst du dich, dass ich von Francesca erzählt habe? Ich lernte sie kurz nach meiner Ankunft in Rom kennen. Francesca ist eine reife Frau, aber nicht weniger verführerisch. Sie verdient wirklich den Spitznamen Femme Fatale. Sie hat mir beigebracht, dass das Leben intensiver, freier und damit unweigerlich narzisstischer gelebt werden kann. Wie so viele andere Frauen erlag ich ihren Reizen, auf eine Art und Weise, die ich nicht in Worte fassen kann und über die du nur fantasieren kannst. Aber Francesca ist keine Frau für feste Beziehungen, zumindest nicht, wenn es um die Liebe geht. Ich bin eine gute Schülerin und habe schnell von der Besten gelernt. Ich lernte Menschen kennen und ließ mich von der Stimmung mitreißen. Nie hat der Satz 'Wenn du in Rom bist, verhalte dich wie ein Römer' besser gepasst. Ich, die ich eine Beziehung hatte, fest davon überzeugt, dass sie ein Leben lang halten würde. Ich vergaß nur, dass 'ein Leben lang' eine lange Zeit ist. Zu jener Zeit lud

mich Francesca zu all ihren Partys ein. Bei jeder einzelnen hatte ich die Gelegenheit, außergewöhnliche Menschen kennenzulernen." Ich rede und rede, in meine eigenen Worte vertieft, und vergesse, wo ich bin und sogar, dass Simone neben mir sitzt. Wäre dem nicht so, würde ich bestimmte Dinge nie sagen.

"Näher kennenlernen?", fragt sie provokativ.

"Kennenlernen, sich unterhalten ... Sich zu unterhalten war immer die Hauptaktivität auf diesen Partys - die Börsenschwankungen an der Wall Street, die künstlerischen Bewegungen in Korea oder die Bildung der Frauen im Nahen Osten. Stell dir meinen Schrecken vor, als ich zu begreifen begann, dass die Welt von Kräften bewegt wird, die ich nie hatte vorhersehen können. Zunächst beobachtete ich alles mit großer Bewunderung und ging jedes Mal mit dem Gefühl, völlig unwissend zu sein. Nach und nach achtete ich mehr darauf und erkannte einige Gesichter aus der weltpolitischen Szene, andere aus der Finanzwelt und so weiter. Francesca selbst ist Präsidentin eines der größten Technologiekonzerne Europas ... und ich brauchte mehr als drei Monate, um das zu begreifen."

Simone sitzt weiterhin neben mir, so nah, dass ich fast ihre Wärme spüren kann, auch ohne uns zu berühren. Obwohl sie nichts sagt, fordert sie stumm die Fortsetzung meiner Erzählung. Ich kann nicht leugnen, dass ich es liebe, ihre Aufmerksamkeit zu haben.

"Als ich mich daran gewöhnte, lernte ich auch die Kunst der Verführung. Ein Spiel der Blicke, eine Berührung, ein verstohlener Kuss. Ich wurde zum Meister in dem, was in den meisten Fällen nichts anderes war als genau das - ein Flirt."

Bei meiner Pause richtet sich Simone im Gras auf, blinzelt mit den Augen in einer komischen Geste und sagt: "Willst du mich so zappeln lassen? Ich will die Lust der Sinne, Frau Professorin, mehr Empirie und weniger Rationalismus, bitte!"
Ich lache über diese Worte, die nur jemand wie sie von sich geben könnte. "Also gut, eine Geschichte aus der Mitte im Austausch für einen Gin. Oder ein Sprudelwasser mit Blick auf die Stadt, was meinst du?"
Auf dem Weg zu ihrem Haus erzähle ich ihr, dass ich Carmen heute Morgen in The Machine getroffen habe, lasse aber das Gespräch über Emily und ihren ungestümen Abgang unter den Tisch fallen.
Ich nehme das Glas, das sie mir reicht, und trinke einen Schluck. Das Wasser ist eiskalt und ich runzle die Stirn wegen der Kälte.
"Zu kalt?", fragt sie lachend, während sie sich auf den Stuhl neben mich setzt und sich zurücklehnt.
"Nein, es ist perfekt! Du hast deinen Teil erfüllt und ich habe vor, meinen zu erfüllen. Irgendwelche besonderen Wünsche?"
"Was ich will? Bist du sicher?"
"Ja, warum? Wirst du verfängliche Forderungen stellen?", frage ich, ohne sie anzusehen, und lehne mich ebenfalls in meinem Stuhl zurück. "Vielleicht", antwortet sie und senkt absichtlich ihre Stimme, bevor sie fast die Hälfte des Inhalts des Glases hinunterstürzt.
"Dann nur zu ..."

Kapitel 10

Ich war auf alles vorbereitet, nur nicht auf dich

Simone

Eine Hitzewelle durchfährt mich, ich weiß nicht, ob wegen der Aussicht auf das, was ich gleich hören werde, oder wegen ihrer Gegenwart, mit geschlossenen Augen, hier auf der Terrasse neben mir sitzend.

"Wenn es dir lieber ist, tu einfach so, als wäre ich nicht hier und höre zu", sage ich und schließe ebenfalls die Augen. Ich höre sie tief einatmen und schlucken. Mein Herz schlägt schneller und ich frage mich, ob sie den Mut haben wird weiterzumachen.

"Wir waren in einem Nachtclub im Zentrum der Stadt, eine Freundin von Francesca hatte Geburtstag und den Saal nur für uns reserviert, etwa dreißig Personen, fast ausschließlich Frauen. Wir tanzten und unterhielten uns. Im Raum zirkulierten Tabletts mit Sushi und viel Champagner. Ehe ich mich versah, hatte Francesca sich entfernt und saß an einem der Tische mit jemandem, den ich nicht kannte. Ich erinnere mich, dass ich den Kopf schüttelte und lächelte ..."

Nicola macht eine Pause und trinkt das Wasser aus, das noch im Glas ist. Sie schaut mich mit einer solchen Intensität an, dass es mir schwer fällt, den Blick nicht abzuwenden. Sie hat so dunkelblaue Augen, wie ich sie noch nie zuvor gesehen habe.

"Eine der Freundinnen des Geburtstagkindes war Sängerin, um ein Uhr morgens schenkte sie uns eine improvisierte Vorstellung, voller Romantik. Als sie fertig war, setzte sie sich direkt neben mich. Ich versuchte ein Gespräch anzufangen, schließlich kannten wir uns nicht. Bevor ich etwas Sinnvolles sagen konnte, näherte sie ihren Mund meinem Ohr und sang leise einen Auszug aus einem der Lieder, die sie gerade vorgetragen hatte. Während ihre Stimme erklang, wanderte ihre Hand ohne Umschweife über meine Beine. In diesem Moment erfüllte mich ein ungewohntes Selbstvertrauen, das in dem Maße wuchs, wie mein Verlangen. Ich stand auf und zog sie hinter mir her bis zur Garderobe am Eingang, wo ich mich erinnerte meinen Mantel gelassen zu haben, und die jetzt ein verlassener Raum war, nur mit den Mänteln, die in Reihen an Kleiderbügeln hingen. Ich führte sie bis in den hinteren Teil des kleinen Raumes. Ich ließ sie sich hinlegen, durch die Bewegung rutschte das Kleid hoch und entblößte ihre schwarze Spitzenunterwäsche."

Während Nicola fortfährt, trinke ich, bis nichts mehr im Glas ist, aber das beruhigt mich nicht. Es ist lange her, dass ich gefühlt habe, was ich jetzt fühle. Aber gleichzeitig will ich nicht, ich will niemanden begehren, nicht jemanden, der nicht Lisa ist.

Es scheint einen wesentlichen Unterschied zu geben zwischen dem, was ich wollte, und dem, was ich wirklich will. Ohne es verhindern zu können, lege ich meine Hand auf Nicolas Bein. Im ersten Moment bewegt sie sich nicht und spricht weiter. Dann, ohne zu unterbrechen was sie sagt, legt sie ihre Hand auf meine.

"Sie legte die Arme hinter den Kopf, schaute mir in die Augen, um sie gleich darauf zu schließen. Ich berührte sie intensiv, mit einer Kraft, von der ich nicht wusste, dass ich sie besaß, ohne um Erlaubnis zu bitten, ohne Umschweife, ich hörte sie einen heiseren Schrei unterdrücken und sah, wie sich ihre Augen wieder öffneten. Wir kehrten in den Saal zurück, wo alles weiterging wie zuvor, einige Leute unterhielten sich und andere tanzten auf der Tanzfläche. Francesca musste beschlossen haben, ihre Nacht woanders zu verbringen, denn sie war nirgends zu sehen. Ich ging ein paar Minuten später und sah sie nie wieder. Oft hörte ich danach ihre Lieder und erinnerte mich bei jedem einzelnen an den Geschmack dieses Moments."

Nicola hört auf zu sprechen und dreht sich zu mir, sie bewegt ihre Hand nicht und ich bewege meine auch nicht.

"Ist es eine gute Geschichte?", fragt sie mich.

Ich bin nicht in der Lage zu antworten.

Sie legt ihre Hand auf meinen Bauch und lässt sie sanft nach oben gleiten, so tuend als würde sie nicht bemerken, dass sie immer sensiblere Zonen berührt. In meinem Kopf rasen hunderte Worte, tausende Bilder und Millionen von Empfindungen. Ich will diese Hand sehr, ich will mehr, aber ich kann nicht.

Nicola streicht mit den Fingern über meine Lippen und instinktiv öffne ich sie leicht und berühre sie mit der Zunge. Das reicht, damit sie von ihrem Stuhl aufsteht und sich über mich beugt. Keine von uns sagt etwas und wir halten die Zeit an, damit der Moment ewig wird.

Es ist dunkel geworden, ich sehe das Funkeln der Lichter vermischt mit den Punkten der Sterne und Lisas Bild ergreift Besitz von mir, der Klang ihres Lachens, der Geruch ihres Haares und der Schmerz in ihrem Blick während der letzten Wochen.

Ich stehe abrupt auf, bringe den Stuhl ins Wanken und das Glas, das auf dem Boden stand, fällt um. Das Geräusch von zerbrechendem Glas hallt wider und in einer unbewussten Bewegung verschränke ich die Arme vor der Brust, als könnte diese Selbstumarmung die Kraft haben, den Sturm der Gefühle zurückzuhalten.
Nicola ist von meiner Reaktion sichtlich überrascht und erschrickt, als das Glas auf dem Stein zersplittert. Sie fasst sich schnell und nähert sich mir stehend, ohne mich zu berühren.
"Lass uns reingehen, in einer Weile komme ich raus und sammle die Scherben auf."
Ich widerspreche nicht und gehe ins Haus. Sie bewegt sich, als würde sie den Raum kennen. Sie geht in die Küche und kommt mit einem Besen und einer Schaufel zurück. Sie geht durch die Terrassentür nach draußen und kommt Minuten später zurück, sammelt die Stücke des zerbrochenen Glases in eine Tüte sammelnd. Ich höre das Geräusch der Kaffeemaschine.
"Entschuldige", sagt sie, hebt den Kopf und reicht mir eine der dampfenden Tassen.
"Du musst dich nicht entschuldigen, ich bin diejenige, die sich entschuldigen muss. Ich dachte, es wäre möglich."
"Und das ist es!"
"Nein, du kannst das nicht verstehen, du warst nicht hier, du weißt nicht ...!", sage ich fast schreiend. Das dringende Bedürfnis, meinen Raum, meine Intimität zurückzugewinnen, überkommt mich. "Bitte geh! Ich muss allein sein!", flehe ich und stehe auf.
Ich dachte, sie würde protestieren, darauf bestehen zu bleiben, aber sie tut

genau das Gegenteil. Sie steht auf, ohne etwas zu sagen, und geht in Richtung Ausgang, greift nach dem Rucksack, der auf dem Boden lag. Sie öffnet die Tür und geht hinaus, ohne sich noch einmal nach mir umzudrehen. Ich sitze auf dem Sofa, die leere Tasse in der Hand. Ich war auf alles vorbereitet, nur nicht auf dich, denke ich.

Ich atme tief durch, stelle die Tasse ab und gehe zum Schreibtisch, lege meine Hände auf die Tastatur. Ich lese und lese die letzten Sätze, die ich geschrieben habe, bevor ich gegangen bin, und versuche, den Text wieder aufzunehmen. Es dauert nicht viele Minuten, um zu erkennen, dass dies ein zum Scheitern verurteiltes Unterfangen ist. Ich denke über die Alternativen nach, allein der Gedanke an Essen reicht aus, um mir Übelkeit zu bereiten, es ist zu spät zum Ausgehen, ich könnte versuchen zu lesen, aber ich werde es mit ziemlicher Sicherheit nicht schaffen, ich könnte eine Tablette nehmen und versuchen zu schlafen. Keine der Optionen ist gut. Ich gehe zurück zum Sofa, lege mich hin, ein Kissen unter dem Kopf, und erinnere mich an ihre Hand auf meiner Brust.

Ich stehe wieder auf, werfe das Kissen mit Schwung ans andere Ende des Raumes, eine Geste, die die Frustration widerspiegelt, die ich empfinde. Ich drücke auf die Tastatur und schalte den Bildschirm ein, schließe die Datei mit dem unfertigen Text und gebe Nicolas Namen in die Suchmaschine ein. Ich öffne und schließe einfach Seiten. Es erscheinen Fotos, einige aktueller, andere älter, Bilder einer jungen Nicola mit sanftem und zartem Aussehen, die im Kontrast zu anderen einer erwachsenen Frau mit härteren, bestimmteren Gesichtszügen stehen. Das Blau ihrer Augen hat sich nicht verändert, aber der Glanz in ihrem Blick scheint anders. Meistens erscheint

sie allein, erhält Preise oder hält Präsentationen, auf einigen alten Fotos taucht sie neben einer Frau auf, von der ich nicht weiß, wer sie ist. Ich durchforste eine Fülle von Informationen und kann einen Teil ihres Werdegangs rekonstruieren. Die älteste Information platziert sie in Mailand, lächelnd, mit langen, zu einem dunklen Zopf geflochtenen Haaren und strahlenden Augen, schlanker, in Jeans und Hemden mit bis zum Ellbogen aufgekrempelten Ärmeln. Die unbekannte Frau, die älter zu sein scheint, taucht über die Jahre hinweg mehrmals auf. Sie hat eine klassische Haltung, langes, gepflegtes Haar, makellose Kostüme mit Rock und Jacke und High Heels. Kolleginnen? Freundinnen? Geliebte? Ich kann es nicht sagen. Aus einem Artikel der Universitätszeitschrift über einen preisgekrönten Text erfahre ich, dass sie Psychiaterin ist. Dieselbe Zeitschrift hat in einer Ausgabe im folgenden Jahr zur Eröffnung des Studienjahres eine kurze Notiz, die besagt, dass Nicola abwesend sein und ihr Seminar nicht abhalten wird.
Die Informationen, die ich als nächstes sammle, beziehen sich auf ihre Promotion, schon in Rom. Seltsam, auf diesen Fotos erscheint sie noch viel dünner, sie sieht anders aus, fast krank. Die Frau mit den hohen Absätzen taucht nicht mehr auf. Nicolas Stil hatte sich grundlegend verändert, nicht nur durch den Haarschnitt, durch das Ersetzen der Jeans durch Lederhosen, sondern durch ihre Haltung, die selbstbewusster wurde. Unerwartet stoße ich auf ein Foto, das mir den Atem raubt. Es ist ein Bild, das vor etwa einem Jahr im Ritz in Paris aufgenommen wurde. Nicola durchquert die Eingangstür, sie trägt ein Abendkleid, einen Anzug, sicherlich von einem Stylisten entworfen. Gleichzeitig schlicht und glamourös. An ihrer Seite eine

ältere Frau, sie trägt ein langes Kleid und vermittelt in dem Blick, den sie auf die Kamera richtet, das Selbstvertrauen der Götter. Das muss Francesca sein, denke ich.
Ich widerstehe der Versuchung, das Foto zu speichern, und setze meine Recherche fort. Es gibt verschiedene Texte, die sie geschrieben hat, Präsentationen und sogar Aufzeichnungen einiger Vorträge. Die Universität Rom ist sehr dynamisch, so dass es einfach wird, ihrer Arbeit zu folgen.
Ich habe Hunger und schaue auf die Uhr, kein Wunder, es ist fast elf. Verärgert über mich selbst stehe ich auf und gehe in die Küche. Ich wärme eine fertige Suppe auf. Als ich mit meiner kargen Mahlzeit fertig bin, fühle ich mich nicht besser. Vielleicht hilft es, mit Carmen zu sprechen.
Das Telefon klingelt nur einmal, bevor sie abnimmt. "Ist alles in Ordnung?", fragt sie noch bevor sie guten Abend sagt.
"Ja, ich muss mit dir reden."
"Was ist passiert? Soll ich vorbeikommen? Ich bin zu Hause."
"Nein, du musst nicht kommen, was ich zu sagen habe, kann ich auch am Telefon sagen", vielleicht ist es sogar einfacher, denke ich.
"Dann sag es mir, ich bin ganz Ohr. Eigentlich wollte ich dir auch etwas erzählen."
Ohne sie das Thema wechseln zu lassen, fahre ich fort: "Nicola war hier bei mir zu Hause. Es war gut, wir haben viel geredet ..., wir trafen uns im Park und ich lud sie ein ... Ich weiß nicht warum, hätte ich nicht tun sollen?! Ich endete damit, sie zu bitten zu gehen."
"Sisi, sortiere deine Gedanken, bitte! Ich verstehe gar nichts."
Am Tonfall von Carmen merke ich, dass meine Rede unzusammenhängend

ist. Ich bemühe mich und versuche von vorn zu beginnen, einer strukturierteren Erzählung folgend.
"Als ich heute in den Garten kam, war Nicola da und saß auf meiner Bank, mit einem Buch in der Hand."
"Hat sie auf dich gewartet?", fragt Carmen, ohne mich fortfahren zu lassen.
"Ich weiß es nicht, vielleicht. Jedenfalls saß sie da, in ihre Lektüre vertieft, übrigens ein Buch von mir, wir fingen an zu reden, eins führte zum anderen und als ich merkte, war sie hier auf der Terrasse und ich hörte ihr Geschichten aus ihrem Leben erzählen."
"So mir nichts, dir nichts, erzählt sie dir Geschichten aus ihrem Leben? Von den Malen, als ich mit ihr gesprochen habe, machte sie immer den Eindruck, dass sich hinter diesem extrovertierten Bild ein schüchterner und zurückhaltender Mensch verbarg."
"Vielleicht habe ich ein bisschen nachgebohrt, egal! Sie erzählte Geschichten und ich ließ mich mitreißen. Irgendwann berührten sich unsere Hände ..."
"Was heißt, sie berührten sich?"
"Genau das, sie legte ihre Hand auf meine und ich meine auf ihre", ich weiß genau, dass es andersherum war, dass ich es war, die zuerst ihr Bein berührte, aber im Moment muss die Geschichte so erzählt werden.
"Heißt das, du fühlst dich zu ihr hingezogen?" Selbst am Telefon kann Carmens Stimme ihr Erstaunen nicht verbergen.
"Glaubst du? Niemals! Es war nur ein Moment, ich hatte etwas getrunken, du weißt wie das ist, der späte Nachmittag auf der Terrasse, die Dämmerung, na ja ..., eine Sache des Moments."

"Ich weiß nicht, ob ich das glaube, aber gut. In dem Fall verstehe ich nicht, was das Problem ist."
"Das Problem ist, dass sie es falsch verstanden hat und weitergehen wollte."
"Wie, sie wollte weitergehen?"
"Wiederhole nicht alles, was ich sage, das machst du immer", sage ich und skizziere ein Lächeln, das sie nicht sehen kann. "Sie wollte weitergehen, berührte mich, kam näher und ich bekam Angst. Ich wich zurück und stieß sie weg. Ich bat sie schließlich zu gehen und sie ging."
"Ich weiß nicht, ob ich ganz verstanden habe, was passiert ist, aber das ist auch nicht relevant, wichtig ist zu wissen, was 'du' willst und vor allem, was du fühlst."
Obwohl ich merke, dass Carmen versucht, ihre Worte sanft zu formulieren, antworte ich trotzdem gereizt: "Du weißt genau, du weißt besser als jeder andere, dass ich nichts für jemanden empfinden kann und will. Ich liebe Lisa und es ist egal, dass sie tot ist."
"Sisi, hör auf! Du bist zweiundvierzig, du kannst nicht verhindern, dass das Leben weitergeht. Das heißt nicht, Lisa zu vergessen, es heißt nur und ausschließlich am Leben zu sein. Ich glaube, sie würde sich freuen, wenn du wieder jemanden hättest, mehr noch, es ist nicht 'ich glaube', es ist 'ich bin sicher'. Lisa sprach oft mit mir darüber, wie besorgt sie um dich war, dass du dich einsperren würdest, dass du nach ihrem Tod aufhören würdest zu leben, und sie hatte Recht, genau das hast du getan. Ich hatte nicht die Kraft es zu verhindern, aber jetzt sind fast drei Jahre vergangen, es ist Zeit, die Tür wieder zu öffnen. Ich weiß nicht, ob Nicola die Person ist, die dazu fähig ist, aber früher oder später wird es jemand schaffen."

Ich sage nichts und höre Carmens Worten schweigend zu. Es ist leicht, sich Lisa bei diesem Gespräch vorzustellen. Wie oft ließ sie mich versprechen, dass ich mein Leben weiterleben würde, dass ich jemanden finden würde, der mich an all die Orte begleitet, an die wir gehen wollten und keine Zeit hatten, jemanden, der meine Hand hält und mich weniger Angst spüren lässt. Carmen fährt fort, wissend, dass ich zuhöre. "Arme Nicola, heute Morgen trafen wir uns in The Machine, es wird schon zur Gewohnheit an meinen freien Tagen. Wir unterhielten uns und ich erzählte ihr, dass ich überlege Emily einzuladen, nächste Woche mit mir zu einem Kongress zu kommen. Sie verstand meine Worte falsch, dachte, es könnte andere Absichten geben, stell dir vor, ich mit anderen Absichten bei Emily, Graces Tochter? Das ergibt keinen Sinn, ich weiß, aber sie deutete an, dass es ein Interesse geben könnte, und das ärgerte mich. Du weißt, wie ich bin, sehr ruhig bis ich zur Furie werde. Ich stand geräuschvoll auf und ging wütend, ließ sie am Tisch sitzend zurück, mich anstarrend. Jetzt am Nachmittag wirfst du sie raus, sie tut mir schon leid, sie muss denken, wir sind hier alle verrückt." Carmen beendet mit einem Lachen, bringt auch mich zum Lachen.

"Ernsthaft? Du und Emily?", ironisiere ich.

"Hör auf! Fang nicht an! Du weißt genau, dass das keinen Sinn ergibt, sie ist fast noch ein Kind."

"Übertreibe nicht, sie ist eine erwachsene Frau und nach dem, was du mir erzählt hast, sich ihrer Wünsche sehr wohl bewusst." Ich lache wieder. "Ich wusste nicht, dass du dich für Frauen interessierst", fahre ich fort und provoziere sie.

"Hör auf, Simone! Bitte hör auf!"

"Die Sache ist ernster, als ich dachte, ich bin schon zu 'Simone' geworden." "Es ist nicht 'ernst' in dem Sinne, wie du denkst, aber es ist ernst, weil ich mir Sorgen um sie mache. Ich fürchte, dass sie unter so viel Druck am Ende ihr Praktikum aufgibt."

Ich konzentriere mich auf das, was Carmen sagt und versuche meine eigenen Probleme zu vergessen. Irgendetwas passiert und ich schaffe es nicht, das Ausmaß zu verstehen. Carmen war immer mit Samuel zusammen, ich kannte keinen anderen Freund von ihr. Ist es möglich? Wird Carmen von einer Frau verführt? "Was hat dieser Kongress damit zu tun, ob sie das Praktikum aufgibt oder nicht? Und warum will sie aufgeben?", frage ich nur mit der Absicht, das Gespräch am Laufen zu halten.

Kapitel 11

Was hier passiert, bleibt hier

Carmen

"Sie ist müde, ich dachte, wenn sie ein paar Tage von hier wegkäme, würde sich der Druck, den sie spürt, vielleicht verringern. Sie macht einen fortgeschrittenen Poesiekurs und nimmt gleichzeitig an einem Wettbewerb teil. Das ist alles, wofür sie sich interessiert, Medizin ist nur ein Mittel, um Geld zu verdienen und ihre Eltern zufriedenzustellen. Gestern in der Notaufnahme sagte sie mir, dass sie es nicht mehr aushält. Da fiel mir ein, dass ich nächste Woche auf den Kongress fahre. Es sind vier Tage weg, weit weg von allem, vielleicht ist es das, was sie braucht."

Simone sagt nichts mehr und ich bin es, die das Thema wechselt: "Schau, Sisi, um nochmal auf Nicola zurückzukommen, sie scheint eine intelligente und angenehme Person zu sein, ich sage nicht, dass sie die neue Liebe deines Lebens sein wird, aber denk darüber nach, sie wird nur ein paar Monate hier bleiben, es kann ein unverbindliches Abenteuer sein. Sieh es als eine Therapie an, es würde dir guttun."

**

Die Häuser da unten werden immer kleiner, bis man sie nicht mehr unterscheiden kann. Der Boden verschwindet und alles, was ich sehen kann, ist ein blauer Himmel, hier und da gesprenkelt mit dem weißen Schaum vereinzelter Wolken, die unseren Weg kreuzen. Es ist sehr früh und der Flug

ist fast leer. Unauffällig schaue ich zur Seite, ist es möglich, dass sie so schnell eingeschlafen ist? Wir sind gerade erst gestartet. Vielleicht hat sie Angst vorm Fliegen, oder vielleicht möchte sie nicht reden.
Die nächste halbe Stunde vergeht ohne Zwischenfälle, das Wetter ist gut und das Flugzeug scheint sich kaum zu bewegen. Emily ist in derselben Position, seit ich sie zum ersten Mal angesehen habe, ob es ihr wohl gut geht? Während ich über diese Überlegung nachdenke, kommt eine der Flugbegleiterinnen auf uns zu und fragt, ob wir etwas zu trinken möchten. Emily öffnet die Augen und richtet sich in ihrem Sitz auf, um ein Wasser zu bestellen. Schließlich hat sie doch nicht geschlafen.
Ich kann nicht anders und frage, sobald sich die Flugbegleiterin entfernt hat: "Geht es dir gut? Brauchst du etwas?" Meine Ansprache klingt so mütterlich.
"Entschuldige, dass ich so still war, aber ich brauchte ein paar Minuten für mich", sagt sie und schenkt mir eines dieser Lächeln, die Grübchen in ihren Wangen hervorrufen.
"Kein Problem, ich war nur besorgt, ob es dir gut geht."
"Mir geht es großartig! Danke! Danke, dass du das möglich gemacht hast. Bist du sicher, dass es dir nichts ausmacht, die Wohnung mit mir zu teilen? Ich könnte versuchen, irgendwo ein Zimmer zu reservieren, aber soweit ich weiß, ist alles ausgebucht."
"Es macht mir überhaupt nichts aus, ich schlafe im Schlafzimmer und du bleibst im Wohnzimmer, das ist perfekt, ich mag es sogar, Gesellschaft zu haben."
Emily sitzt mit überkreuzten Beinen auf dem Sofa und ist damit beschäftigt, ständig die Fernsehkanäle zu wechseln, so dass die Suche zum Selbstzweck

zu werden scheint. Wir sollten essen gehen, aber ihrer Haltung nach zu urteilen, stelle ich mir vor, dass das nicht ihr Plan ist.
Plötzlich dreht sie sich um, und sowohl sie als auch ich erschrecken uns über die plötzliche Bewegung.
"Ich habe Hunger, ich wusste nicht, dass du da bist, ich wollte dich anrufen und fragen, ob du ausgehen möchtest oder ob wir etwas bestellen und hier bleiben können."
"Wir können hier essen", antworte ich.
"Großartig, ich bestelle Sushi, ist das in Ordnung für dich?", ohne meine Antwort abzuwarten, greift sie nach dem Handy und lässt ihre Daumen mit erstaunlicher Geschicklichkeit über den Bildschirm gleiten.
Wir essen auf dem Boden sitzend, auf dem Wohnzimmerteppich, und stellen die Teller auf den Beistelltisch neben dem Sofa. Sie scheint entspannt zu sein und erzählt mir Episoden aus ihrem Alltag, in denen sie das Krankenhaus mit den Poesiekursen, Freundinnengeschichten mit denen ihrer Mitbewohnerin vermischt.
Sie hat Bier bestellt und ich trinke meins schneller als ich es normalerweise tue. Emilys Gegenwart hat etwas ebenso Angenehmes wie Unbehagliches. Ich kann nicht aufhören, an Nicolas Worte zu denken.
Der Fernseher ist auf einem Nachrichtenkanal eingestellt und sie kommentiert den Zustand der Welt.
Irgendwann erwähne ich, dass Simone und ich gestern wieder gegen ihre Eltern gewonnen haben: "Simone spielt sehr gut und wir spielen schon lange zusammen."
"Ich mochte es auch, aber irgendwann hatte ich die ständige Kritik meiner

Mutter so satt, dass ich nie wieder gespielt habe."
"Du musst wieder spielen, wir verabreden uns demnächst mal zu einer Partie."
Emily antwortet nicht und sagt, während sie aufsteht: "Lass mich die Schachteln in den Müll bringen und noch ein Bier holen." Sie geht hinter mir vorbei, und als sie die Schachteln vor mir wegnimmt, lässt sie zu, dass ihr Körper sich an meinen Rücken lehnt.
"Das Zusammenleben mit ihnen wurde unmöglich. An der Uni bin ich mit zwei Kommilitoninnen zusammengezogen, ich hatte das Glück, in einer relativ kleinen Stadt zu sein, wo sich alle Leute irgendwann kannten. Es waren gute Jahre, ich hatte meine erste Leidenschaft und meine erste Zurückweisung, als sie mich verließ."
"Und deine Eltern?", frage ich und nutze die Pause.
"Meine Eltern haben nie etwas davon erfahren." Emily lehnt sich zurück, stützt sich auf den unteren Teil des Sofas, fährt sich mit der Hand durchs Haar und sieht mich unverwandt an.
Ich hätte dieses Gespräch schon längst unterbrechen sollen. Ich sehe uns beide an, wie wir mit einer Bierflasche in der Hand auf dem Boden sitzen.
"Und danach? Was ist passiert, als du mit dem Studium fertig warst?"
"Als ich fertig war, wollte meine Mutter, dass ich nach Hause zurückkomme. Es war unmöglich. Ich beschloss, mich ihr zu stellen und sagte ihr, dass ich mit einer Freundin zusammenziehen würde, sie war wütend, aber ich änderte meine Meinung nicht. Meine Mitbewohnerin ist wirklich eine Freundin."
Es entsteht ein Schweigen, ein Moment, in dem keine von uns beiden etwas sagt. Wir beide starren auf den Bildschirm, wo ein Film läuft und ein Paar

mitten in der Küche streitet, während ein kleiner Junge sie hinter dem Treppengeländer versteckt beobachtet. Wir lassen uns von der Szene einnehmen und übertragen sie auf unsere eigenen Umstände.
"Warst du immer glücklich mit Samuel?"
"Was für eine Frage ist das?", sage ich und drehe mich zu ihr um.
"Entschuldige, ich wollte nicht in deine Privatsphäre eindringen", stammelt sie zwischen zusammengebissenen Zähnen. "Wenn es dir nichts ausmacht, gehe ich an die frische Luft!" Ohne Zeit für mehr zu lassen, zieht sie die Jacke über ihr T-Shirt und geht hinaus.
Allein auf dem Boden sitzend, denke ich darüber nach, was gerade passiert ist. Warum habe ich so schlecht auf ihre Frage reagiert? Ich greife nach dem Handy und rufe Samuel an. Wir unterhalten uns ein paar Minuten und ich erfahre, dass alles ruhig ist, wie zu erwarten war.
Im Fernsehen küsst sich das Paar, das vorher gestritten hat, jetzt. Ich schalte den Fernseher aus und gehe in die Küche. Leider gibt es kein Bier mehr, aber ich weiß, in der Minibar muss es etwas zu trinken geben. Ich finde kleine Flaschen Gin und Whisky, Tonic Water und Mineralwasser. Ohne mich sofort entscheiden zu können, bringe ich alles auf den Wohnzimmertisch. Ich öffne die Ginflasche und mische ihn mit Tonic Water. Ich trinke in großen Schlucken und leere das Glas in wenigen Minuten. Ich nehme die andere gleiche Flasche und verstärke die Dosis. Der Gin ist alle.
Ich lege mich auf das Sofa und erinnere mich an Lisa, ich vermisse sie so sehr. Ich erinnere mich an die Momente auf Fire Island, genauer gesagt an einen Abend, an dem wir nach einem anstrengenden Tag im Zimmer blieben und einen Gin tranken, genau wie den, den ich jetzt in der Hand halte, und

sie bot mir eine Massage an. Ich stimmte zu, sie fing bei meinen Füßen an, ging dann aber zum Rücken über und von dort zu allen Teilen meines Körpers, zwischen dem Alkohol und der Lust ließ ich mich treiben, ich weiß nicht wie, aber ihr Mund berührte schließlich meinen in einem ebenso unerwarteten wie köstlichen Kuss. In jener Nacht gab ich mich ihren Reizen hin, ihrer Lebensfreude. Ich erinnere mich, dass ich am nächsten Morgen mit enormen Kopfschmerzen aufwachte und nicht wusste, was ich sagen sollte. Lisa löste die Angelegenheit wie immer in drei Augenblicken: "Was hier passiert, bleibt hier."

Ob es Emily wohl gut geht? Sie kennt sich nicht aus, wo mag sie hingegangen sein? Es gibt keinen Gin mehr, also beschließe ich, zum Whisky überzugehen. Pur, direkt aus der Flasche.

Ich wache mit Emilys Hand auf meinem Arm auf: "Komm, lass uns ins Bett gehen. Ich helfe dir."

Ich versuche aufzustehen, falle aber schwindelig zurück auf das Sofa. Mir ist übel und ich habe das Gefühl, mich jeden Moment übergeben zu müssen. Ich schließe die Augen, aber die Bilder drehen sich weiter in meinem Kopf. Emily bringt ein Glas Wasser und zwingt mich zu trinken, dann zeigt sie, dass sie stärker ist, als ich angenommen hatte, und hilft mir aufzustehen und begleitet mich beinahe tragend bis ins Bett. Sie zieht mir die Schuhe aus, macht das Licht aus, wünscht mir aus der Ferne eine gute Nacht, und ich höre nicht mehr, wie sich die Tür schließt.

**

Ich wache auf, als die Sonne auf mein Gesicht scheint. So starke Kopfschmerzen! Langsam, als könnte ich mich auflösen, setze ich mich im

Bett auf und schaue auf die Uhr. Es ist fast zehn, ich habe den Vormittag des Kongresses schon verpasst!
Ich versuche mich zu erinnern, was gestern passiert ist, ich erinnere mich, dass ich im Wohnzimmer getrunken und an Lisa gedacht habe, Emily kam, aber ich weiß nicht, wie ich hier im Schlafzimmer gelandet bin. In diesem Moment merke ich, dass ich noch angezogen bin. Wie peinlich!
Auf dem Wohnzimmertisch liegt ein aus einem Karopapier gerissenes Blatt mit einer Nachricht: "Ich hoffe, du wachst wohlauf auf, ich bin zum Kongress gegangen. Wir sehen uns heute Abend. Wenn du möchtest, können wir essen gehen. Emy"
Nach einem Bad, einem Schmerzmittel und einem Kaffee fühle ich mich besser. Es ist schon fast Mittag, aber trotzdem beschließe ich, zum Kongress zu gehen. Der Rest des Tages vergeht schnell. Ich treffe Kolleginnen wieder, die ich lange nicht gesehen habe, und nach und nach vergesse ich den gestrigen Abend. Ich nehme schließlich die Einladung von zwei deutschen Freunden zum Abendessen an und schicke Emily eine Nachricht, dass ich später kommen werde.

**

Es ist unsere letzte Nacht hier, der Kongress ist zu Ende und morgen reisen wir zur Mittagszeit ab. Seit jener Nacht haben wir uns kaum über den Weg gelaufen, aber heute habe ich Emilys Einladung zum Abendessen angenommen.

Wir setzen uns an einen Ecktisch und bestellen einen Salat mit Garnelen, Nüssen und Avocado. Ich beschließe, nichts zu trinken und bleibe nur bei

Wasser. Emily sitzt mir gegenüber und nimmt kleine Schlucke aus einem Glas Weißwein. Sie sieht mich mit demselben Blick an, von dem ich nicht sagen kann, warum er mich so sehr stört, sie versucht ein Thema zu finden, um die Atmosphäre aufzulockern. Schon beim Nachtisch macht sie eine Pause und fragt mit dem in der Luft schwebenden Löffel: "Darf ich dich etwas Persönliches fragen?"

Ich will nicht ja sagen, kann aber auch nicht nein sagen. "Wenn es sein muss."

"Lass es, entschuldige, ich stelle mich mal wieder ungeschickt an!" Sie legt den Löffel auf den Teller und vergräbt ihr Gesicht in den Händen.

Spontan lege ich meine Hand auf ihren Arm und ziehe sanft daran, so dass sie ihr Gesicht aufdeckt und mich ansieht.

Sie nimmt meine Hand in ihre: "Was muss ich tun, damit du mich an dich heranlässt?", sagt sie.

Ich weiß nicht, was ich antworten soll, noch wie ich diese Worte aufnehmen soll.

"Du musst nicht antworten, ich weiß, dass du nicht dasselbe empfindest, aber ich bereue lieber, was ich gesagt habe, als das, was ich nicht gesagt habe."

Emily lässt meine Hand nicht los und streicht sanft mit zwei Fingern über die Innenseite meines Arms. Obwohl ich spüre, dass die Geste unangemessen ist, schaffe ich es nicht, sie zurückzuweisen. Ich atme tief durch und frage: "Was wolltest du eben fragen?"

"Warst du schon mal mit einer Frau zusammen?", sagt sie ohne zu zögern, als wäre es die normalste Frage.

"Nein!", lüge ich.

"Und hast du noch nie darüber nachgedacht?"
"Ich weiß nicht, ob ich genau verstehe, worauf du hinauswillst. Ich bin seit über fünfzehn Jahren verheiratet, es gibt viele gute Momente, aber auch andere, in diesen anderen ist es normal, darüber nachzudenken, wie das Leben gewesen wäre, wenn die Entscheidungen anders ausgefallen wären."
"Tanzt du mit mir?"
Die Hintergrundmusik hat sich geändert und zwei oder drei Paare haben sich auf die kleine Tanzfläche gewagt.
"Komm...", sagt sie, steht auf und zieht an meiner Hand.
Ohne die Kraft zu widerstehen, lasse ich mich mitziehen. Wie lange habe ich schon nicht mehr getanzt, ich erinnere mich nicht einmal mehr an das letzte Mal. Unsere Körper wiegen sich zunächst mit Abstand voneinander, sie legt ihre Hände auf meine Schultern und lässt sie langsam hinuntergleiten, bis sie auf meiner Taille ruhen. Unweigerlich nähern sich die Körper, bis sie sich berühren. Der Rhythmus der Musik ist langsam und das Licht kaum wahrnehmbar. Ich spüre ihren Atem an meinem Hals und habe einen Moment lang das Gefühl, dass sie mich mit den Lippen streift. Ihre Hüfte bewegt sich im Takt der Musik und berührt meine währenddessen, bei jeder Berührung, bei jedem Takt rast mein Herz, mein halb geöffneter Mund zwingt mich zum schweren Atmen. Einen Augenblick lang denke ich an Lisa und im nächsten gebe ich mich hin und überlasse mich ganz der Musik.
Wir betreten das Haus, ohne etwas zu sagen. Emily umarmt mich und drückt mich gegen die Tür, nur wenige Zentimeter entfernt. Sie leckt sich über die Lippen und beißt verführerisch mit den Vorderzähnen auf die Unterlippe.

Ich will ihren Mund auf meinem, in diesem Moment ist sie nicht meine Assistenzärztin, nicht die Tochter von Grace und ich bin nicht Samuels Frau, ich bin nur eine Frau und ich begehre sie.
Nach Momenten des Zögerns nähert Emily ihren Körper meinem, drückt mich gegen das Holz. Die Hände an meinem Hals wandern durch mein Haar und umfassen mein Gesicht von beiden Seiten. Obwohl ich von der Tür gestützt werde, werden meine Knie weich und meine Beine zittern. Ich denke daran, sie zu unterbrechen, aber als ob sie meine Gedanken erraten hätte, ist es genau in diesem Moment, in dem sie meine Lippen mit ihren berührt. Es ist ein Kuss, der keinen Zweifel an ihren Absichten lässt und nicht um Erlaubnis bittet, weiterzumachen. Ich öffne meinen Mund, sauge an ihrer Lippe und spüre sofort ihre Hand auf meinem Körper.
"Meine Finger erkunden jeden Zentimeter deiner Haut", während sie spricht, tut Emily genau das, was sie verspricht. Ich spüre ihre Finger auf meiner Haut. Alles ist so neu, so unerwartet, dass ich, als ich es bemerke, den Point of no Return längst überschritten habe. Ich gebe mich ihren Händen hin, spüre die Lust explodieren und den Körper erzittern.

**

Ich sehe Nicola am Tisch in der Ecke sitzen. Es ist Freitag und wie könnte es anders sein, nehme ich ein spätes Frühstück in The Machine ein. Gestern sind wir kurz nach drei Uhr nachmittags gelandet und um acht habe ich meine Schicht begonnen. Glücklicherweise hat Emily getauscht, um uns die Peinlichkeit der Situation zu ersparen.
"Ich schulde dir eine Entschuldigung", sage ich und bleibe neben dem Tisch stehen.

Nicola schiebt den Computer zur Seite und lächelt, wobei sie eine Reihe makellos weißer Zähne zeigt: "Guten Morgen! Du schuldest mir absolut nichts, setz dich doch bitte."

"Ich bin gestern vom Kongress zurückgekommen."

"Und, ist es gut gelaufen?"

"Du hattest recht!", murmele ich, ohne den Mut, viel mehr zu sagen.

Kapitel 12

Der Vorrang der ersten Person

Nicola

Wir werden durch die Ankunft einer Portion Pfannkuchen und eines Cappuccinos unterbrochen. Ich nutze die Gelegenheit, um einen weiteren Kaffee zu bestellen, stelle aber keine Fragen und warte darauf, dass sie fortfährt.

"Du hattest recht mit den Gründen, warum ich Emily einladen wollte. Entschuldige, wie sehr ich es entschuldige, wie ich reagiert habe. Du hast nichts Falsches gesagt oder etwas, das nicht wahr wäre, aber in diesem Moment war ich nicht auf deine Worte vorbereitet."

Carmen spielt mit der Gabel in dem Puderzucker, der einen der Pfannkuchen bedeckt, und malt eine Art Zeichnung, ohne einen Bissen zu essen.

"Geht es dir gut?", frage ich, ohne eine der tausend Fragen laut auszusprechen, die mir durch den Kopf gehen.

"Mehr oder weniger", antwortet sie mit einem halben Lächeln, das die widersprüchlichen Gefühle widerspiegelt.

"Möchtest du darüber reden, was passiert ist? Manchmal erscheinen die Dinge in einem anderen Licht, wenn man sie laut ausspricht, vielleicht kann das helfen."

Carmen erzählt mir, was geschehen ist. Ich bin sicher, dass sie einen Großteil der Details und vor allem ihre Gefühle auslässt.

"Und danach?"
"Am nächsten Tag, als ich aufwachte, war sie nicht mehr in meinem Bett. Ich stand auf und fand sie im Wohnzimmer. Sie hatte Kaffee gekocht und frühstückte mit einem Lächeln im Gesicht. Sie wollte mich küssen, aber ich ließ es nicht zu, ich bat sie um etwas Zeit und versprach, dass wir später reden würden, wenn wir zurück sind. Ohne zu streiten oder sich zu beschweren, tat sie genau das, worum ich sie gebeten hatte. Sie sprach über andere Dinge und schwieg während des Fluges mit Kopfhörern und geschlossenen Augen. Wir trennten uns am Flughafen und sprachen nicht mehr miteinander. Nachts schickte sie mir eine Nachricht auf mein Handy: 'Ich fühle deinen Körper auf meinem, ich muss dich sehen.' Ich löschte sie so schnell, dass ich sie kein zweites Mal lesen konnte."
Carmen verstummt und sieht mich an, ich weiß nicht, ob sie nach Worten oder einfach nach Trost sucht.
"Ich verstehe, dass du Zweifel hast, es ist viel zu verarbeiten. Aber weißt du, du siehst gut aus. So kompliziert die Situation auch ist, in Wirklichkeit gibt es nicht viele Möglichkeiten. Entweder du vergisst, was passiert ist, und jeder geht seinem Leben nach, oder du gehst davon aus, dass das, was du fühlst, mehr ist als ein Verlangen, das sich in einer Nacht erschöpft. Und dann wirst du mit ihr reden müssen."
"Ich fühle mich vollkommen überfordert..."
"Sprich mit mir, erzähl mir alles", schlage ich vor und lächle verschwörerisch.
"Ich fühle etwas, ich weiß nicht, ob es Anziehung ist, ob es der Reiz ist, sich begehrt zu fühlen. Ich sollte dir das nicht erzählen..., es ist lange her, dass

ich mich erinnere, eine solche Lust empfunden zu haben wie mit ihr. Aber sie ist viel jünger und ich, ich bin ihre Vorgesetzte und verheiratet", Carmen versteckt ihr Gesicht zwischen ihren Händen und seufzt tief.
"Du hast es neulich gesagt und es stimmt, ich kenne dich erst seit kurzer Zeit. Aber..., und sei nicht böse, wirf bitte nicht mit Stühlen, ich glaube, du bist verliebt, ich glaube nicht, dass du davor weglaufen kannst", ich atme tief durch und beobachte ihren Gesichtsausdruck. "Es ist alles neu, ich stelle mir vor, dass es schwierig ist, du warst noch nie mit einer Frau zusammen."
"Das stimmt nicht!" Carmen unterbricht mich plötzlich. "Ich war mit Lisa zusammen..., und es war eine der besten und schlimmsten Nächte meines Lebens. Es ist viele Jahre her und ich habe es nie vergessen können. Der Preis war hoch. Sie sprach nie darüber und ich..., ich trage die Schuld, es weder Samuel noch Simone jemals erzählt zu haben."
Diese Aussage verschlägt mir die Sprache. Carmen beginnt wieder zu sprechen, jetzt über ihre Beziehung zu Samuel. Ich weiß nicht, ob sie es sehen kann, aber die Karten sind gelegt und das Schicksal hat sie betrogen, und so oder so wird sie sich der Situation stellen müssen.
Als sie geht, ziehe ich den Computer wieder zu mir heran. Ich denke über das nach, was sie mir erzählt hat. Emily, Lisa, eine Schachtel voller Überraschungen. Sie war so sehr mit ihren Problemen beschäftigt, dass sie mich nicht einmal nach Simone gefragt hat. Hat Simone ihr etwas darüber erzählt, was passiert ist? Es ist genau eine Woche her, seit wir das letzte Mal miteinander gesprochen haben, ich bin nicht mehr zur Universität oder in den Garten gegangen und habe so ein Aufeinandertreffen vermieden. Aber ich weiß, dass ich es nicht länger aufschieben kann, ich muss mit ihr über

das Projekt sprechen. Gio drängt darauf und sie hat recht. Ich öffne die E-Mail, die sie mir vor drei Tagen geschickt hat:

'Liebste Nico,

Ich mache mir Sorgen, du hast diese Woche nicht geschrieben. Ist alles in Ordnung? Hast du es geschafft, einen Termin beim Arzt zu bekommen? Es ist wichtig! Du bist dort allein und weißt, dass eine Überwachung notwendig ist. Du wirst wieder gesund werden, da bin ich mir sicher, und wenn du zurückkommst, wirst du keine Zeit und keinen Raum haben, dir über irgendetwas anderes Gedanken zu machen. Ich weiß, dass du nicht wolltest, dass es so ist, aber konzentriere dich auf das, was wirklich wichtig ist.

Deine letzte Nachricht täuscht mich nicht, du willst mehr von Simone, aber lass nicht zu, dass die Situation dir wehtut... sie ist kompliziert und du brauchst in diesem Moment Frieden und Einfachheit in deinem Leben.

Hast du mit ihr über das Projekt gesprochen? Versuche sie zu überzeugen, hierher zu kommen, vielleicht kannst du die Gelegenheit nutzen und auch kommen.

Tschüss, bis bald, Gio.'

Ich gehe allein. Nach und nach habe ich mir den Park angeeignet, bis zu dem Punkt, an dem ich das Gefühl habe, dass er mir gehört. Ich habe den Garten und vor allem diesen besonderen Ort gemieden, aus Angst ihr zu begegnen, aber heute ist genau das mein Ziel. Ich öffne das Buch und lege mich mit dem Rucksack unter dem Kopf und den Kopfhörern in den Ohren auf die Bank. Ich bin in die Lektüre vertieft, als ich eine Hand auf meinem Knie

spüre. Es muss spät sein, das Licht ist schon sehr spärlich und ein kalter Wind weht.
"Wie geht es dir? Ich rufe dich schon eine Weile, aber du hörst nichts", sagt Simone mit einem Lächeln.
Ich schalte die Musik aus, nehme die Kopfhörer ab und richte mich auf. Ich sehe, dass sie ihre Sachen auf die Bank neben mich gelegt hat, und mir wird klar, dass sie schon eine Weile hier ist.
"Entschuldige, ich hatte die Musik laut und war konzentriert."
"Du gibst dieses Buch nicht auf, oder?"
"Ich bin stur, und wenn etwas schwer zu verstehen ist, dann will ich es erst recht herausfinden. Nach unserem Gespräch neulich bin ich zum Anfang zurückgegangen und ich kann dir sagen, ohne anmaßend erscheinen zu wollen, dass es leicht ist, jedes Kapitel mit dem zu verbinden, was in deinem Leben passiert ist. Der Tod, der Verlust, das sind Dinge, die unmöglich zu erklären sind, sie existieren nur in der ersten Person."
"Ich mag den Vorrang der ersten Person und gleichzeitig ringe ich mit Versuchen, das zu erklären, was nicht erklärt werden kann, aus dem einfachen Grund, dass es unsere Fähigkeit zu verbalisieren übersteigt."
Das Gespräch wird wieder aufgenommen, als ob keine Woche vergangen wäre, seit wir das letzte Mal miteinander gesprochen haben, und als ob nichts zwischen uns passiert wäre.
"Hast du schon einmal jemanden verloren?" Simones Frage ist so einfach und direkt wie unerwartet. "Du musst nicht antworten", stellt sie fest, wahrscheinlich wegen meines Gesichtsausdrucks.
"Ja, habe ich!" Ich sage nichts weiter und warte einen Moment ab, was folgt.

Simone hat sich auf die Bank gesetzt, sie hat weder das Buch aufgehoben, das neben ihr liegt, noch den Notizblock. Sie schaut abwechselnd zu mir und auf die Horizontlinie und zwirbelt ein paar Haarsträhnen zwischen den Fingern.
"Möchtest du diese Geschichte hören?", frage ich, als das Schweigen schon zu drückend wird.
"Ja", sagt sie kategorisch und nimmt ihre Brille ab.
"Es ist keine schöne Geschichte und auch keine erotische, es ist einfach nur eine traurige Geschichte."
"Also eine mittlere Geschichte?"
"Nein, dies ist die Ursprungsgeschichte." Ich fühle mich auf nichts davon vorbereitet. Es stimmt, dass ich hergekommen bin, um sie zu treffen, aber das Ziel war, über das Projekt zu sprechen und sie vielleicht zu überzeugen, sich mit Francesca zu treffen. Wie sind wir nur hierhergekommen?
"Als du mir neulich vom Tod Lisas erzählt hast, habe ich in den Worten, die du nicht gesagt hast, den Schmerz des Verlustes gehört. Die Leere, die Verzweiflung, die durch die Abwesenheit verursacht wird, ist am schwersten zu akzeptieren. Während du gesprochen hast, habe ich meinen eigenen Schmerz wieder durchlebt, einen Schmerz, den die Zeit zwar gemildert, aber nicht ausgelöscht hat. Wollen wir spazieren gehen? Ich glaube nicht, dass ich dir diese Geschichte erzählen kann, wenn wir hier sitzen bleiben."
Wir packen schnell unsere Sachen zusammen und gehen los, diesmal in Richtung Ausgangstor.
"Leo war meine erste Liebe. Wir lernten uns auf einer Party kennen. Sie war verheiratet, hatte zwei kleine Töchter und war fast zehn Jahre älter als ich.

Leo war eine fesselnde Frau, Psychiaterin, sie arbeitete im Zentralkrankenhaus von Mailand. Sie war eine Person, die einen Raum ausfüllt, diskret genug, um ihre Anwesenheit nicht aufzudrängen, und so faszinierend, dass es unmöglich wurde, sie zu ignorieren. An diesem Tag kamen wir ins Gespräch und tauschten Telefonnummern aus. Wochenlang trafen wir uns, mal auf einen Kaffee, ein Mittagessen, mal auf einen Spaziergang am späten Nachmittag. Irgendwann wurden wir ein Paar. Ich verliebte mich wie verrückt und glaubte, dass sie sich auch verliebt hatte. Wir lebten eine verbotene Liebe, vor allen versteckt, fast zwei Jahre lang. In der Zwischenzeit beendete ich mein Studium, fing an der Universität an zu arbeiten und drängte sie zu einer Entscheidung. In weniger als zwei Monaten war sie ausgezogen, hatte eine Wohnung gemietet und mich eingeladen, mit ihr und den Mädchen zusammenzuleben. Von einem Tag auf den anderen war ich verheiratet und hatte zwei Töchter, es war mehr, als ich je geträumt hatte."

Wir bleiben an der Tür von The Factory stehen und ich nutze die Gelegenheit für eine Unterbrechung: "Hast du keinen Hunger? Wie wäre es mit einer Pizza, bevor wir hochgehen?"

Das Restaurant ist klein, aber sehr angenehm. Wir bestellen das Essen und beginnen ein neues Gespräch, diesmal über das Doktorandenprogramm. Sie spricht leidenschaftlich über eines der laufenden Projekte und den Text, an dem sie arbeitet.

Die Stunden vergehen, ohne dass wir es merken, bis es fast Zeit für die Schließung des Restaurants ist. "Wollen wir zu mir nach Hause gehen? Ich biete die gleiche Terrasse wie immer an, wenn es dich nicht stört, nach dem,

was letzte Woche passiert ist...", sie lässt den Satz in der Luft hängen und zeigt damit, dass sie weiß, dass wir noch etwas zu klären haben.
Es ist nicht der richtige Zeitpunkt, um über das Geschehene zu sprechen, denke ich.
"Du musst mir den Rest der Geschichte erzählen, ich wollte das Thema beim Essen nicht ansprechen, aber ich möchte mehr wissen."
"Richtig...", sage ich und atme tief durch, "...ich kenne keinen geeigneteren Ort, um Geschichten zu erzählen, als deine Terrasse."
Wir sitzen auf denselben Stühlen, als wäre es eine Wiederholung, ich mit einem Glas Wasser und sie mit einem Glas Gin, und ich setze dort an, wo ich aufgehört habe: "Wir lebten fast drei Jahre zusammen. Ich wurde zur 'Mutter' ihrer Töchter und gab mich ganz hin. Irgendwann fing ich an zu denken, dass wir noch ein Kind haben könnten, ich vergötterte die Mädchen und hätte gerne selbst ein Kind bekommen. Leo schien von der Idee begeistert zu sein, wir machten Pläne, wogen Möglichkeiten ab, aber aus der Distanz betrachtet bin ich überzeugt, dass sie es nie wollte. Damals habe ich es nicht gemerkt, ich war so verliebt, so vereinnahmt, dass es mir entging."
"Wie meinst du das, es entging dir? Wollte sie keine Kinder mehr?", unterbricht mich Simone, die meinen Worten aufmerksam folgt.
"Nein, ich habe nicht gemerkt, dass sie sich irgendwann auf dem Weg von mir entfernt haben muss. Eines Tages, es war kurz vor Weihnachten, lud mich Leo zum Essen ein. Was als Traumdate begann, wurde zum Alptraum. Am Ende der Mahlzeit, ohne Rechtfertigungen oder Entschuldigungen, teilte sie mir mit, dass sie schwanger sei. Sie war von ihrem Ex-Mann schwanger und würde nach Hause zurückkehren, oder besser gesagt, in sein

Haus, sie und die Mädchen." Ich spüre einen Kloß im Hals und trinke das Wasser auf einmal aus. Ich schaue zu Simone, die sich nicht bewegt und mich regungslos anstarrt. "Sie zog ein paar Tage später aus. Die Mädchen verabschiedeten sich, ohne zu verstehen, was passierte, mit dem Versprechen, mich jede Woche zu besuchen, was natürlich nie geschah."
Simone lässt das Glas los, steht auf und nimmt meine Hand, führt mich hinein. Bei ausgeschaltetem Licht kann ich nicht sehen, wo ich bin. Ich spüre die Wand in meinem Rücken und ihren Körper vor mir. Sie lässt meine Hand los und legt ihre Arme um meinen Hals, ihre Lippen so nah, dass ich die Wärme der Luft spüre, die sie atmet. Ich weiß nicht, was ich tun soll, aber sie ergreift die Initiative und überbrückt den Raum zwischen uns, berührt mit ihren Lippen meine. Es ist nicht wirklich ein Kuss, es ist eine Berührung der Lippen. Ihr Mund wechselt die Richtung und streift meinen Hals, neben meinem Ohr. In dem Moment, in dem sie mit den Zähnen das Piercing berührt und ein metallisches Geräusch erzeugt, gleiten ihre Hände über meinen Rücken. Ich hebe meine Arme und ziehe sie an mich. Simone verbirgt ihr Gesicht an meinem Hals und macht den Zugang zu ihrem Mund unerreichbar. Unsere Körper sind aneinandergepresst. Wenn sie nicht aufhört, bin ich mir sicher, dass ich es hier und jetzt durchziehen werde. Unerwartet, aber völlig vorhersehbar, unterbricht Simone den Moment, weicht zurück, sieht mich in der Dunkelheit des Zimmers an und lässt mich, ohne etwas zu sagen, allein, indem sie ins Schlafzimmer geht.
Ich gehe ihr nach. "Tu das nicht."
Auf dem Bett liegend höre ich ihre gedämpfte Stimme durch das Kissen: "Geh, du musst gehen, bitte."

Ich renne aus dem Schlafzimmer, greife nach der Jacke, die auf dem Sofa liegt, und verlasse, ohne mich umzusehen, laut die Tür zuschlagend die Wohnung.

Kapitel 13

Mut

Simone

Das Echo der zufallenden Tür hallt in meinem Kopf wider. Ohne andere Alternative versuche ich zu schlafen. Natürlich gelingt es mir nicht. Ich lege mich auf den Bauch, schließe die Augen und versuche mich auf das Bild von Lisa zu konzentrieren. Ich lege eine meiner Hände zwischen meine Beine und tue das, woran ich mich all die Jahre gewöhnt habe. Vergeblich, ich schaffe es nicht. Ich springe aus dem Bett, gehe ins Bad und steige unter die Dusche, ohne der Wassertemperatur Zeit zu geben sich aufzuheizen.

Ich schaue auf die Uhr auf dem Nachttisch, es ist mehr als eine halbe Stunde vergangen, seit ich das letzte Mal auf die Uhrzeit geschaut habe, und dennoch habe ich nur zwei Seiten umgeblättert. Ich überlege sie anzurufen, vielleicht schläft sie noch nicht, aber was soll ich sagen? Mut, Entscheidungen zu treffen, hat mir nie gefehlt, aber ich bin mir sicher, dass ich eines Tages in ferner Zukunft sagen werde, dass dies eine der Entscheidungen war, die am meisten Mut von mir verlangte.

Ich steige aus dem Bett, ziehe die Hose und die Bluse an, die auf dem Stuhl lagen, schlüpfe in meine Turnschuhe und gehe mit nichts weiter als dem Haustürschlüssel in der Tasche hinaus.

Es ist fast ein Uhr morgens, in den Fluren des Gebäudes ist niemand zu sehen. Mit schnellen Schritten laufe ich drei Stockwerke die Treppe hinunter und bleibe vor ihrer Tür stehen. Ich klopfe mit den Knöcheln an das Holz, der Klang der Klingel erscheint mir zu aufdringlich. Nichts ist zu hören, vielleicht schläft sie schon. Ich beharre darauf und klopfe erneut, diesmal etwas nachdrücklicher. Nichts. Als ich mich umdrehe und aufgeben will, öffnet sich die Tür.

"Simone?!"

Nicola steht auf der anderen Seite mit verblüffter Miene. Sie trägt nur Shorts und ein T-Shirt und nach ihrem Ausdruck zu urteilen, hat sie mich nicht erwartet.

"Darf ich reinkommen?", frage ich, als wäre es das Normalste der Welt, hier zu sein. Nicola hält die Tür einen Spalt offen und zeigt keine Anzeichen mich eintreten zu lassen.

"Jetzt?"

"Ja, jetzt!"

Da sie nicht aus dem Weg geht, mache ich einen Schritt nach vorne und erzwinge mir den Durchgang. Der Raum ist nur von dem schwachen Licht des laufenden Fernsehers erhellt, ohne Ton. Das ungemachte Bett zeigt, dass sie lag. Als sich meine Augen an die Dunkelheit gewöhnt haben, sehe ich die Lederhose und das Hemd, die auf dem Boden liegen. Das Bett, das tagsüber als Sofa dient, hat eine dunkelblaue Decke, die halb ausgebreitet, halb zurückgeschlagen ist und das weiße Laken freilegt. Ich gehe näher heran, auch weil es nicht viele andere Plätze gibt, wo ich sitzen kann. Von der Decke verborgen, aber ausreichend sichtbar, liegt ein Gegenstand, der keinen Zweifel lässt. Was von meiner Fassung noch übrig ist, bröckelt im selben Moment.

"Leg dich hin!", befehle ich in einem unpassenden Ton für jemanden, der gerade angekommen ist.
Nicola antwortet nicht und legt sich in völliger Stille, die sie seit meinem Eintreten aufrechterhält, auf das Bett und zieht die Decke über sich, so dass sie vollständig bedeckt ist. Ich setze mich neben sie. Mit einer Hand decke ich sie wieder auf und bewundere sie erneut in ihrem engen T-Shirt. Sie hat die Augen geschlossen und die Arme an der Seite des Körpers ausgestreckt, wie jemand, der auf die Ereignisse wartet. Ich lege meine Hand auf die Mitte ihrer Oberschenkel und drücke fest gegen den dünnen Stoff. Nicola stöhnt auf.
"Öffne die Augen, sieh mich an", sage ich, ohne ihr die Möglichkeit zu geben, mir zu widersprechen.
Das Blau ist dunkler und die Pupillen sind geweitet. Ich vermeide es nachzudenken, aus Angst mich zu verlieren. Ich konzentriere mich auf sie und der Plan für heute Nacht wird immer klarer.
"Nimm das Ding da neben dir und benutze es. Tu so, als wäre ich nicht hier."
Nicola blinzelt und runzelt die Stirn. Einen Moment lang bewegt sie sich nicht und ich denke, ich bin zu weit gegangen, aber dann setzt sie sich auf, zieht ihr Hemd und die Shorts aus und liegt nackt auf dem Laken. Ich kann meinen Blick nicht von ihrer Hand abwenden. Sie streichelt sich und wandert langsam tiefer. Ihr Körper schwingt hin und her und die Hüften wiegen sich im Rhythmus. Ich merke, dass es ihr schwerfällt, die Augen offen zu halten und sie murmelt etwas, das ich nicht verstehen kann.
Vollständig bekleidet, mit der Hose und der Bluse, mit der ich hereinkam, lege ich mich neben sie und klemme eines ihrer Beine zwischen meine.

Nicola greift nach dem Gegenstand neben sich und achtet darauf, dass ich zusehen kann. Ihr Körper zittert. Ich habe Schwierigkeiten, mich zu beherrschen und spüre, dass mein Orgasmus unmittelbar bevorsteht.

In einer unerwarteten Bewegung wirft Nicola das Spielzeug weg und sagt: "Ich brauche dich!", "Bitte, tu was du tun musst!"

Ihre Worte dringen so sehr in meinen Körper ein, dass ich für ein paar Sekunden nicht atmen kann.

Ohne Vorspiel halte ich einen langsamen Rhythmus.

"Bitte..., Simone."

Sie kann sich nicht zurückhalten und ihre Muskeln ziehen sich in Wellen der Lust zusammen, die sie zum Schreien bringen. Ich beuge mich hinunter und küsse sie zärtlich.

Wir liegen da, sie völlig nackt, ich vollständig bekleidet. Der Fernseher läuft weiter.

"Hast du sie nie wiedergesehen?", frage ich, als wäre dieses Gespräch vor Stunden nicht unterbrochen worden.

"Nein, weder sie noch die Mädchen."

"Wie alt sind sie jetzt?"

"Die Älteste ist zwölf und die Kleine muss zehn sein, das Baby muss um die vier sein... ich habe es nie gesehen."

"Wolltest du nie wieder mit ihr reden?"

"Mit wem? Mit Leo?", fragt sie stirnrunzelnd. "Leo ist niemand, mit dem man 'reden' kann. Als ich sie kennenlernte, war ich im dritten Jahr, lebte in einem Studio in der Nähe der Universität und hatte eine Freundin. Leo gab sich erst zufrieden, als ich aufhörte mit ihr zu reden. Sie war besitzergreifend, schon bevor sie ihren Mann verließ, hatten wir viele Streitereien, meistens weil sie dachte, ich wäre an anderen Leuten interessiert. Ich distanzierte mich von allen, von denen sie es wollte und wurde zur Geisel unserer Beziehung. Als sie sich trennte und mit mir zusammenleben wollte, gab sie mir Gründe zu glauben, dass meine Wahl die richtige war. Als sie mich verließ, als sie schwanger wurde, brach für mich eine Welt zusammen..."

"War sie gewalttätig?", frage ich, hin- und hergerissen zwischen Angst und Ungläubigkeit. Die Nicola, die ich kenne, mit ihrem Lächeln, der ewigen Lederjacke, passt nicht zu dieser Beschreibung.

"Ich weiß es nicht. Gio würde nicht zögern, dir zu sagen, dass sie es war...", Nicola macht eine Pause und ich werfe ein.

"Kannte Giovanna sie?"

"Sie kannte sie. Wenn Gio nicht gewesen wäre, hätte ich nicht überlebt", sagt sie mit absoluter Sicherheit.

"Wenn du fragst, ob sie gewalttätig war, physisch nicht, verbal ziemlich. Lass uns über etwas anderes reden."

"Natürlich...", antworte ich, ohne etwas hinzuzufügen.

Aber letztendlich ist sie es, die das Thema nicht wechselt. Sie schaltet den Fernseher aus, legt sich wieder neben mich, von der Decke bedeckt.

"Als Leo in mein Leben trat, war es, als würde ein Hurrikan mitten in die Ruhe einbrechen. Sie machte mit mir, was sie wollte. Ich werde dir nicht sagen, dass sie etwas gegen meinen Willen getan hat, nein, niemals."

In der Dunkelheit streichle ich ihr Haar. Nach und nach wird ihr Atem regelmäßiger und tiefer. Sie ist eingeschlafen.

**

Es ist fast sechs Uhr abends, als ich von dem Stuhl aufstehe, auf dem ich seit dem Morgen sitze und heute, im Gegensatz zu den letzten Wochen, konnte ich schreiben. Wenn ich in diesem Tempo weitermachen kann, werde ich den Text bis morgen beenden.

**

Ich mache mich auf den Weg zu Lisas Mutter, die die Tür öffnet und mir die Arme entgegenstreckt: "Wie geht es dir, Simone? Wir haben dich vermisst." Ich betrete das Wohnzimmer, das ich so gut kenne, und mein Blick fällt auf die vielen Fotos von Lisa, die auf der Kommode stehen.

"Ich habe euch auch sehr vermisst. Der Beginn des Schuljahres zehrt viel Energie. Ich wollte letzte Woche kommen, aber ich habe es nicht geschafft. Und Henry? Wo ist er?"

"Draußen, er hat schon nach dir gefragt."

Lisas Mutter führt mich in die Küche, wo der Duft von Käse und Champignons erahnen lässt, was es zum Abendessen geben wird. Wir haben so oft in dieser Küche gegessen, hierher zu kommen ruft eine Mischung widersprüchlicher Gefühle in mir hervor.

Nachdem wir uns auf den neuesten Stand gebracht haben, setze ich mich mit einem meiner Lieblingsfotos zwischen den Fingern auf das Sofa. Lisa, etwa zwanzig Jahre alt, rennend am Strand, mit meergrünen Augen, das Haar im Wind und ein Lächeln, das größer ist als die Sonne selbst. Ich höre das Geräusch der Küchentür, die sich öffnet und schließt, und die Stimme von Lisas Vater. Wenige Augenblicke später setzt er sich mit einer Bierflasche in der Hand und einer anderen, die er mir reicht, neben mich auf das Sofa.

"Ich bin erschöpft, was würden wir nur tun, wenn wir die Energie der Kinder haben könnten?" Er lacht laut auf und darin erkenne ich Lisas Lachen wieder. "Und du, wie geht es dir?"
"Gut", antworte ich automatisch und rücke die Brille auf meiner Nase zurecht.
"Simone Liebes, du weißt, dass ich dich wie eine Tochter liebe und es dir nicht gut geht. Es geht dir heute nicht gut, gestern nicht und in den letzten drei Jahren nicht. Ich bin Zeuge, wie glücklich Lisa mit dir war. Sie hätte kein anderes Leben oder eine andere Frau gewollt, du warst es! Du warst es, die Person, die sie über alles liebte..."
"Ich habe sie so sehr geliebt..."
Er lässt mich nicht ausreden und unterbricht: "...ich habe keinen Zweifel daran, wie sehr du sie geliebt hast, aber ich weiß, dass ihr das alles nicht gefallen würde und sie uns nie verzeihen würde, wenn wir nichts tun würden, um dir zu helfen."
Ich merke, dass sich Lisas Mutter leise zu uns gesellt hat.
"Er hat recht, Simone", sagt sie leise, fährt dann aber mit mehr Überzeugung fort: "Du musst mit deinem Leben weitermachen. Ich verstehe, wie schwer das sein kann, aber du hast diese Verpflichtung dir selbst und ihr gegenüber."
"Ihr versteht nicht..., ich liebe Lisa."
"Lisa ist tot...", sagt der Vater auf eine so endgültige Art, dass sich meine Augen mit Tränen füllen, "...und du lebst, du hast die Pflicht zu versuchen glücklich zu sein."
Ihre Mutter setzt sich neben mich und reicht mir einen Umschlag. "Hier! Wenige Tage vor ihrem Tod gab mir Lisa diesen Brief. Sie bat mich, ihn zu

lesen und aufzubewahren, und sagte, ich solle ihn dir nur geben, wenn du nach einem Jahr immer noch nicht mit deinem Leben weitergekommen wärst. Die Zeit verging und ich selbst war nicht in der Lage, mit meinem weiterzumachen, wie konnte ich das dann von dir verlangen? Deshalb beschloss ich, ihn dir nicht zu geben, ich habe ihn aufbewahrt und gehofft, dass die Zeit helfen würde, es zu lösen. Die Zeit löst nichts, aber sie lindert den Schmerz, mildert die Gefühle... In diesem Sommer, als wir im Strandhaus waren, entschied ich, dass die Zeit gekommen war, deshalb ist er jetzt hier", sagt sie, während sie mir einen weißen Umschlag mit meinem Namen in Lisas Handschrift darauf reicht.
Meine Hände zittern so sehr, dass ich ihn fast fallen lasse. Ich stecke den Umschlag schnell in meine hintere Hosentasche und lächle als Zeichen meiner Dankbarkeit. Ich weiß, dass ich ihn erst lesen kann, wenn ich alleine bin, bis dahin bleibt mir der Trost, etwas bei mir zu haben, das sie für mich gemacht hat... eine ihrer letzten Sachen.

**

In Carmens Küche sitzend, frühstücke ich an einem Sonntag. Ich bin früh aufgestanden und habe mich wie in alten Zeiten selbst eingeladen. Sam und die Mädchen haben schnell gegessen und sind gegangen.
"Jetzt, wo wir nur noch zu zweit sind, wirst du mir sagen, was dich zu diesem unerwarteten Besuch bringt?", fragt Carmen, während sie die Tasse in der einen und den Toast in der anderen Hand hält.
"Ich hatte Lust bei dir zu sein... gestern habe ich mit Lisas Eltern zu Abend gegessen." Ich sage es einfach so, ohne die Nacht mit Nicola oder den Brief zu erwähnen.

"Wie geht es ihnen?"

"Gut. Um das Thema zu wechseln, du hast mir nichts über den Kongress erzählt, wie war er?", frage ich, während ich in einer automatischen Geste den Kaffee umrühre.

Kapitel 14

Ich muss es wissen und du musst es erzählen

Carmen

Ich trinke den Rest meines Milchkaffees und stehe auf, um Wasser zu holen, um etwas Zeit zu gewinnen, bevor ich antworte. Seit Freitag habe ich Dutzende von Nachrichten von Emily bekommen. Ich weiß, dass ich mit ihr reden sollte. Aber was sagen? Aus der Frage schließe ich, dass Nicola nichts von unserem Gespräch in The Machine erzählt hat.

Simone reagiert auf mein Schweigen mit weiteren Fragen: "Sagst du nichts? Ist etwas passiert? War es die Tochter der Martínez?"

"Sie ist nicht 'die Tochter der Martínez', sie hat einen Namen, Emily!", schießt die Antwort aus mir heraus, ohne den Ton zu mildern.

"Wow! Was ist passiert?" Simone stellt die Tasse auf den Tisch und sieht mich an, um zu verstehen, was los ist.

"Entschuldige!"

Wie in Erinnerung an alte Zeiten steht Simone auf, nimmt meine Hand und führt mich in mein eigenes Zimmer, wo sie die Tür schließt.

"Erzählst du mir, was passiert ist?", sagt sie in einer Mischung aus Frage und Befehl.

"Ich habe sie besser kennengelernt, sie ist eine liebenswerte Person."

"Liebenswert? Sie ist eine Assistenzärztin."

"Wir haben uns... eingelassen."

"Wie meinst du das? Was willst du damit sagen?"

"Willst du, dass ich explizit werde? Wir haben getanzt, uns geküsst und..."

"Und...?"

"Und alles."

"Du hast mit ihr geschlafen?", Simones Stimme verbirgt weder die Überraschung noch die Kritik.

"Nicht direkt."

"Bitte, Carmen, wirst du jetzt mit Euphemismen anfangen?"

Wir erzählen uns immer alles, oder fast alles, denke ich und erinnere mich an die Nacht, die ich mit Lisa auf Kap Verde verbracht habe.

"Du hast recht." Ich richte mich im Bett auf und lächle, ich denke an Emily und lasse mich von der Begeisterung überwältigen, "Es war wunderbar! Das Verlangen war so groß, sie drängte mich gegen die Wand und es brauchte nichts weiter."

"Und danach?"

"Danach nichts. Wir haben nicht darüber gesprochen, was passiert ist, und seit wir zurück sind, haben wir uns noch nicht gesehen."

"Bist du in sie verliebt?", fragt sie mich in einem Ton, der einen Hauch von Sarkasmus erkennen lässt.

"Ich weiß es nicht, wieso? Hältst du das nicht für möglich?", frage ich.

Simone antwortet bestimmt: "Wie, möglich? Natürlich ist es möglich, aber nicht wahrscheinlich. Ich kann verstehen, dass es dir nicht gut geht, aber deswegen alles für ein Mädchen über den Haufen zu werfen."

"Hör bitte auf, sie ist kein Mädchen, sie ist eine Frau."

"Ich kann nicht verstehen, was du in ihr sehen kannst, und Sam?" Simone fühlt sich durch das Gespräch zunehmend unwohl, ich hätte nicht erwartet, dass sie so reagiert. "Beende diese Geschichte, bevor sie dir wehtut, sprich mit ihr, sag, dass es nur eine Nacht war wegen der Distanz und nichts weiter."

**

Wir treffen uns in einer Bar im Zentrum der Stadt. Der Raum ist fast leer, nur ein paar Paare verteilt im Saal unterhalten sich und hören Musik, während sie einen Aperitif vor dem Abendessen trinken. Emily sitzt bereits an einem der Tische. Als ich eintrete, erhebt sie sich, und als ich sie umarmen will, dreht sie den Kopf und streift mit ihren Lippen meine.

"Ich habe dich vermisst!", ruft sie aus und setzt sich wieder.

"Whisky bitte, ich schaffe es nicht, dieses Gespräch nüchtern zu führen.

"Emily..."

Ohne mich etwas sagen zu lassen, unterbricht sie mich: "Sprich nicht in diesem Ton, bitte, sag nicht, dass es nicht möglich ist, dass es nicht passieren kann. Es ist bereits passiert! Und was ich fühle, ist nicht nur möglich, sondern wunderbar. Also, Carmen, bitte benutze nicht diesen Ton."

Sie hat recht, genau diese Worte wollte ich sagen. Ich nehme ein paar große Schlucke aus dem Glas, das mir inzwischen hingestellt wurde, und sage nichts.

"Du magst denken, dass es seltsam oder sogar unmöglich ist, aber was ich für dich empfinde, erschöpft sich nicht in einer Nacht, ich habe es nicht erwartet, aber ich konnte es nicht verhindern. Ich weiß, dass du verheiratet bist und vielleicht nichts für mich empfindest."

Endlich finde ich den Mut sie zu unterbrechen: "Wenn es nur so wäre. Wenn

ich nichts für dich empfinden würde, wäre alles einfacher. Eine Nacht an einem weit entfernten Ort, wir hätten eine Erinnerung und würden weitermachen", ich höre auf zu reden und sie nimmt meine Hand in ihre. Ich mache keine Anstalten sie zurückzuziehen. "Frag mich nicht, was ich fühle, aber es ist stark genug, dass ich zugelassen habe, dass passiert ist, was passiert ist, und dass es nicht etwas ist, das ich in der Vergangenheit begraben will. Du weißt fast nichts über mich und ich weiß auch sehr wenig über dich, ich will nicht, dass du dich auch nur im Geringsten zu irgendetwas verpflichtet fühlst..."
"Carmen, bitte, jetzt schlägst du wieder diesen anfänglichen Ton an. Ich bin kein Kind und ohne anmaßend erscheinen zu wollen, habe ich in diesen Dingen mehr Erfahrung als du. Ich habe es dir bereits gesagt, für mich bist du keine Eroberung für eine Nacht, wenn du willst, kann ich um eine Stornierung des Praktikums bitten und zu meinem alten Job zurückkehren. Ich glaube, niemand würde Einwände erheben oder viele Fragen stellen, du machst mit deinem Leben weiter, du hast Samuel, die Mädchen..."
"Und ist es das, was du willst?", frage ich stirnrunzelnd.
Emily rückt auf dem Sofa, bis sich ihr Körper an meinen schmiegt, und ohne zu antworten, legt sie die Arme um meinen Hals und küsst mich. Ihren Geschmack zu spüren, die Berührung ihrer Zunge, versetzt mich sofort zurück in die Lust, die ich in jener Nacht gespürt habe.
"Habe ich deine Frage beantwortet?", fragt sie ironisch.
"Ich weiß nicht, was zwischen uns passieren kann, aber ich weiß, dass ich ein Gespräch mit Samuel führen muss."
"Bist du sicher?"

"Das bin ich. Du musst mir etwas Zeit geben und darauf vertrauen, dass ich weiß, was ich tue.", sage ich ohne völlige Überzeugung in meinen eigenen Worten.

Ich komme nach Hause und alle haben schon gegessen. Als ich sagte, dass ich ausgehen würde, stellte Samuel keine Fragen, er wollte nur wissen, wann ich zurück sein würde.

"Wir müssen reden", sage ich, stelle die Tasche auf das Sofa und setze mich ihm gegenüber. "Ich will nicht hier reden, können wir runter in die Bar gehen?" Es ist nicht die ideale Einladung, aber ich will nicht, dass die Mädchen etwas von dem mitbekommen, was ich zu sagen habe.

"Du willst jetzt das Haus verlassen? Und sie nachts allein hier lassen?"

"Magie ist fast sechzehn, und wir verlassen nicht einmal das Gebäude, wir gehen nur nach unten."

Meine Argumente reichen aus, um ihn zu überzeugen.

Samuel hält ein Bierglas in der Hand, die Stirn gerunzelt und das Gesicht verschlossen, und sieht mich auf der Suche nach Antworten an. Seit wir das Haus verlassen haben, habe ich nichts gesagt.

"Sam... es gibt keinen einfachen Weg, dir zu sagen, was ich dir erzählen muss."

Bevor ich Zeit habe weiterzureden, unterbricht er mich: "Du musst nichts sagen. Wir kennen uns so lange, ein ganzes Leben lang, wir sind glücklich. Was auch immer passiert ist, es ist nicht von Bedeutung, es geht vorbei..."

"Hör auf Samuel, bitte hör auf!", sage ich und spüre die Tränen in den Augen. "Lass mich reden, es wird nicht vorübergehen, denn es geht uns nicht gut, und das schon seit langer Zeit nicht mehr. Du weißt es und ich auch, aber wir waren zu bequem, um etwas zu ändern. Du hast deinen Teil des Problems gelöst, als du dich entschieden hast, nach England zu gehen. Hast du dich nie gefragt, warum ich mich nicht widersetzt habe? Hast du dich nie gefragt, was ich wirklich von all dem hielt? Natürlich hast du das, du bist einer der intelligentesten Menschen, die ich kenne, und ich weiß, dass du tief in deinem Inneren weißt, dass es uns nicht gut geht. Vielleicht könnte London die nötige Distanz sein..."

Sam stellt das Glas auf den Tisch und bleibt still, ohne mich anzusehen. Als er den Kopf hebt, sehe ich eine Träne über sein Gesicht laufen. Er ergreift meine Hand, schluckt, versucht zu sprechen, aber die Worte kommen nicht heraus. Schließlich sagt er: "Ich will dich nicht verlieren."

"Du wirst mich nie verlieren, erstens, weil wir zwei Töchter haben, und zweitens, weil du mein bester Freund bist. Aber wir werden in der Lage sein müssen, das zusammen durchzustehen und es wird nicht leicht."

Minutenlang lassen wir das Gespräch abkühlen. Wir reden über Magie und ihre Zukunftspläne, die immer erwachsener werden, aber unweigerlich kehren wir zu dem Thema zurück.

"Was ist passiert, Carmen, warum heute?"

"Du hast gesagt, du willst es nicht wissen", sage ich dumm und versuche nur, die Worte für das zu finden, was ich als nächstes sagen werde.

"Und ich will es nicht, aber ich muss es wissen, und du musst es mir erzählen. Wenn wir eine Chance haben wollen, Freunde zu bleiben, können wir keine Geheimnisse voreinander haben."

"Du hast recht", ich weiß nicht, wo ich anfangen soll. Wenn ich etwas sage, gibt es kein Zurück mehr. "Ich war mit jemandem auf dem Kongress zusammen. Wir gingen essen, eins führte zum anderen und es passierte einfach. Sam, all die Jahre habe ich mich für niemanden interessiert, habe diese Möglichkeit nicht einmal in Betracht gezogen, und plötzlich..."

"Wer?"

"Das spielt keine Rolle..."

"Emily?"

Wie ist es möglich, dass er es weiß? Die Frage lässt mich völlig verblüfft zurück.

"Sie ist es, nicht wahr? Du brauchst nicht zu antworten, dein Gesicht sagt alles. Sei vorsichtig, du wirst auf mehr Hindernisse stoßen, als du dir vorstellst."

"Warum?"

"Warum was?", fragt er mich, als ob er mir keine Erklärung schuldig wäre, nach dem, was er gerade gesagt hat.

"Woher weißt du es?"

"Ich irre mich nicht, oder?"

"Nein."

"Es war nicht schwer herauszufinden, neulich, nachdem sie angefangen hatte, in deiner Sprechstunde zu assistieren, bist du mit einer abwegigen Ausrede sehr spät aus dem Krankenhaus gekommen. Diese Woche traf ich einen der Organisatoren, die die Anmeldungen für den Kongress besorgt hatten, im Flur und er fragte mich, ob dir der Kongress gefalle, er erwähnte, dass du in letzter Minute eine Anmeldung für sie beantragt hättest und entschuldigte sich dafür, dass sie die Wohnung mit dir teilen musste, da es ihnen nicht gelungen war, ein anderes Zimmer zu reservieren, ich habe die

Punkte zusammengefügt, habe mich an Lisa erinnert..."
"Was hat Lisa damit zu tun?"
"In einem unserer letzten Gespräche erzählte mir Lisa, was auf Kap Verde passiert ist. Sie hatte Angst, dich verletzt zu haben und nie die Tür geöffnet zu haben, damit ihr darüber reden konntet, was passiert ist. Ich glaube, sie wollte dich davor beschützen, dieses Geheimnis allein zu tragen, aber aus deiner Überraschung schließe ich, dass sie keine Zeit hatte, mit dir zu sprechen. Als sie starb, dachte ich, dass die Sache auch begraben werden sollte, es gab nichts mehr zu sagen, es waren schon über fünfzehn Jahre vergangen."
Samuel wirkt viel gelassener, als ich erwartet hätte, so als hätte er auf dieses Gespräch gewartet und wäre erleichtert, dass der Moment endlich gekommen ist.
"Bist du verliebt?", fragt er mich, während er den Rest des Glases leert. Genau die gleiche Frage, die Simone mir gestellt hat.
"Ich weiß es nicht."
"Sei vorsichtig, um deinetwillen, um der Mädchen willen und sogar um ihretwillen."

**

Nach einer schlecht durchgeschlafenen Nacht betrete ich die Bar und es dauert eine Weile, bis ich mich an das schwache Licht im Inneren gewöhnt habe. Ich sehe mich um, um Nicola zu entdecken, aber die Tische sind fast alle leer. Ich setze mich an den Platz, an dem wir an meinen freien Tagen immer frühstücken. Heute schaffe ich es nicht mehr als einen Cappuccino zu trinken. Ich rühre den Milchschaum um und spiele mit dem Löffel

zwischen den Fingern, als ich ihren Akzent hinter mir höre: "An einem Montag hier?"
Ich drehe mich um und lächle, oder versuche es zumindest. "Ich bin nicht zur Arbeit gegangen, habe Kopfschmerzen vorgeschützt und alles abgesagt, sogar die Sprechstunde."
Nicola setzt sich und scheint wirklich besorgt: "Bist du krank? Ist etwas passiert? Mit den Mädchen?"
"Den Mädchen geht es großartig, zumindest vorerst..."
"Warst du mit Emily zusammen? Hast du mit Samuel gesprochen? Gestern Abend war ich mit Ruth hier, um ein Bier zu trinken, bevor wir nach Hause gingen, und wir haben euch gesehen, du warst so in das Gespräch vertieft, dass du uns gar nicht bemerkt hast, und ich beschloss, nicht zu stören."
"Ja." Ich rede stockend, ohne den Worten, die ich ausspreche, einen Sinn geben zu können. Nicola ist eine hervorragende Zuhörerin und gönnt mir den Luxus der Zeit, ohne mich zum Weitermachen zu drängen. Ich atme tief durch, schlucke so viel Luft wie ich kann, als ob ich Sauerstoff bräuchte, um unterzutauchen.
"Ich habe mich gestern Nachmittag mit ihr getroffen und dann am Abend mit Samuel gesprochen, ich wollte nicht zu Hause mit ihm reden, ich hatte Angst, dass die Mädchen etwas mitbekommen. Es brauchte fast nichts, ich fing an zu sprechen und er erriet alles, was ich zu sagen hatte, sogar wer es war."
"Und hat er schlecht reagiert?"
"Sam reagiert nie auf irgendetwas schlecht, er war überrascht, aber er hat sich angepasst und am Ende war er es, der mir Ratschläge gab. Er hat es

nicht gesagt, aber ich bin überzeugt, dass er die Gelegenheit nutzen wird, um früher nach London zu gehen. Gestern Abend, als wir hochgingen, habe ich eine Schlaftablette genommen und ihn gebeten, im Krankenhaus Bescheid zu sagen, dass ich heute nicht arbeiten würde."

"Und Emily?"

Über eine halbe Stunde lang beschreibe ich mein Treffen mit Emily. Nicola unterbricht mich mit einigen Fragen und wirft selbst Möglichkeiten auf. "Vielleicht ist es keine schlechte Wahl, wenn sie auf das Praktikum verzichtet", sagt sie.

"Das ist nicht fair, sie braucht das Praktikum, um die Facharztausbildung abzuschließen, ich kann nicht der Grund sein..."

"Hör auf, Carmen, hör auf. Ich stimme ihr zu, behandle sie nicht wie ein Kind, das nicht weiß, wie es seine eigenen Entscheidungen treffen soll. Wenn ihr es versuchen wollt, werdet ihr gegen so viele Dinge ankämpfen müssen, dass ich es nicht für klug halte, dass ihr zusammenarbeitet, deine Töchter, ihre Eltern...", Nicola hört auf zu reden, für einen Moment scheint sie alles abzuwägen, was passieren kann, und wie aus heiterem Himmel fragt sie: "Hast du mit Simone gesprochen?"

Die Frage überrascht mich: "Mit Simone?"

Kapitel 15

Ich weiß, ich kann nicht zurück, aber ich weiß nicht, ob ich bleiben kann

Nicola

"Ja, hast du mit ihr gesprochen?", beharre ich und schaue Carmen an.
"Habe ich, ich dachte, sie würde verstehen und mir helfen, nachzudenken, mein Fehler. Sie war hart und kritisch. Ich weiß nicht, was los ist, sie war noch nie die Toleranteste, aber Himmel, ich habe nicht mit so einer Reaktion gerechnet." Carmen seufzt, trinkt den Rest ihres Cappuccinos, lehnt sich in ihrem Stuhl zurück und ändert ihren Gesichtsausdruck, bevor sie fortfährt.
"Weißt du, inmitten all dessen habe ich dir noch etwas nicht erzählt, ich habe mit Simone gesprochen, weil sie gestern zum Frühstück bei mir aufgetaucht ist, so wie sie es früher tat, als sie noch mit Lisa zusammen wohnte. Ich fand es seltsam..."
Während der Pause, die Carmen macht, denke ich an meine Nacht mit Simone, hat sie etwas erwähnt? Ich muss nicht viele Vermutungen anstellen, da Carmen fast sofort fortfährt: "Sie wollte mir erzählen, dass sie mit Lisas Eltern zu Abend gegessen hat, dann fing ich an, über Emily zu sprechen."
Ich kann nicht anders und unterbreche: "Hat sie sonst nichts gesagt?"
"Nein, wieso? Gab es noch etwas zu sagen?"
"Entschuldige, lass mich nur kurz Wasser holen gehen." Ich stehe auf, ohne eine Antwort zu geben. Ich spreche normalerweise nicht über mein

Privatleben, aber ich habe das Gefühl, ich werde explodieren, wenn ich es mit niemandem teile. Gio und Francesca sind zu weit weg, Carmen ist hier. Ich gehe mit der Flasche in der Hand zurück zum Tisch.
"Ist noch etwas passiert?", fragt sie erneut und schaut mich misstrauisch an. Ich ziehe den Stuhl näher an den Tisch und öffne die Flasche, bevor ich fortfahre: "Ich weiß nicht, ob ich darüber sprechen sollte, eigentlich weiß ich, dass ich es nicht sollte..."
"Komm schon, Nicola, was ist los? Ich kenne Simone seit über zwanzig Jahren, sie wird mich kaum überraschen."
"Wir haben uns am Freitag im Park getroffen, hier in der Pizzeria zu Abend gegessen und sind dann zu ihr gegangen. Es schien, als ob alles gut laufen würde, sehr gut, wenn du weißt, was ich meine."
Carmen lächelt und ich fahre fort: "...aber dann sagt sie plötzlich 'sie kann nicht'. Ich bin wütend auf mich selbst gegangen, weil ich es wieder habe geschehen lassen."
"Ich weiß, es ist schwer, aber sie war seit Lisas Tod mit niemandem zusammen."
"Ich verstehe das, aber sie spricht nicht darüber, noch lässt sie mich an sich heran, sie macht einfach weiter und hört dann plötzlich auf, als ob es nur um sie ginge. Gegen ein Uhr morgens hat sie an meine Tür geklopft..."
"Simone ist zu dir nach Hause gegangen? Um ein Uhr morgens?" Carmen sieht ungläubig aus. Als ich sie ansehe, wird mir klar, wie außergewöhnlich dieser Besuch gewesen sein muss.
"Ja. Ich werde nicht beschreiben, was passiert ist, aber ich kann sagen, dass sie mit einem Plan kam und ihn erfüllt hat. Ich fürchte, ich werde nie mehr

als das sein, sie lässt mich nicht an sich heran, weder körperlich noch emotional. Sie nähert sich, handelt wie sie will und geht wieder, ich will nichts davon, ich kenne diese Art von Situation nur zu gut."
Ich stütze meinen Ellbogen auf den Tisch und halte meinen Kopf mit der Hand. Erinnerungen an Leo gehen mir durch den Kopf. Ich erinnere mich an die vielen, vielen Male, als sie mitten in der Nacht zu mir kam, oft nachdem sie bei ihrem Mann gewesen war. Sie kam zu mir nach Hause, legte sich zu mir ins Bett und schwor, dass ich die Liebe ihres Lebens sei. Ohne um Erlaubnis zu bitten, brachte sie mich zur absoluten Ekstase. Sie hatte mich ganz für sich, aber sie gab sich nie hin, zumindest nicht vollständig.
Carmen bleibt still und ich fahre fort: "Ich will keine solche Beziehung, sie ist zerstörerisch."
"Ich weiß nicht, ob ich genau verstehe, was du meinst, aber ich kenne Simone gut genug, um zu wissen, wie egozentrisch sie sein kann, manchmal aus Egoismus, manchmal einfach aus Angst. Lisa hat viel mit mir über ihre Beziehung gesprochen, sie war in Simone verliebt, aber es dauerte Monate, bis sie Simone dazu brachte, sich zu öffnen. Am Anfang erinnere ich mich, wie Lisa verzweifelt war, weil sie nicht an sie herankam, sie dachte, es läge an ihr, dass Simone sie nicht genug liebte. Eines Tages, viel später, vertraute sie mir an, dass sich die Dinge völlig geändert hatten, ich glaube, Simone ist in allem so, nicht nur in der Liebe, an dem Tag, an dem sie sich hingibt, gibt sie sich ganz hin. Ich denke, die Frage, die du für dich selbst beantworten musst, ist, ob es sich lohnt, darauf zu warten."
"Ehrlich gesagt... ich weiß nicht, ob ich dazu in der Lage bin."
Carmen atmet tief durch, ich merke, dass sie dieses Thema verlassen hat und

wieder an Emily denkt.
"Ich weiß nicht, wie ich das im Krankenhaus machen soll, oder wie ich am Mittwoch mit ihren Eltern zusammen sein soll", sagt sie leise, fast zu sich selbst.

**

Ich verbringe den Morgen an der Universität und versuche herauszufinden, wo ich anfangen soll. Fast zur Mittagszeit beginnt das Doktorandentreffen. Die Anmeldungen waren so zahlreich, dass viele Kandidaten abgewiesen wurden, vorerst ist es ein erster Sieg und verdient die Feier aller Anwesenden, einschließlich Simone.
"Es ist fantastisch, Nicola, in so kurzer Zeit hast du einen großartigen Plan organisiert, Glückwunsch", sagt ein Kollege.
Ich bedanke mich und spüre, wie ich rot werde, als ich bemerke, dass Simone ihre Augen auf mich gerichtet hat.
Der Kollege redet weiter und obwohl ich seine ersten Worte nicht mitbekomme, erwische ich den Satz noch rechtzeitig: "..., nach langer Diskussion und Prüfung interner Alternativen sind wir zu dem Schluss gekommen, dass du die richtige Person bist. Der Kurs, von dem ich dir erzählt habe, erforscht das weibliche Denken bei der Interpretation von Natur und Wissenschaft, du könntest ihn mit Spinoza verbinden und von dort aus entwickeln, was meinst du?"
Ich bin überrascht von der Einladung, ich habe noch nicht einmal angefangen und sie gehen schon davon aus, dass ich zu mehr fähig bin, das muss ein gutes Zeichen sein. Ich fange sofort an zu rechnen und versuche herauszufinden, wo der Kurs hineinpasst.

"Danke. Entschuldige, ich weiß nicht, ob du es gesagt hast und ich es nicht gehört habe, aber wann wäre dieser Kurs?"
"Er ist im zweiten Semester. Zwischen Februar und Mai. Ich weiß, es ist geplant, dass du nur bis Ende Januar hier bleibst, aber wir können den Austausch verlängern. Auch wenn Eric zurückkommen will, werden wir alles so arrangieren, dass wir dich noch ein Semester hier haben können. Ich habe schon mit Simone gesprochen und wir sind sicher, dass es kein Problem geben wird."
Die Begeisterung ist ansteckend und für einen Moment lasse ich mich von seinen Plänen mitreißen. Ein Leben hier, Doktorandenkurse, ein leidenschaftliches Thema, Simone..., es dauert nur einen Augenblick.
"Nochmals vielen Dank. Ich würde es sehr gerne tun. Aber ich muss wirklich Ende Januar nach Italien zurück."
Er gibt nicht auf und besteht darauf, das Thema offen zu lassen und die Entscheidung auf später zu verschieben, ohne zu wissen, dass meine Rückkehr unvermeidlich ist. Simone sagt kein einziges Wort, wenn sie nicht die Augenbrauen hochziehen würde, als ich sage, dass ich zurück muss, würde es so aussehen, als ob sie dem Gespräch gar nicht folgen würde.
Ich esse mit Ruth und JP in der Bar zu Mittag, die während der Ferien ruhig bleibt. Wir verbringen den Rest des Nachmittags im Büro, sie treffen sich mit Simone und ich konzentriere mich auf die Vorbereitung der ersten Kurse. Ruth kommt an meinen Schreibtisch und sagt zwinkernd: "Ich dachte, wir könnten vielleicht ausgehen."
"Ich glaube nicht, ich habe wenig geschlafen und dachte heute Abend früh ins Bett zu gehen", antworte ich und versuche herauszufinden, ob Simone

unser Gespräch mithört.
"Ich verspreche, wir kommen früh zurück, bitte, lass uns ein bisschen tanzen, ein Bier trinken und zurückkommen." Ruth schmollt und ich lache laut auf.

**

Es ist fast zwei Uhr morgens, als ich das Motorrad auf dem kleinen Parkplatz neben der Eingangstür meines Gebäudes abstelle. Ich habe Ruth zu Hause abgesetzt und will nur noch ins Bett und schlafen. Ich atme die kühle Nachtluft ein und betrachte den Mond, eine orangefarbene Kugel, völlig voll. Ich halte einen Moment inne und bemerke, dass im Penthouse die Lichter an sind, Simone muss wach sein.

**

In meinem Bett liegend starre ich an die Decke. Ich werde nicht schlafen können, ich stehe auf, gehe zum Küchentisch und schalte den Computer ein.

'Liebe Amica,
ich vermisse es, dich hier zu haben, ich müsste deine Stimme hören und wissen, dass am Ende alles gut wird.
Die Tage vergehen, ohne dass ich mich auf das konzentrieren kann, was ich tun muss. Heute war ich an der Uni, in etwas mehr als einer Woche beginnen die Kurse und es gibt so viel zu tun (...) Ich war nicht mit Simone allein, ich weiß nicht, ob es Zufall war oder ob sie mir aus dem Weg geht. Letztendlich konnte ich noch nicht mit ihr über das Projekt sprechen.
Heute Abend war ich mit Ruth aus, der Kollegin von der Uni, von der ich dir erzählt habe, wir waren tanzen und ich erinnerte mich an die Nächte in Rom, du weißt ja, wie das ist!

Ich rede über viele Dinge und verschweige das Wesentliche..., vor vielen Jahren haben wir vereinbart, immer die Wahrheit zu sagen, egal wie schwierig es ist, und ich werde dieses Versprechen halten. Ich habe mit ihr geschlafen! Ich habe es zugelassen..., ich wollte, dass es passiert..., aber ich weiß, dass es ein Spiel ist, das von vornherein verloren ist. Simone spielt, provoziert, gibt aber nicht nach. Sie bleibt in ihrem Schweigen verschlossen, mit einer Steinmauer, die ihre Intimität schützt, während sie buchstäblich in meine eindringt. Ich habe diesen Film schon einmal gesehen, und du auch..., wir wissen, wie er beginnt und wie er endet, und in diesem Moment, mehr als in jedem anderen in meinem Leben, weiß ich, dass ich es nicht zulassen darf. Ich werde dir nicht sagen, dass ich mich fernhalten kann, weil es nicht möglich ist, sie ist Teil von allem hier an der Uni und ich denke die ganze Zeit an sie (...) Ich brauche deine Hilfe, ich weiß, ich kann nicht zurück, aber ich weiß nicht, ob ich bleiben kann!
Ciao. Nico.
PS: Ich habe noch keinen Termin ausgemacht, aber ich habe schon den Arzt ausgesucht und bis Ende der Woche kümmere ich mich um alles.'

**

Zu meiner großen Überraschung sitzt Simone alleine an einem der Tische, als ich in der Uni-Bar ankomme.
"Darf ich mich setzen?", frage ich und gebe ihr zwei Küsse auf die Wange.
Keine von uns scheint in der Lage zu sein, über das zu sprechen, was passiert

ist, und so wendet sich das Gespräch schließlich dem einfachen Thema zu: Kurse.

"Hast du über den Vorschlag nachgedacht?", fragt sie, ohne mich anzusehen.

"Welchen Vorschlag meinst du?"

"Für das neue Seminar, es hat alles damit zu tun. Du kannst noch ein Semester bleiben."

Es ist unmöglich. Vielleicht unter anderen Umständen, zu einer anderen Zeit, hätte unsere Geschichte anders verlaufen können.

"Ich weiß nicht, lass mich noch ein bisschen darüber nachdenken", antworte ich schließlich, unfähig zuzugeben, dass ich werde gehen müssen. "Und du? Hast du nie daran gedacht, woanders zu arbeiten?"

Kapitel 16

Eine oscarreife Vorstellung

Simone

Nicola's Frage überrascht mich: "Nein, niemals. Als ich mit dem Studium fertig war, fing ich sofort an, hier zu unterrichten..., es gab einen Moment, in dem es hätte passieren können, aber es ist letztendlich nicht passiert. Warum fragst du?"
Nicola scheint zu zögern, als hätte sie etwas Ernstes zu sagen und wüsste nicht, wo sie anfangen soll. "Weißt du, Francesca, ich habe dir schon von ihr erzählt."
"Ja, natürlich, was ist mit ihr?"
"Francesca organisiert ein neues Projekt. Es ist ein fantastisches Projekt...", sagt sie begeistert, "..., sie wollen eine Institution entwickeln, die dazu beitragen kann, die Bildung von Frauen, von Mädchen, in Ländern des Nahen Ostens und Afrikas zu fördern."
Nicola spricht, als ob ich einen Kontext haben könnte, der mir völlig unbekannt ist. Sie wollen, wer? Was hat Femme Fatale damit zu tun?
"Kannst du deutlicher sein? Ich verstehe gar nichts."
"Als ich dir von 'Sphären' erzählte, konzentrierte ich mich auf den Glamour der Partys, aber die Organisation ist viel mehr als das. Francesca ist eine der einflussreichsten Personen, und viele Initiativen laufen über sie. Im Moment hat sich die Priorität auf das Thema Bildung konzentriert, wir werden keine

größere Gleichstellung erreichen können, solange so viele Mädchen daran gehindert werden, zur Schule zu gehen. Die Schwierigkeiten sind immens, manchmal denke ich, es ist eine unmögliche Aufgabe, aber für Francesca ist nichts unmöglich. Sie will eine komplexe Strategie entwickeln und an mehreren Fronten agieren. Einerseits suchen ihre Verbündeten in diplomatischen Kreisen den Weg für den Dialog in besonders verschlossenen Gebieten zu öffnen, andererseits will sie einen informellen Bildungsplan entwickeln."

"Wow!", rufe ich erstaunt aus, "Meinst du das ernst? Als du mir sagtest, dass ich mir nicht vorstellen könnte, auf welche Weise sich die Welt dreht, muss ich gestehen, dass ich nicht ganz verstanden habe, was du meintest. Es ist ein kühner Plan", sage ich und rücke meine Brille zurecht, in einer automatischen Geste.

"Es ist wahr, es ist kühn und sogar gefährlich. Es geht gegen viele etablierte Mächte."

Die Idee ist so faszinierend, dass ich mich sofort darauf einlasse und anfange, laut zu denken: "Damit es funktioniert, müssen sie das System umgehen, es muss etwas sein, das in die Praxis umgesetzt werden kann, nicht durch die Schule, wie wir sie kennen, sondern vielleicht durch lokale Gemeinschaften. Ich glaube, dass ein kooperatives Netzwerk möglich ist, in dem sich Frauen gegenseitig helfen, Wissen weitergeben, auf eine so diskrete Art und Weise, dass es bereits geschehen ist, wenn sie es merken, direkt dort unter den Augen des Regimes selbst."

Ich nehme meine Brille ab und putze sie mit der Spitze meiner Bluse. Es ist so fantastisch, dass ich nicht anders kann, als mich einzubringen.

Nicola folgt mir aufmerksam: "Du hast recht, ich denke auch, dass wir ein alternatives und kreatives Modell haben müssen, das, was wir kennen, funktioniert nicht, es macht keinen Sinn, daran festzuhalten..."
"Der Erfolg basiert darauf, einerseits ein ausreichend großes Netzwerk zu schaffen und andererseits die Geheimhaltung zu wahren...", ich lache über meine eigenen Worte. "Du bist nicht sehr effektiv in diesem Geheimhaltungsteil", kommentiere ich und sehe sie an.
Nicola fährt sich mit der Hand durch die Haare, als wären sie zerzaust: "Francesca hat mich gebeten, mit dir zu sprechen."
"Mit mir, warum mit mir? Woher kennt sie mich?", frage ich und ändere meinen Ton, erfasst von unzähligen Zweifeln. Die Hitze überkommt mich und ich bin sicher, dass ich erröte.
Nicola verändert ihren Gesichtsausdruck nicht: "Gio kennt dich. Sie kennt deine Arbeit gut, ich denke, du kennst sie auch, oder?"
"Natürlich, jeder kennt Giovanna Rossi", antworte ich, ohne weiter darauf einzugehen.
"Also, da hast du deine Antwort, Gio und Francesca sind sehr gute Freundinnen", fährt Nicola fort.
"Was meinst du mit Freundinnen?" Ich verstehe immer weniger, wohin dieses Gespräch führen kann.
"Ich weiß nicht, ich weiß nicht, woher sie sich kennen, noch welche Konturen ihre Freundschaft hat. Die Komplizenschaft zwischen ihnen ist offensichtlich, das habe ich in dem Moment gesehen, als Gio mich Francesca vorstellte, es ist etwas, das mich übersteigt, aber absichtlich habe ich keine von beiden gefragt, noch haben sie je darüber gesprochen."

Nicola hält inne, um Luft zu holen, und nutzt die Gelegenheit, um den Rest ihres Kaffees zu trinken, der schon kalt sein muss.
Obwohl ich beschlossen hatte, nichts zu sagen, kann ich nicht widerstehen zu erklären, vielleicht auch, um zukünftige Fragen zu vermeiden: "Ich habe Giovanna vor langer Zeit auf einer Konferenz kennengelernt, und wir blieben in Kontakt, Jahre später lud sie mich zu einem Projekt über Dialektik ein, es war außergewöhnlich. Irgendwann bestand sie darauf, dass ich ihrem Team in Mailand beitrete. Ich konnte nicht gehen, mein Leben war hier, das war es immer. Ich musste ablehnen." Ich werde keine weiteren Details nennen, ich vermute, dass Giovanna es auch nicht getan hat.
"Deshalb bewundert Gio dich so sehr. Als Francesca vor mehr als einem Jahr anfing, dieses Projekt zu planen, dachte sie, glaube ich, dass Gio die Aktionsstrategie definieren würde. Aber vom allerersten Moment an bestand Gio darauf, dass du die richtige Person und die einzig mögliche Wahl seist. Der Erfolg hängt, wie du selbst gesagt hast, davon ab, disruptiv zu sein, den Status quo zu durchbrechen und neue Wege zu finden. Als ich dich bei einem unserer ersten Treffen sagen hörte, dass wir 'zusammen denken' müssen, dass wir Zweifel zum Sprungbrett für Gewissheiten machen müssen, erkannte ich Gios Überzeugung. Francesca möchte persönlich mit dir sprechen, und sie hat mich beauftragt, dich einzuladen, nach Rom zu kommen."
Auf keinen Fall, antworte ich entschieden. "Nach Rom? Sie will, dass ich von hier nach Rom fahre, um ein Gespräch zu führen?" Die unterschwellige Arroganz der Einladung verfehlt es nicht, mich zu irritieren. "Deshalb bist du gekommen? Um mich zu überzeugen, mich auf dieses... unrealistische

Projekt einzulassen?"

Nicola antwortet nicht, sie nimmt die Ironie der letzten Worte wahr und schweigt. Minutenlang sagt keine von uns etwas.

"Und gestern..., war der Abend gut?", platze ich aus heiterem Himmel heraus und wechsle radikal das Thema.

"Es scheint mir nicht, dass du das Recht hast, diese Frage zu stellen, aber ja, es war großartig. Ruth ist umwerfend. Wir haben getanzt, geredet."

"Du solltest dich nicht mit Studenten einlassen." Es ist nicht leicht, meine Verärgerung zu verbergen. Sie scheint amüsiert, schaut mich an und verzieht den Mund zu einer Grimasse, überzogen von Spott.

**

Mit langen Schritten gehe ich zu Carmens Haus. Das letzte Mal, dass ich mit ihr gesprochen habe, war am Sonntag und das Gespräch endete nicht sehr gut. Hat sie mit Sam gesprochen?, überlege ich, während ich die Treppe hinuntergehe.

Als ich ankomme, wie üblich zu spät, sitzen Grace und David bereits. Carmen ist blass, sie sieht krank aus, ich glaube, sie hat sogar abgenommen.

"Geht es dir gut?", frage ich, während ich sie begrüße.

"Mehr oder weniger", ist alles, was sie sagt, ohne mir die Möglichkeit zu geben, fortzufahren.

Am Tisch mischt David die Karten und teilt sie aus. Grace scheint in das Gespräch vertieft zu sein: "Emily ist sehr glücklich, es hat ihr gutgetan, das Krankenhaus zu wechseln. Diese neurologische Abteilung, in der sie ist, ist sehr seltsam. Sie sind alle sehr jung..."

"Jung zu sein ist nicht gerade ein Makel", sagt Carmen, ohne die Augen von

den Karten zu nehmen.
"Nein, ist es nicht, aber Erfahrung, Reife sind wichtig für die Leitung einer Abteilung. Und der klinische Direktor..."
"Was ist mit dem klinischen Direktor?", fragt Carmen.
"Mir wurde gesagt, dass er mit einem Mann zusammenlebt." Grace seufzt und spielt weiter, öffnet ein Lächeln, ich weiß nicht, ob es für die Karten ist oder ob sie ihre eigene Bosheit genießt.
Carmen spielt weiter, aber ich merke, dass das Gespräch sie über den Siedepunkt hinaus zu reizen beginnt.
Grace scheint nichts zu bemerken und setzt ihre Rede fort: "Schau, Carmen, du könntest mir helfen, ein wenig Verstand in Emilys Kopf zu bringen. Sie hört nicht auf mich, sie muss jemanden finden, einen jungen Arzt, jemanden, mit dem sie eine ernsthafte Beziehung eingehen kann, vielleicht heiraten."
Ich sehe Carmen an und sehe, wie sich ihr Gesicht verfärbt. Sie hat die Lippen zusammengepresst, sodass sie wie eine dünne gezeichnete Linie aussehen.
Wir gewinnen das erste Spiel und das ist ein Grund, Grace zu unterbrechen und David dazu zu bringen, uns zu gratulieren und das Thema des Turniers wieder aufzugreifen. "Wann ist das nächste Spiel? Es ist das Halbfinale, richtig?", fragt er.
"Stimmt, sogar ich fange an zu glauben, dass wir eine gewisse Chance haben...", antwortet Carmen und mildert ihren Ton.
Aber Grace scheint nicht bereit zu sein, das Gespräch fallen zu lassen: "Ich habe mit ihr gesprochen, ihr wart zusammen auf einer Konferenz, nicht wahr? Was hast du gedacht, Carmen? Sie ist ein kluges Mädchen, nicht

wahr? Du könntest sie davon überzeugen, die verbleibenden Praktika in deinem Krankenhaus zu machen, ich wüsste gerne, dass sie von guten Leuten umgeben ist."

Wird Carmen explodieren? Ich habe keinen Zweifel daran, dass es sehr nahe dran ist. Ihr Gesicht ist rot und ihr Hals ist übersät mit Flecken, die ihren Wutpegel widerspiegeln. Vielleicht dauert es deshalb eine Weile, bis sie antworten kann. Diese Sekunden nutze ich, um einzugreifen. Ich lege die Karten auf den Tisch und tippe hörbar auf die Tischplatte, was mir ermöglicht, die Aufmerksamkeit aller auf mich zu lenken.

"Entschuldigt, mir geht es nicht gut, mir ist ein wenig schwindelig, ich weiß nicht, ob es etwas war, das ich gegessen habe." Theatralisch schiebe ich den Stuhl zurück und senke den Kopf, lege ihn auf meine Knie.

"Brauchst du etwas?", fragt Grace und steht verstört auf.

"Du musst dich hinlegen, du hast sicher nichts gegessen, oder?", sagt Carmen in vollkommener Ruhe. "Ich schätze, wir müssen das Spiel auf halbem Weg abbrechen, vielleicht können wir feststellen, dass dieses Spiel unentschieden endete", sagt sie ironisch. "Komm, Simone, leg dich auf mein Bett, ich bringe Grace und David zur Tür und hole dir gleich einen Tee mit Zucker."

"Danke! Eines Oscars würdig!", ruft Carmen aus, als sie ein paar Minuten später mit zwei Flaschen Bier das Zimmer betritt.

Ich lache laut auf und entlocke ihr ein Lächeln: "Gern geschehen! Ich musste uns alle vor dem retten, was gleich passiert wäre, ich kenne dich gut genug. Und du? Hast du mit Emily gesprochen?"

"Habe ich. Und ich habe auch mit Samuel gesprochen."

"Und wirst du es mir erzählen?"
"Ich weiß nicht, ob du es hören willst, ich habe deine Reaktion neulich nicht erwartet. Ich dachte, du würdest mich unterstützen, dass du verstehen würdest."
"Und ich verstehe, ich mag es nur nicht!", sage ich aus tiefstem Herzen.
"Ich konnte nicht warten, ich habe noch am Sonntag mit ihm gesprochen, ich konnte keine Minute länger verstreichen lassen. Das Seltsamste war, dass er mir nach ein paar Minuten sagte, er wüsste, wer die Person ist, noch bevor ich irgendeinen Hinweis, irgendeinen Anhaltspunkt gegeben hatte, und er lag richtig..., er lag beim ersten Mal richtig."
"Wie meinst du das? Er hat erraten, dass du dich mit einer Frau eingelassen hast? Gab es irgendeinen Grund zum Verdacht?" Ich bin wirklich erstaunt, "Ich kenne dich seit so vielen Jahren und ich würde nie sagen, dass du dich zu einer Frau hingezogen fühlen könntest, bin ich unaufmerksam oder habe ich etwas verpasst?", frage ich, wechsle die Position und nehme einen Schluck Bier.
"Gestern waren wir essen. Wie ich erwartet hatte, beschloss er, früher nach England zu gehen, er reist in zwei Wochen ab. Lustig, wie er sich aus der Affäre zieht..."
"Warte mal", sage ich und lege meine Hand auf ihren Arm. "Ich weiß, dass die Dinge zwischen euch nicht wunderbar waren, aber..."
"Aber was? Wirst du mir dasselbe sagen wie er, dass das nur eine Phase ist, dass es vorübergehend ist, dass wir eine Pause machen und es noch einmal versuchen können? Das glaube ich nicht!" Carmen trinkt ihr Bier aus und starrt aus dem Fenster, verloren in einem Meer von Gedanken, die sie nicht

teilt.

"Was wirst du tun, weißt du es schon? Hast du schon mit den Mädchen gesprochen?"

"Eigentlich habe ich keine Ahnung. Ich habe am Sonntag mit Emily gesprochen und um etwas Zeit gebeten, sie hat heute ihr Vorsprechen für den Wettbewerb, ich konnte nicht noch einmal mit ihr sprechen, bevor das vorbei ist."

Ich schaue auf die Uhr und unterbreche sie: "Solltest du nicht längst dort sein?"

"Ich habe mir die ganze Woche freigenommen. Ich kann nicht ins Krankenhaus zurück, ohne vorher den Kopf frei zu bekommen. Und Nicola, hast du sie getroffen?", fragt Carmen und verbirgt nicht ein Lächeln, das sie verrät.

"Zufällig... haben wir heute zusammen in der Uni gefrühstückt. Ich kam früh an, und sie auch. Wir hatten ein interessantes Gespräch", sage ich und versuche, meine eigenen Gedanken zu ordnen. "Um die Geschichte zusammenzufassen, eine Freundin von ihr organisiert ein informelles Netzwerk für die Bildung von Mädchen in Ländern, in denen sie daran gehindert werden, zur Schule zu gehen. Soweit ich verstanden habe, meinen sie es ernst, und auf einer anderen Ebene, es ist alles ein bisschen surreal, ich weiß nicht, ob ich es richtig verstanden habe, aber anscheinend wollen sie, dass ich teilnehme. Ich kann dir nicht sagen, warum ich, oder was sie denken, dass ich beitragen könnte..."

Kapitel 17

Wann haben wir uns entfremdet?

Carmen

"Und?", frage ich neugierig. Nach dem, was Nicola mir erzählt hat, hätte ich erwartet, dass Simone mir ein intimeres Gespräch schildert, aber da dem so ist, werde ich so tun, als wüsste ich von nichts.

"Also, sie wollen ein Treffen vereinbaren, sie wollen, dass ich nach Rom komme, um mit ihnen zu sprechen."

"Wie ungewöhnlich, und du? Wirst du hinfahren?"

"Natürlich nicht, und das habe ich Nicola auch gesagt. Sieh mich genau an, glaubst du, ich würde von hier weggehen, um an einer Geheimmission teilzunehmen? Das bin ich nicht. Aber ich gebe zu, seit heute Morgen kann ich an nichts anderes mehr denken."

"Warum gehst du nicht einfach hin, um zuzuhören?"

Wie sie es so gut kann, lenkt Simone das Gespräch ab und ehe ich mich versehe, sprechen wir wieder über Emily.

**

Ich habe Samuel versprochen, dass wir heute Abend mit den Mädchen reden, aber das Gespräch mit Simone hat länger gedauert als erwartet. Ich nehme meinen Platz am Esstisch ein und versuche, mich in das Thema einzubringen, das sich um die Schulzeiten dreht, die gerade begonnen haben. Wir sind alle mit dem Essen fertig, als Samuel die Initiative ergreift und das

eigentliche Gespräch des heutigen Abends beginnt: "Magie, Bia, wir müssen über eine wichtige Angelegenheit sprechen..."
"Was ist los, Papa? Du machst mir Angst, ist etwas passiert?", fragt Bia und runzelt die Stirn mit demselben Ausdruck, den Sam macht, wenn er sich Sorgen macht.
"Ich muss früher nach England", sagt er mit ruhiger Stimme und legt seine Hand auf ihren Arm, in einer zärtlichen Geste.
"Wie viel früher?", sagt Magie, ebenfalls mit besorgter Miene.
"Anfang Oktober."
"Aber das ist in ein paar Tagen, was ist los? Mama, und du? Sagst du nichts?", Magie ist aufgebracht und wendet sich mir zu, eindeutig auf der Suche nach Erklärungen.
Ich will nicht zulassen, dass er mit dieser Farce weitermacht, wenn er glaubt, dass wir alle so tun werden, als wäre nichts passiert und das alles völlig normal ist, dann liegt er meilenweit daneben.
"Hört zu, ich weiß, dass es nicht leicht ist, aber ihr seid schon groß und lügen wird nicht helfen. Euer Vater und ich haben beschlossen, uns zu trennen."
"Liebt ihr euch nicht mehr?", fragt Bia mit Tränen in den Augen. "Ist es Papa, der gehen will?"
"Nein Bia, es war nicht Papa, es waren wir beide, eigentlich war ich es." Ich weiß nicht, was ich sagen soll oder wie ich es erklären soll, um ihr Leid zu vermeiden.
Bia ist blass, ihr Kinn zittert und Tränen laufen über ihr Gesicht. Magie bleibt ausdruckslos, mit gesenktem Kopf und Blick nach unten gerichtet.
"Hast du jemand anderen kennengelernt?" Fragt Magie aggressiv, während

sie gleichzeitig den Kopf hebt und mir in die Augen sieht.
Ich verstumme, es ist die Frage, die ich nicht erwartet habe und die Antwort, die nicht gegeben werden kann. Samuel, der die letzten Minuten geschwiegen hat, greift ein und versucht, das Drehbuch, das er entworfen hat, wieder aufzunehmen: "Niemand hat jemanden kennengelernt, Paare durchlaufen Phasen wie alle anderen auch, und wir sind in einer Phase, in der es besser ist, Abstand zu halten, um über die Zukunft nachdenken zu können."
Es herrscht Stille, aber dann beginnt Samuel zu erklären, wie fantastisch es sein wird, schmiedet Pläne, als ob sich alles noch auf einen Arbeitsaufenthalt im Ausland beschränken würde.

**

Ich sitze am Fenster, genieße die morgendliche Stille und betrachte die ersten Sonnenstrahlen, während ich versuche, das Gespräch, das ich mit Emily führen muss, im Kopf zu ordnen. Unerwartet höre ich Schritte im Flur, drehe mich um und sehe Magies zerzauste Locken in der Küchentür auftauchen.
"Was ist los, Magie? Du bist so früh aufgewacht..."
"Ich habe nicht geschlafen..." Obwohl es mir unwahrscheinlich erscheint, hat sie tatsächlich geschwollene Augen und sieht müde aus.
"Setz dich, möchtest du heiße Schokolade? Ein Toast?", frage ich, stelle die Tasse auf die Theke und stehe auf.
"Ich will mit Papa gehen."
"Wie bitte? Du willst mit Papa gehen?"
"Ihr werdet euch trennen, das habe ich verstanden. Gestern hast du nichts

gesagt, aber ich habe es verstanden, ich habe es in deinem Gesicht gesehen, du weißt, dass du nicht sehr gut im Lügen bist, oder? Ich will mit ihm gehen."
Ich setze mich wieder hin, so verblüfft, dass ich mit ihren Worten zurückbleibe. Ich weiß nicht, was ich denken soll, geschweige denn, was ich sagen soll. "Hast du mit deinem Papa gesprochen?"
"Nein, ich meine mehr oder weniger. Ich hatte schon vorher mit ihm gesprochen, ich kann eine andere Sprache lernen und Leute kennenlernen, du musst zustimmen, du hast immer gesagt, dass wir ins Ausland gehen sollten, andere Dinge sehen..."
"Ja, Magie, das habe ich gesagt, aber nicht, damit du jetzt gehst, vielleicht wenn du zur Uni gehst, in zwei oder drei Jahren, nicht jetzt, nicht so..."
Warum hat er mir nichts gesagt?, denke ich.
"Und was hat dein Papa gesagt?"
"Er sagte, es wäre jetzt besser, wenn ich hier bei dir bliebe, um dir mit Bia zu helfen, aber wenn er länger dort bliebe, wenn das Stipendium verlängert würde, könnte ich nächstes Jahr gehen."
Ich kann es nicht glauben, Samuel denkt, er wird länger als ein Jahr bleiben, zwei, vielleicht drei, und hat nie etwas mit mir geteilt. Wann haben wir uns so entfremdet? Was habe ich sonst noch nicht bemerkt?
"Wenn ihr euch trennt, will ich bei Papa leben. Bitte sag nicht nein... ich liebe dich sehr, Mama, und das weißt du, aber ich mache alles mit Papa. Papa wird Zeit haben, er sagte, die Forschung zwingt ihn nicht, viel Zeit im Labor zu verbringen, ich verspreche, dass ich dich fast jedes Wochenende besuchen werde..., bitte."
Sie hat Tränen, die über ihr Gesicht laufen, wie als sie sechs oder sieben war,

ihre Stimme versagt und sie läuft zu mir, umarmt mich und versteckt ihr Gesicht an meinem Hals.
"Ganz ruhig, Magie. Es ist alles gut. Ich weiß, dass du mich sehr liebst, und ich weiß, dass du auch deinen Papa sehr liebst, das ist keine Wahl, das wäre nicht fair. Lass mich mit ihm reden. Wir lassen ihn sich einrichten und sehen, ob es möglich ist, dorthin zu wechseln, wenn ja, planen wir das für nach Weihnachten, was hältst du davon?"
"Du bist die beste Mama der Welt, danke, dass du mich verstehst, danke, dass du mich nicht verurteilst. Ich liebe dich!" Magie wischt sich das Gesicht mit dem Ärmel des Pullovers ab und bringt ein breites Lächeln hervor.
Als Samuel die Küche betritt, ist sie bereits wieder im Zimmer. Mit der größtmöglichen Ruhe erzähle ich ihm, was gerade passiert ist.
"Ich denke, du hast die Situation bestmöglich gelöst. Ich würde mich freuen, wenn sie mit mir ginge.", sagt Sam, während er seinen Milchkaffee trinkt.
"Es ist leicht, zu reden, aber vielleicht wäre es einfacher, wenn du mir erzählen würdest, was vor sich geht, es scheint mir nicht normal, dass du mir nicht gesagt hast, dass sie während des Stipendiums mit dir gehen wollte."
Ich beschließe, nicht zu erwähnen, was Magie über seine Absicht sagte, länger als ein Jahr zu bleiben, denn jetzt spielt das alles keine Rolle mehr.
*
Ich habe mich um fünf mit Emily verabredet, obwohl es noch mehr als eine Stunde hin ist, schaue ich alle fünf Minuten auf die Uhr.
Ich komme mehr als zwanzig Minuten vor der vereinbarten Zeit an. Emily kommt zehn Minuten später, ich glaube, ich bin nicht die einzige, die nervös ist, denke ich. Sie setzt sich mir gegenüber und bleibt wie ein Kind nicht

ruhig auf dem Stuhl sitzen. Sie hält sich zurück, bis der Kellner uns den Kaffee bringt, und verkündet sofort: "Ich wurde für das Finale ausgewählt!"
"Herzlichen Glückwunsch!", antworte ich sofort, ohne genau zu wissen, was das bedeutet. "Und jetzt?"
"Jetzt kann ich nichts mehr tun, die Würfel sind gefallen. Bei der Live-Bewertung war ich unter den besten Zehn, jetzt werden die Videos aller Vorsprechen von einer internationalen Jury bewertet, die entscheiden wird. Der Preis ist ein zweijähriges Stipendium für eine künstlerische Residenz an einer Universität nach Wahl des Gewinners, aus einer Liste auf der ganzen Welt."
"Fantastisch, ich denke, du hast gute Chancen."
"Wie kannst du das wissen? Du hast nie etwas gesehen, du hast nicht einmal etwas von mir Geschriebenes gelesen."
"Das spielt keine Rolle, ich kenne dich und ich denke, du hast gute Chancen zu gewinnen!", sage ich und streichle ihre Hand.
Sie nutzt meine Geste und nimmt meine Hand in ihre, "Ich vermisse dich."
"Weißt du, Emily, wir müssen reden..."
"Bitte, fang nicht schon wieder an, du klingst wie meine Mutter."
Ich spüre, wie ich bei dem Kommentar erröte, sie versucht sich zu entschuldigen, aber es ist eindeutig zu spät, um zurückzunehmen, was sie gerade gesagt hat.
"Genau das ist es, ich könnte deine Mutter sein..."
"Ach komm, das ist doch Unsinn."
"Nein, es ist keine Frage des Übertreibens, meine älteste Tochter ist nicht viel jünger als du. Ich habe mit Sam gesprochen, er hat beschlossen, früher

nach London zu gehen, und heute Morgen hat Magie mir gesagt, dass sie mit ihm gehen will."

"Wirklich? Warum?"

"Es spielt keine Rolle warum, Tatsache ist, dass sie gehen will und sie ist alt genug, um diese Entscheidung treffen zu können. Ich konnte es bis nach Weihnachten verschieben, aber ich glaube, es wird letztendlich passieren. Emily, wir müssen das, was passiert ist, in der Vergangenheit lassen. Ich sage nicht, es zu vergessen, auch weil ich es nicht vergessen will, aber wir können nicht weitermachen."

"Ich liebe dich, Carmen..., kannst du verstehen, was das bedeutet?" Emily lässt meine Hand nicht los, aber sie drückt auch nicht, sie hält ihre einfach darum herum, als würde sie ein kostbares Gut beschützen. "Ich werde nicht zulassen, dass du dich entfernst, ohne dass wir es überhaupt versuchen."

"Ich glaube, du verstehst nicht, oder willst nicht verstehen, ich will nicht mehr."

Ich hatte erwartet, dass Emily protestieren, wütend werden, weinen oder flehen würde, aber sie tut nichts von dem, was ich mir vorgestellt hatte, als ich diese Szene in meinem Kopf durchging. Sie lässt meine Hand los und sieht mir mit erstaunlicher Ruhe in die Augen, "Ich werde dir jetzt nichts sagen, weil es nicht der richtige Zeitpunkt ist, aber denk nicht eine Minute lang, dass ich nicht um dich kämpfen werde, denn das werde ich, aber ich verstehe, dass du Zeit brauchst. Nächste Woche kehre ich in mein Krankenhaus zurück, ich habe dieses Praktikum abgesagt und werde Anfang nächsten Jahres ein anderes als Ersatz machen."

**

Ich komme nach elf in The Machine an, ich werde zu einer Stammkundin für späte Frühstücke. Glücklicherweise sehe ich Nicola sofort an ihrem üblichen Tisch sitzen, mit dem Laptop vor sich geöffnet.

"Ich hatte gehofft, dich zu treffen", sage ich und setze mich auf den Stuhl neben ihr.

Mit so wenig Worten wie möglich, was sich tatsächlich in mehr als einer halben Stunde übersetzt, erzähle ich ihr von den Gesprächen, die ich mit Samuel, Magie, Emily und sogar Simone hatte. In letzter Zeit scheint sich mein Leben in einen immensen Dialog verwandelt zu haben, dem nicht immer leicht zu folgen ist.

"Du kannst nicht aufgeben, ohne ihr auch nur eine Chance zu geben", sagt sie kopfschüttelnd, als ich von dem gestrigen Gespräch berichte. "Emily hat recht, sie scheint reifer zu sein als du, es sei denn, du sagst mir, dass du nichts für sie empfindest, dass es nur eine Nacht war, dann solltest du ehrlich sein und es ihr sagen, sie wird leiden, aber sie wird darüber hinwegkommen. Ich weiß genau, wovon ich spreche, tatsächlich war ich schon auf beiden Seiten dieses Spiels."

"Ich wünschte, es wäre so, ich mag sie, ich denke jeden Augenblick an sie, es ist ein so seltsames wie neues Gefühl."

Kapitel 18

Wenn du nur meine Geschichte kennen würdest

Nicola

"Schau, was ich dir sagen kann, und ich glaube, diesmal wirst du mir zuhören, ist, dass deine Augen auf eine andere Art leuchten, wenn du von ihr sprichst. Ob es Liebe ist, weiß ich nicht, aber es lohnt sich zumindest, ihr eine Chance zu geben", betone ich.

Obwohl das Frühstück vor ihr steht, gibt Carmen keine Anzeichen dafür, dass sie irgendetwas essen wird, und fährt fort: "Du hast keine Vorstellung, wie schwierig das ist..., vorgestern haben wir mit ihren Eltern gespielt, das Gespräch war schon so unangenehm, dass Simone sich krank stellen musste, um die Partie zu unterbrechen", sie lacht laut, "Es war eine Szene wie aus einem Film, du hast keine Ahnung, Simone kann sich so kindisch benehmen." Carmen seufzt und fährt fort: "Hast du dir schon ausgemalt, wenn Grace davon erfährt? Ich will gar nicht daran denken. Aber es sind nicht nur Grace, die Mädchen, die Leute im Krankenhaus, was werden sie denken?"

"Ich habe keine Ahnung, oder vielleicht doch...", ich mache eine Pause, trinke einen Schluck Wasser, "... Grace wird das Schlimmste denken, dich hassen und dich zu der bösartigen Figur machen, die ihre Tochter verdorben hat. Deine Töchter werden es am Ende verstehen und akzeptieren, schließlich wurden sie von dir erzogen, das wird den Unterschied machen.

Und die anderen, was spielt es für eine Rolle, was die anderen denken? Egal was sie denken, ich bin mir sicher, dass sie sich nicht mehr als fünf Minuten damit beschäftigen werden, und nach einem Monat werden sie sich nicht mal mehr daran erinnern, dass sie jemals so dachten", sage ich in einem fürsorglichen Ton, der voll und ganz ausdrückt, was ich in diesem Moment fühle.

"Ich weiß nicht, ob ich dazu in der Lage bin."

Ich streichle ihren Arm und sage ihr noch ein paar ermutigende Worte.

Carmen geht einige Zeit später und lässt mehr als die Hälfte des Toasts auf dem Teller liegen. Nun allein am Tisch, zucke ich mit den Schultern und bringe meine Missbilligung zum Ausdruck. Ich kehre zum Computer zurück und fahre fort, die E-Mail zu lesen, die ich gerade las:

> *"Carissima Nico,*
>
> *ich bin besorgt und deine E-Mail hat mich noch besorgter gemacht. Vielleicht war es falsch von mir, darauf zu bestehen, dass du gehst. Du bist dort allein und ich kann dir nicht so helfen, wie ich sollte. Ich habe überlegt, ob du nicht für drei oder vier Tage herkommen möchtest, vielleicht könntest du die Untersuchung hier machen, ich könnte mit dir kommen.*
>
> *Ich verstehe sehr gut die Gefühle, die Simone auslösen kann, und ich weiß, wie schwierig es sein kann. Bitte lass dich nicht darauf ein, ich möchte nicht, dass du verletzt wirst. Ich weiß nicht, ob du in der Zeit Gelegenheit hattest, mit ihr über das Projekt zu sprechen, wir müssen vorankommen, Francesca übt Druck aus, und du weißt, wie sie ist, wenn sie etwas will. Wenn du glaubst, dass es besser ist, kann*

ich dorthin kommen... sag mir, wie du es handhaben willst.

Leonie hat mich wieder gesucht, ich habe ihr nicht gesagt, wo du bist, und ich habe sie gebeten, sich fernzuhalten. Diesmal tauchte sie mit dem jüngsten Sohn in der Universität auf.

Ciao amica, Gio"

Ich will Gio nicht hier haben, ich wüsste nicht, was ich tun soll. Ich muss ihr sagen, dass ich schon mit Simone gesprochen habe. Obwohl sie nein gesagt hat, werde ich versuchen, sie umzustimmen. Es gab ein Leuchten in ihren Augen, das mir zeigte, dass sie trotz allem von der Idee begeistert war.

Ich komme vor dem Mittagessen an der Fakultät an. Ruth und JP sind im Zimmer und sie lächelt über beide Ohren, als sie mich hereinkommen sieht. Wir gehen zusammen in die Cafeteria und setzen uns an einen der wenigen freien Tische. Obwohl die Kurse noch nicht begonnen haben, spürt man bereits das Adrenalin der ersten Tage.

"Wir könnten heute Abend ausgehen, was meinst du?", fragt Ruth, sobald wir den ersten Bissen von unserem Thunfischsandwich genommen haben. " Das glaube ich nicht..."

"Warum? Hat es dir nicht gefallen?", sagt sie, hört auf zu kauen und fixiert ihre Augen auf mein Gesicht. "

Es hat mir gefallen, es hat mir sehr gefallen. Aber..., ich mag dich sehr, und ich will dich nicht verletzen", ende ich mit wenig Überzeugung.

"Mach dir keine Sorgen, ich kann sehr gut auf mich aufpassen. Im Gegensatz zu dir, ich weiß nicht, ob du dasselbe sagen kannst."

"Was willst du damit sagen?", frage ich, ohne zu verstehen.

"Pass auf mit Simone."

"Was meinst du?", wiederhole ich, während ich mir durch die Haare fahre und versuche zu erahnen, worauf sie hinauswill.
"Glaubst du, ich habe nicht schon gesehen, wie du sie ansiehst, und schlimmer noch, wie sie dich ansieht? Das ist eine Neuheit. Es ist nichts Neues, dass jemand kommt und sie ansieht, aber dass sie diesen Blick erwidert, das, sage ich dir, habe ich noch nie gesehen. Deshalb, pass auf."
Obwohl fast nur sie spricht, ist Ruth viel früher mit ihrem Sandwich fertig als ich.
"Glaubst du wirklich, dass sie mich anders ansieht?"
"Natürlich! Und du weißt es besser als ich."
Ruth legt eine Hand auf meinen Arm und mit der anderen streichelt sie mein Gesicht. In genau diesem Moment betritt Simone die Cafeteria, begleitet von dem Kollegen aus der Promotion und jemandem, den ich nicht kenne. Ihr Blick ist so eisig, dass er mich erschaudern lässt. Als sie an uns vorbeigeht, ignoriert sie uns geflissentlich, ohne auch nur zu grüßen.
Der Kollege, der von alldem nichts mitbekommt, hält an und sagt: "Wie geht es dir Nicola, hast du über meinen Vorschlag nachgedacht? Bleib noch sechs Monate, es beginnen mehrere Projekte, ich bin sicher, es wird dir gefallen."
"Hast du gesehen, was ich dir gesagt habe?", kommentiert Ruth, sobald sie sich weit genug entfernt haben.
Der Nachmittag an der Fakultät vergeht wie im Flug. Ich komme später als gewöhnlich nach Hause und setze mich nach einem ausgedehnten Bad schließlich mit einer Pizzaschachtel in der Hand und einer fast ebenso großen Portion Schuldgefühle aufs Bett vor den Fernseher. Ich muss anfangen, mich besser zu ernähren, denke ich. Noch bevor ich das zweite

Stück aus der Schachtel nehmen kann, klingelt das Handy. Wer kann das um diese Zeit sein? Ist es Ruth, die darauf besteht, dass wir ausgehen? Ich glaube nicht. Nachdem ich das Gerät in allen Taschen des Rucksacks gesucht habe, finde ich es endlich. Giovanna?!

"Gio, was für eine Überraschung", sage ich und versuche, den Grund für den Anruf zu erahnen.

"Wie geht es dir, Mädchen? Du hast mich besorgt zurückgelassen, und da du nicht auf die E-Mail geantwortet hast, habe ich beschlossen anzurufen. Ist alles in Ordnung?"

Vom Klang ihrer Stimme bin ich beruhigter, sicher ist nichts passiert, Gio kann sehr überfürsorglich sein.

"Du brauchst dir keine Sorgen zu machen, mir geht es gut. Es stimmt, dass es nicht so einfach und ruhig war, wie ich es mir vorgestellt hatte, aber es geht mir gut."

"Ich überlege, am Wochenende vorbeizukommen, was meinst du? Ich könnte morgen früh kommen und am Sonntag zurückfahren."

"Nein, das ist nicht nötig. Ich habe dir doch gesagt, mir geht es gut! Außerdem hatte ich dir noch gar nicht erzählt, aber ich konnte schon mit Simone über das Projekt sprechen."

"Und was hat sie gesagt? Kommt sie her?" Diesmal verrät ihr Tonfall ihre Unruhe. "Im Moment hat sie nein gesagt. Vielleicht eine Videokonferenz. Andererseits war sie begeistert. Es könnte eine gute Idee sein, wenn du und Francesca direkt mit ihr sprechen."

Selbst durchs Telefon höre ich Gio seufzen. "Es ist wichtig, dass sie mit Francesca zusammenkommt, sie kennen sich nicht und man kann so eine

wichtige Entscheidung nicht über einen Bildschirm treffen."
Etwas misstrauisch frage ich: "Und Leonie?"
"Sie gibt nicht auf. Nichts hält sie ab, sie versucht es immer wieder. Diese Woche war ich hart. Sie tauchte an der Uni auf, kam mit dem jüngsten Jungen im Schlepptau und mit Engelsgesicht. Sie sagte mir, sie mache sich Sorgen um dich, du würdest nicht ans Telefon gehen und sie war bei dir zu Hause, aber da war ein Junge, den sie nicht kannte. Armer Eric."
"Was will sie?"
"Das, was sie immer wollte, dein Leben kontrollieren. Ich wiederholte, was ich ihr schon gesagt hatte, dass du ins Ausland gegangen bist und eine Weile weg sein würdest. Ich glaube, sie glaubt es nicht. Und der Arzt, warst du bei der Untersuchung?"
"Ja, es ist alles in Ordnung. Ich muss auf mein Gewicht achten, viel laufen und alles ok."
Giovanna führt das Gespräch noch minutenlang weiter, stellt mir Fragen über den Beginn der Kurse und über Simone, nichts Konkretes, nur um die Stimmung zu sondieren.
Als ich auflege, ist die Pizza völlig kalt. Ich lege ein Stück auf einen Teller und wärme es in der Mikrowelle auf. Zurück in der Ausgangsposition entscheide ich mich schließlich für einen Science-Fiction-Film, der sich als ebenso absurd wie komisch herausstellt. Als er zu Ende ist, ist es fast Mitternacht.
Sobald ich mich hinlege und die Augen schließe, höre ich zwei dumpfe Schläge, ich kann nicht mit Sicherheit sagen, ob das Geräusch hier oder irgendwo draußen war. Ich bleibe regungslos liegen und warte auf ein

weiteres Geräusch. Die Schläge wiederholen sich. Ich gehe zur Tür und schaue durch den Spion. Simone!

Ich atme tief durch und öffne die Tür, um sie hereinzulassen.

"War es ein schöner Abend? Ist deine Freundin schon weg?", fragt sie mich, ohne mich anzusehen.

"Was für eine Freundin? Wovon redest du? Was auch immer es ist, ich glaube nicht, dass dich das etwas angeht, vielleicht solltest du besser gehen."

"Bist du sicher? Ich habe eine bessere Idee." Sie kommt näher.

"Simone, bitte geh", murmle ich. "Ich mag keine Spielchen und ich werde mich nicht auf deine einlassen."

Sie kommt näher. Der Raum ist klein und ich kann nicht ausweichen, ich schaue zum Bett und dann wieder zu ihr. Ich weiche zurück, bis ich nicht mehr weiter kann. Ich stehe an der Wand, meine Beine zittern und meine Stimme auch.

Sie nähert sich mir und hält in geringem Abstand inne. Sanft streicht sie über mein Gesicht, eine fast unschuldige Liebkosung. "Ich will dich!", flüstert sie und streift mit den Lippen mein Ohr, knabbert zärtlich an meinem Ohrläppchen.

Ohne mir Zeit für eine Antwort zu lassen, zieht sie mich am Arm, schubst mich mühelos aufs Bett. Sie beugt sich über mich, öffnet geschickt mein Pyjamaoberteil. Sie scheint sich völlig sicher zu sein, welche Wirkung sie auf mich hat.

"Zieh es aus!", befiehlt sie, entfernt sich ein Stück und lässt mich auf der Decke liegen. Zu erregt, um zu widersprechen, komme ich ihrer Aufforderung nach. Sie sitzt auf der Bettkante, beobachtet mich

unverwandt, sagt nichts, nickt nur leicht bei jeder meiner Bewegungen.
"Nackt!", stößt sie hervor, ohne weitere Erklärung.
Eine Woge der Erregung durchflutet meinen Körper, obwohl sie mich nicht einmal berührt. Ich versuche, wieder etwas zur Ruhe zu kommen und drehe mich auf den Bauch, ohne ihrer Anweisung zu folgen. Ich schließe die Augen.
Mein Atem beschleunigt sich, mein Puls rast.
Für einen Moment fühle und höre ich nichts. Ich zittere, mehr vor Überraschung als vor Schmerz, ausgelöst durch den Klaps auf den Po.
"Nackt!", wiederholt sie lauter. "Dreh dich um, ich will dir in die Augen sehen können."
Ich gehorche ihren Befehlen. "Bitte, Simone, hör auf."
"Bist du sicher?", fragt sie ironisch, während sie mühelos ihre Hand über meinen Körper gleiten lässt.
"Bitte", ich weiß, dass meine Worte keine Wirkung haben werden.
Ich halte nicht mal zwei Sekunden durch und lasse einen Schrei los, den ich nicht unterdrücken kann.
Simone entfernt sich und ich sehe, dass sie sich, ohne dass ich es bemerkt habe, meines Spielzeugs bemächtigt hat. Noch vollständig bekleidet legt sie sich neben mich und bedeckt mich sanft.
Eine Träne läuft über mein Gesicht, ohne dass ich sie aufhalten kann. Ich versuche, es vor ihr zu verbergen, aber ich ahne, dass ich damit keinen Erfolg haben werde.
"Besser als mit deiner Freundin?", fragt sie sarkastisch.
"Hör auf, bitte, hör auf!", schreie ich, während ich mich im Bett aufsetze.

Ich balle die Fäuste und schlage heftig auf die Matratze ein. "Hör auf!"

Kapitel 19

War es in Rom auch so?

Simone

Ich bin überrascht von der Heftigkeit der Geste und des Tons, aber ich bin nicht bereit, so leicht nachzugeben. Wie kann sie es wagen, mit Ruth auszugehen, nachdem wir zusammen waren?

"Ich tue nichts", sage ich. "Vor einer Weile schien es dir noch nicht ratsam, aufzuhören. Du musst vorsichtig sein, wenn du mit dem Mund etwas sagst und mit dem Körper etwas anderes forderst. Willst du, dass ich gehe?"

"Nein", die Antwort ist fast ein Murmeln.

Nicola legt sich wieder hin und lässt sich von meiner Umarmung einhüllen. Ich kann nicht verstehen, warum sie weint. Allmählich weicht die Eifersucht, die ich empfinde, der Sorge, nicht zu verstehen, was los ist.

"War es in Rom auch so?"

"Wie meinst du das?"

"Partys, Frauen, die du kaum kennst..., du weißt schon."

"Wenn du es wissen willst, es war viel schlimmer. Ruth ist nicht gerade eine Frau, die ich kaum kenne, sie ist eine Kollegin, eine Freundin, jemand, mit dem ich gerne rede und ausgehe."

"Das sagt sie nicht."

"Ich weiß nicht, was sie sagt, hier reden alle viel. Eines ist sicher, in Rom wurde weniger geredet."

"Du hast mir immer noch nicht geantwortet, wie es in Rom war."
"Es hat eine Weile gedauert, bis ich mich daran gewöhnt hatte, aber nach einiger Zeit kannte ich alle Clubs, alle Lesben-Bars, und vielleicht ist es nicht anmaßend von mir zu sagen, dass ich in vielen davon bekannt war. Es war einfach, wir wussten, was wir wollten und warum wir dort waren, normalerweise haben wir uns nach einer Nacht nie wieder gesehen."
"Und Francesca?"
"Was ist mit Francesca?"
"War sie auch Teil des Nachtlebens?"
"Sie hatte ihre Zeit, jetzt ist sie elitärer, aber nicht viel anders. Im Gegensatz zu dir gibt sie sich jeder Frau hin, jedem besonderen Moment, sie gibt und nimmt im gleichen Maß und macht jeden Moment magisch." Nicola holt tief Luft und schweigt einen Moment, dann fährt sie fort: "Sie ist eine sublime Liebhaberin und eine Freundin wie wenige andere, Francesca hat mehr für mich getan, als ich ihr jemals dankbar sein kann", sie schüttelt den Kopf und wechselt die Position, "Hast du über den Vorschlag nachgedacht? Sie will dich kennenlernen."
"Ich werde nicht von hier nach Rom gehen. Wenn das ist, was du von mir willst, kannst du es vergessen", sage ich trocken und stehe auf.
"Du verstehst es nicht, oder?" Sie erhebt ihre Stimme und schreit weiter. "Du wirst es nie verstehen! Ich habe geschworen, dass es nie wieder passieren würde, und..., und hier bin ich, wieder weinend, wieder verzweifelt nach jemandem, jemandem, der nie ganz bei mir sein wird."
"Wovon redest du? Wer?"
"Du!"

"Ich und wer noch? Du hast 'wieder' gesagt." Auf dem Tisch steht ein Glas Wasser. Ich gehe hin und bringe es ihr. "Hör auf zu schreien, beruhige dich." Ich verstehe nicht, was los ist, ziehe einen der Küchenstühle und setze mich in die Nähe des Bettes.

Nicola trinkt das Wasser auf einmal, senkt aber nicht die Stimme und schreit weiter: "Willst du es wirklich wissen? Leo! Ich habe es dir neulich gesagt, aber du wolltest nicht zuhören. Meine Beziehung zu ihr war sehr kompliziert, ich will nichts, was dem auch nur ähnlich ist, hörst du? Ich kann nicht! Du bringst mich dazu, mich genauso zu fühlen, wie ich mich in ihren Händen gefühlt habe, eine so überwältigende, so intensive Lust, dass ich mich nicht entfernen kann, so sehr es mich auch verletzt. Du hast mich, wie sie, völlig im Griff, aber du gibst nichts. Als sie mich verließ..." Nicola lässt den Satz unvollendet. Sie weint nicht, zittert nicht, schaut ins Leere, als bräuchte sie etwas, um weitermachen zu können.

"Als sie dich verließ, was dann?"

Sie antwortet nicht. Sie dreht den Kopf in meine Richtung, richtet sich auf und sieht mir in die Augen: "Als sie mich verließ, habe ich versucht, mich umzubringen."

Ich halte erschrocken den Atem an und spüre mein Herz in meiner Brust schlagen.

"Ich habe viel getrunken, Tabletten genommen und dem Schicksal die Zügel überlassen..."

"Es ist unfair zu sagen, dass es das Schicksal war..."

"Ich habe die Nase voll von deinen Sachen, deinen Widersprüchen. Absolut voll, verstehst du?"

Nicola steht auf und scheint plötzlich viel mehr Kontrolle über die Situation zu haben als ich. "Ich habe vorhin mit Gio gesprochen, und weißt du was, wenn du nicht zu dem Treffen gehen willst, dann geh nicht. Ich fahre morgen nach Rom und bleibe dort bis zum Ende der Woche. Mach dir keine Sorgen, ich werde Francesca mitteilen, dass du nicht interessiert bist. Jetzt geh bitte und klopf nicht wieder an die Tür, ohne eingeladen zu sein, wir haben uns schon alles gesagt, was wir uns zu sagen hatten, von jetzt an werden wir versuchen, nur noch über die Arbeit zu reden und vorzugsweise an der Universität."
Als ich es merke, stehe ich vor der Tür, höre, wie sich der Schlüssel im Schloss dreht, und spüre die Kälte der Nacht auf meinem Gesicht. Ihre Worte haben mich fassungslos gemacht. Selbstmord? Sie fährt morgen nach Rom? Wir haben uns schon alles gesagt?
Ich steige langsam die Treppe hinauf und versuche, bei jedem Treppenabsatz wieder zu Atem zu kommen. Ich überlege, Carmen anzurufen, aber es ist zu spät. Ich werde nicht schlafen können.
Ich schaue auf das Telefon und sehe, dass es schon nach zwei Uhr nachts ist, ich frage mich, ob Lisas Bruder wach ist? Als Lisa krank war, haben wir oft um diese Zeit geredet. Ich schicke eine Nachricht.
Fast sofort klingelt mein Telefon.
"Tut mir leid, ich weiß, es ist nicht die richtige Zeit, aber ich brauche dich", sage ich sofort, ohne ihn zu Wort kommen zu lassen.
"Ich arbeite noch, ist alles in Ordnung?"
So knapp wie möglich fasse ich zusammen, wer Nicola ist und was seit ihrer Ankunft passiert ist, und ende mit einer Zusammenfassung des heutigen

Abends.

"Ich liebe Lisa..., das weißt du", sage ich abschließend.

"Als meine Frau mich verließ, warst du die Erste, die mir sagte, dass ich mit meinem Leben weitermachen müsse, ich müsse alles durchleiden, was ich leiden muss, und dann die Scherben aufsammeln und weitermachen. Es hat eine Weile gedauert, ich dachte, es würde nie möglich sein, nicht zuletzt, weil sie noch lebt, und das bedeutet, dass wir, zumindest theoretisch, noch eine Chance haben könnten, aber vor einer Weile habe ich eine Frau kennengelernt..."

"Bist du verliebt?"

"Ich weiß nicht..., genug von mir, du liebst Lisa, das stellt niemand in Frage, aber Lisa ist nicht hier, und du hast die Verpflichtung, mit deinem Leben weiterzumachen. Hast du den Brief gelesen, den ihre Mutter dir gegeben hat?"

"Nein, ich hatte nicht den Mut." Nach der Rückkehr aus dem Haus von Lisas Eltern habe ich den Umschlag in die Schublade des Nachttisches gelegt und nie wieder geöffnet.

"Der richtige Moment wird kommen, da bin ich sicher. Aber du brauchst keinen Brief, um zu wissen, dass Lisa wollte, dass du weiterziehst, wer weiß, vielleicht ist es Nicola, mit ihrem Helm und der Lederjacke?", sagt er und lacht.

**

Ich bin in den frühen Morgenstunden doch noch eingeschlafen, das Gespräch hat mir gut getan. Heute bin ich aufgewacht und es war nach elf, seit Jahren kann ich mich nicht erinnern, dass das passiert ist. Um die

Fremdheit des Tages beizubehalten, beschließe ich, hinunterzugehen und in The Machine zu brunchen. Ich setze mich an einen der Tische und warte auf Pfannkuchen. Ich denke an Carmen, wie geht es ihr? Während meine Gedanken ungeordnet umherschweifen, vibriert das Telefon auf dem Tisch. Ich kenne die Nummer nicht, sie hat eine ausländische Vorwahl.

"Simone?"

"Ja, ich bin's. Wer ist da?"

"Gio, Giovanna..."

Ich kann es nicht glauben, aber in dem Moment, in dem sie spricht, erkenne ich ihre Stimme.

"Giovanna?!", sage ich überrascht.

"Tut mir leid, dass ich dich so aus heiterem Himmel anrufe, aber wir müssen reden. Nicola ist heute Morgen hier angekommen, es ging ihr gar nicht gut. Sie hat wenig gesprochen und ruht sich jetzt aus. Ich glaube nicht, dass sie letzte Nacht geschlafen hat. Ich will keine Details darüber wissen, was los ist, aber ich bitte dich, vorsichtig zu sein. Bitte verletze sie nicht, sie wurde schon mehrmals verletzt und konnte sich kaum davon erholen."

"Ich war gestern Abend bei ihr. Sie war wütend und vielleicht bin ich zu weit gegangen, ich weiß nicht, was sie dir erzählt hat, aber ich mag sie, ich mag sie sehr."

"Du und ich wissen, dass deine Art zu mögen nicht immer die beste ist."

"Glaub mir, ich mag sie. Gestern hat sie mir erzählt, dass sie versucht hat, sich umzubringen..., bis jetzt konnte ich nicht verstehen, was passiert ist?"

Ich halte das Telefon fest, als müsste ich es näher an mein Ohr halten, um zu hören, was Gio zu sagen hat.

"Ich war eine der Personen, die ihr damals am nächsten standen, ich habe gesehen, wie ihre Beziehung zu Leo war. Nico atmete für sie und für die Kinder, die sie als ihre eigenen betrachtete, aber Leo war nicht diese Person, sie wollte keine Hingabe, sie wollte Abenteuer. So sehr ich es sah und versuchte, sie zu beschützen, ich konnte es nicht. Vor vier Jahren, an diesem Montag im August, machte ich mir Sorgen, als Nico nicht ans Telefon ging. Als sie die Tür der Wohnung nicht öffnete, schlug ich Alarm und rief den Notdienst. Ich blieb an ihrer Seite im Krankenhaus, und als sie entlassen wurde, überzeugte ich sie, dass sie nicht in dem Haus bleiben konnte, das sie mit Leo geteilt hatte, sie konnte nicht in Mailand bleiben. Ich würde an die Universität von Rom ziehen, und sie beendete gerade ihre Doktorarbeit, es war leicht, einen Transfer zu bekommen, und für mich war es gut, jemanden um mich zu haben."

Als Gio aufhört zu reden, fühle ich mich beklommen und mein Hals ist trocken. Ich erinnere mich an Nicolas Worte, die mich mit Leo vergleichen..., ich will keine weitere Leo in ihrem Leben sein, nein, niemals.

"Was kann ich tun?", frage ich, ohne zu wissen, was ich sagen soll.

"Komm her. Mach das, was Nicola dir vorgeschlagen hat, triff dich mit mir und Francesca, hör dir das Projekt an. Ich bitte dich nicht nur wegen Nicola darum, natürlich nicht, obwohl ich weiß, dass sie sich freuen wird, ich bin vollkommen überzeugt, dass du die richtige Person bist. Ich denke, es wird dir gefallen, Francesca kennenzulernen und..., und ich werde mich freuen, dich wiederzusehen. Kommst du?"

"Wann? Heute?"

"Ja, es gibt einen Flug, der noch vor dem Abendessen ankommt, den könntest du nehmen und wir würden mit Francesca zu Abend essen, was hältst du davon?"

**

Das Flugzeug hebt die Räder vom Boden ab und ich schließe die Augen, lasse mich in die Luft erheben, als würde die Kraft der Bewegung direkt auf meinen Körper wirken. Ich liebe dieses Gefühl. Ohne die Augen zu öffnen, erinnere ich mich an das Gespräch mit Gio, auch nach so vielen Jahren spüre ich immer noch die gleichen Schmetterlinge im Bauch, wenn ich ihre Stimme höre.

Am Flughafen wartet ein Auto, das mich zum Hotel bringt. Francesca macht definitiv keine halben Sachen. Ich habe nicht viel Zeit, mich fertig zu machen. Ich dusche schnell, ziehe mich um und gehe zum Restaurant hinunter. An einem der Tische sitzen Gio und eine Frau, die ihrem Ruf als Femme Fatale alle Ehre macht.

"Guten Abend", sage ich und strecke ihr die Hand entgegen.

Francesca steht auf und gibt mir zwei Küsse auf die Wange. Auch Gio steht auf und begrüßt mich mit einer Umarmung, die ich herzlich erwidere. Sie hat ihr Parfüm nicht geändert, stelle ich fest.

Das Abendessen verläuft in einer unerwarteten Vertrautheit, ich habe das Gefühl, Francesca seit Jahren zu kennen. Während des Essens ist weder von Nicola noch vom Projekt die Rede. Gio erzählt Episoden von der Universität und erinnert an Kollegen, die ich seit Jahren nicht mehr gesehen habe. Francesca hat die Gabe der Rede, sie geht auf verschiedene Themen ein und verweilt bei philosophischen Themen, von denen ich nicht erwartet hätte, dass sie sich damit auskennt.

"Nun, Simone, es war mir ein Vergnügen, mit dir zu Abend zu essen, wir können es wiederholen, wann immer du die Gelegenheit dazu hast, aber heute kann ich nicht zulassen, dass wir aufhören, ohne über das Projekt zu sprechen, das ich habe." Endlich entscheidet Francesca, dass es der richtige Zeitpunkt ist, und kommt direkt zum Punkt. "Ich weiß, dass Nicola dir bereits gesagt hat, worum es geht, wir wollen ein weltweites Netzwerk aufbauen, um junge Mädchen und Frauen zu unterstützen. Es wird einfache Länder geben, in denen unsere Hauptaufgabe darin besteht, Geld zu investieren und Pädagogen und Lehrer auszubilden, in der Annahme, dass sie ihr Bestes geben werden. Aber es gibt auch schwierige Regionen, in denen Geld nicht das Problem ist, zumindest nicht das Hauptproblem. Ich habe nicht die Anmaßung zu glauben, dass wir die bestehenden Regime konfrontieren oder verändern werden, ich will sie einfach umgehen. Ich möchte dies ganz offen tun, aber auf eine Art und Weise, dass es niemand sehen kann."

Gio lacht: "Mach nicht so ein Gesicht, Simone. Ich weiß, dass du die Meisterin der Dialektik und eine Doktorin der Widersprüche bist, aber ich glaube nicht, dass du wusstest, dass Francesca eine Spielerin auf deinem Niveau ist, ich kann mir nicht vorstellen, was ein Team, das auf euch beide zählt, alles tun könnte."

Francesca zuckt mit den Schultern und klopft ihr auf den Arm: "Hör auf zu scherzen, ich weiß, dass du darauf bestehst, dass Simone das Projekt koordinieren soll, du brauchst mich nicht zu überzeugen, ich bin bereits überzeugt, das war ich schon, bevor wir die Austern aufgegessen hatten."

Es scheint nicht opportun zu intervenieren, in Wirklichkeit bin ich mir nicht

sicher, ob ich genau weiß, was passiert. Mein Schweigen scheint Francesca nicht zu stören, die fortfährt: "Wir werden ein Netzwerk von Frauen aufbauen, Frauen, denen wir Anleitung und Werkzeuge geben können, um in ihren Ländern, in ihren Gemeinschaften, in ihren Familien zu Bildungsagenten zu werden. Das Wichtigste ist, dass sie die Bedeutung des Projekts und die Bedeutung der Geheimhaltung verstehen. Wir haben das Geld, die Technologie und die Motivation. Simone, wenn wir auf dich zählen können, werden wir die Strategin haben, die dieses Schachspiel konzipieren und koordinieren kann, du musst zugeben, dass es eine ziemlich philosophische Herausforderung ist."
"Warum ich?" Es ist eine dumme Frage, aber es ist die einzige, die ich über die Lippen bringe.
"Gio hat verlangt, dass du es bist..., aber jetzt kann ich dir sagen, dass es auch meine Wahl ist." Francesca hebt das Champagnerglas in die Luft, bevor sie einen Schluck nimmt. "Simone, ich habe im Laufe der Jahre viele Menschen kennengelernt, einige brillante Philosophen, einige außergewöhnliche Menschen und mehrere Frauen mit überlegener Intelligenz, aber nur du vereinst all diese Eigenschaften. Du hast die nötige Respektlosigkeit und die Fähigkeit, Kämpfe zu führen, die im Voraus unmöglich erscheinen, du nimmst nichts als selbstverständlich hin, aber du betrachtest auch nichts als verloren, diese Dualität von dir gibt dir eine Superkraft, die schwer zu übertreffen ist."
Gio seufzt und nimmt ebenfalls einen Schluck von ihrem Champagner. "Ich gestehe, ich werde die Gelegenheit nicht verpassen, wieder mit dir zusammenzuarbeiten", erklärt sie feierlich und stimmt in das Lachen ein, das

uns alle ansteckt. Als wir es schaffen, aufzuhören zu lachen, haben wir Tränen in den Augen.
Ich atme tief durch, bevor ich spreche: "Ich schätze die Einladung. Ich weiß nicht, ob ich alles bin, was du gerade gesagt hast, aber wenn ich nur die Hälfte davon bin, wird es genug sein." Ich lächle und zwinkere. "Francesca, ich liebe mein Haus, ich habe meine Projekte an der Universität, ich weiß nicht, wie ich von einem Tag auf den anderen alles hinschmeißen könnte, aber ich kann nicht leugnen, dass ich das Projekt liebe. Kann ich darüber nachdenken? Wann wollt ihr anfangen?" Plötzlich überschlagen sich die Fragen in meinem Kopf.
"Du kannst so lange nachdenken, wie du brauchst", antwortet Francesca mit aller Ruhe der Welt, ich stelle mir vor, dass es nur wenige Dinge gibt, die sie ihre Gelassenheit verlieren lassen. "Das Projekt hat bereits begonnen, es begann an dem Tag, an dem Gio und ich zum ersten Mal miteinander sprachen, aber wir warten auf dich, also denk nach, was nötig ist, um uns sagen zu können, dass du zustimmst." Während sie spricht, sieht sie mir in die Augen und zeigt, dass sie es ernst meint.
Moment mal, was meinst du mit "um uns sagen zu können, dass du zustimmst" und was, wenn ich mich entscheide, abzulehnen?
"Was die konkreten Pläne angeht, so wirst du uns sagen, wie du das Operations-Center einrichten willst, wir würden es gerne hier in Rom haben, aber wir werden auch andere Alternativen akzeptieren."
Als Francesca sich endlich verabschiedet, habe ich das Gefühl, dass ich von den Ereignissen völlig überrollt wurde. Sie geht davon aus, dass ich annehmen werde. Gio geht, nicht ohne mich zu bitten, sie am

Montagnachmittag an der Universität zu treffen. Wir sprechen nicht über Nicola, aber ich ahne, dass dies Teil des Themas ist, das sie besprechen möchte.

**

Ich kehre mit einer inneren Unruhe in mein Zimmer zurück, die schwer zu zügeln ist, ich rufe Carmen an, ich habe versprochen, es zu tun, als ich heute Morgen mit ihr gesprochen habe.

"Hast du schon geschlafen?", frage ich, als ich ihre Stimme fast im Flüsterton höre, so leise.

"Nein, eigentlich habe ich darauf gewartet, dass du anrufst, ich habe nichts verstanden, was ist passiert? Nicola hat mich vorhin angerufen und gesagt, dass sie nach Rom gefahren ist, seid ihr zusammen gefahren?"

"Nein. Ich bin wegen eines Treffens mit Francesca gekommen, erinnerst du dich an die Frau, von der ich dir erzählt habc?"

"Natürlich erinnere ich mich, aber hattest du dich nicht entschieden, nicht zu gehen? Und war Nicola nicht daran beteiligt? Ich verstehe überhaupt nichts."

"Nicola hat ihre Probleme, aber es sind einige Dinge passiert, die mich dazu gebracht haben, zu entscheiden, dass es gut sein könnte, mir anzuhören, was sie zu sagen haben. Manchmal überrascht einen das Leben auf eine Art und Weise, die man nicht erahnen könnte, egal wie viele Pläne man gemacht hat."

Kapitel 20

Ich konnte es nicht mehr ertragen

Carmen

"Du hast eine unvergleichliche Fähigkeit, deine eigene Wahrheit zu wählen und eine Eloquenz, die nur wenigen Auserwählten vorbehalten ist. Aber sieh mal, ich wurde nicht für Euphemismen ausgebildet, also hab Nachsicht mit mir und beantworte, was ich dich frage. Ich weiß, wenn etwas nicht stimmt..."

"Fürs Erste musst du meine Antwort akzeptieren und mir glauben, dass alles in Ordnung ist. Wenn ich zurückkomme, erzähle ich dir mehr Details", sagt sie in einem abschließenden Ton und wechselt dann das Thema. "Und du? Seit Tagen schaffe ich es nicht, mit dir zu reden. Wie läuft's bei dir?"

"Alles drunter und drüber... Sam geht nächste Woche nach London, Magie will mit ihm gehen, ich habe morgen tagsüber Dienst und kann gar nicht erst daran denken, ins Krankenhaus zu gehen."

"Und Emily?", fragt Simone in einem schon leicht gereizten Ton von jemandem, dem die Geduld ausgeht.

"Ich habe seit letzter Woche nicht mit ihr gesprochen. Ich war hart und sagte ihr, dass wir nicht weitermachen können. Sie warf mir vor, wie ihre Mutter zu werden, stell dir vor, ich wie Grace."

Simone lacht laut auf. "Ich sehe, bei dir läuft's richtig rund..."

"Mach keine Witze", sage ich seufzend. "Ich bin immer mehr davon überzeugt, dass du Recht hast, ich sollte auf Abstand gehen."

**

Ich komme wie üblich zehn Minuten vor Dienstbeginn im Krankenhaus an. Ich habe seit einer Woche nicht gearbeitet und als ich ankomme, werde ich so empfangen, als wäre ich sehr lange weg gewesen. Sie fragen nach dem Kongress und ob es mir schon besser geht.

Der Tag verläuft ruhig, sonntags ist normalerweise wenig los, heute umso mehr, da ein wichtiges Fußballspiel ansteht. In der Mittagspause teilen wir uns auf, ich gehe mit einigen Kollegen essen.

"Kennst du schon die Neuigkeiten? Du hast vielleicht noch nichts davon mitbekommen, da du ja weg warst."

"Welche Neuigkeiten?", frage ich.

"Emily..."

"Was ist mit Emily?", mcin Herz schlägt jetzt schneller, aber ich versuche, ruhig zu bleiben.

"Sie hat die Praktika abgebrochen. Ich hasse solche Leute, sie glaubt, alles zu wissen und schenkt nichts die gebührende Aufmerksamkeit, sie ist eine Gefahr für die Patienten. Ich habe bei unserem Direktor darauf bestanden, eine Beschwerde an ihren Betreuer zu schreiben und zu berichten, was hier in den letzten Wochen vorgefallen ist. Wir sollten uns beschweren." Da ich still bleibe, redet die Kollegin sich in Rage: "Du hast sie aber noch zum Kongress eingeladen, oder?"

"Bitte hör auf, du bist unhöflich ihr gegenüber. Emily ist eine außergewöhnliche Fachfrau. Warum musst du immer alle beurteilen? Wenn sie die Praktika abbrechen will, geht uns das nichts an, das ist ihre Sache."

Ohne auf meine Bitte zu hören, fährt sie fort: "Da du so viel über sie weißt, kannst du mir vielleicht sagen, warum sie sich entschieden hat, die Praktika abzubrechen. Ausgerechnet nach der Rückkehr vom Kongress. Komisch, dass sie die Praktika abbricht und du dich krank meldest, ihr müsst euch dort was eingefangen haben..."
Ich esse so schnell wie möglich auf, entschuldige mich und stehe auf. Weiß sie etwa etwas?
Um fünf sehe ich auf die Uhr, mein Dienst endet in drei Stunden und ich habe mit Emily ausgemacht, uns zum Abendessen zu treffen. Dieses Gespräch kann ich nicht ewig vor mir herschieben.

**

Ich komme mit über einer halben Stunde Verspätung im Restaurant an, da ich direkt vom Krankenhaus komme, aber so ist das nun mal, alles ist in Ordnung und in letzter Minute passiert immer etwas, das uns daran hindert, pünktlich loszugehen. Emily sitzt mit dem Rücken zur Tür, hat die Haare zu einem Pferdeschwanz zusammengebunden und das Handy in der Hand.
"Entschuldige", sage ich, gebe ihr einen schnellen Kuss auf die Wange und setze mich ihr gegenüber, ohne mir Zeit für eine weitere stürmischere Geste zu nehmen.
Während des Essens erzähle ich ihr von meinem Mittagsgespräch.
"Diese Ärztin ist eine Unverschämtheit!", ruft sie wütend aus. "Sie sollte sich lieber um ihre eigenen Angelegenheiten und ihre Arbeit kümmern."
"Was meinst du damit?"
"Ach komm, das weiß doch jeder..."
"Und was genau weiß denn jeder?", langsam glaube ich, dass alle möglichen

Dinge wissen, die ich nicht mitbekomme.
"Jeder weiß, dass sie nur das Nötigste tut. Sie ignoriert die Patienten in der Sprechstunde, außer die, die sie manipulieren will, damit sie in ihre Privatpraxis kommen."
Während wir uns unterhalten, legt Emily ihre Hand auf meine, ich ziehe meine sofort zurück und lasse nicht zu, dass sie die Geste vollendet.
"Entschuldige, aber das geht nicht... Ich kann nicht."
"Warum? Sag mir, was du fühlst? Was willst du?" Trotz der harten Worte ist der Ton liebevoll.
"Ich weiß es nicht, ich weiß nicht, was ich will, und auch nicht, was ich fühle. Seit wir zusammen waren, kann ich nicht aufhören, an dich zu denken. Erinnerst du dich, als du mich gefragt hast, ob ich schon mal mit einer Frau zusammen war?"
"Ja, du hast nein gesagt."
"Das habe ich gesagt, aber gelogen. Vor vielen Jahren, in Kap Verde, habe ich eine Nacht mit einer guten Freundin verbracht. Ich war verlobt, sie auch, und es ging nie über diese eine Nacht hinaus, aber ich habe sie nie vergessen. Mit dir zusammen zu sein, hat mich an diese Nacht erinnert. Dieses Gefühl ist sehr stark, aber es ist so überwältigend, dass ich dich nicht loslassen kann, gleichzeitig weiß ich nicht, wie ich antworten soll, wenn du mich fragst, was ich will. Was kann ich denn wollen?"
Emily lächelt. Es ist schwer, diesem Lächeln zu widerstehen, glücklicherweise kommt die Kellnerin und serviert das Dessert. Emily steckt einen Löffel voll Schokolade in den Mund und hat Schokoladenspuren um die Lippen, ich kann nicht anders als zu lachen. Ich nehme die Serviette und

wische mit einer gewissen Schalkhaftigkeit die braunen Flecken ab.
"Du kannst alles wollen", sagt sie, als wäre es eine Selbstverständlichkeit, die wir alle erkennen sollten. "Du kannst wundervolle Nächte zusammen wollen, du kannst Gespräche führen, spazieren gehen, was weiß ich, vielleicht eine Beziehung oder du kannst dich für eine ernsthafte Beziehung entscheiden und voll dabei sein. Ich weiß, dass du Rommé und kein Poker spielst, aber ich bin sicher, dass der Grundgedanke der gleiche ist", erklärt sie lachend und zwinkert mir zu. "Das Einzige, was du nicht wollen kannst, ist, dass ich weggehe, weil du Angst vor den Meinungen anderer hast."
"Glaubst du, es ist einfach?"
"Ich bin nicht so naiv zu glauben, dass es einfach sein wird, aber ich bin bereit, es auf mich zu nehmen. Hör zu, anstatt hier Kaffee zu trinken, komm doch mit zu mir nach Hause. Ich möchte, dass du den Ort siehst, wo ich wohne. Dieses Wochenende ist meine Mitbewohnerin nicht da und ich habe die Wohnung für mich allein. Bitte komm vorbei, ich habe eine Überraschung für dich."
Selbst ohne viele Argumente wäre es nicht schwer gewesen, mich zu überzeugen. Kurz darauf standen wir vor einem Altbau nur wenige Straßen vom Restaurant entfernt. Wir stiegen die Holztreppe zur ersten Etage hinauf und betraten das Wohnzimmer der kleinen Wohnung. Ein Tisch mit Stühlen, einige Sofas und ein Fernseher prägten den Raum. Wie versprochen ging sie in die Küche und kam mit zwei Tassen Kaffee zurück, die sie auf den Tisch stellte.
"Du sagtest, du hättest eine Überraschung?", fragte ich, um die angespannte Stimmung aufzulockern.

"Ja stimmt, die Liste mit den ersten Fünf des Wettbewerbs ist raus und ich bin dabei!"
"Herzlichen Glückwunsch!" rief ich begeistert. Ich stand auf und umarmte sie, ohne darüber nachzudenken. Die Freudenumarmung wandelte sich schnell zu einer intimen Geste zwischen zwei Menschen, die sich nacheinander sehnten. Ihre Hände glitten meinen Rücken hinunter und alles, was ich fühlte, kam sofort zurück. Ich spürte ihre Lippen an meinem Ohr, meinem Hals, bis sie langsam meinen Mund erreichten. Im letzten Moment war ich es, der ihren Lippen entgegenkam und sie für sich nahm. Ich schmeckte sie, spürte die Sanftheit ihrer Berührung.
Keuchend setzte ich mich aufs Sofa. Der Kaffee stand unberührt auf dem Tisch und musste schon lange kalt sein.
Emily setzte sich neben mich und nahm meine Hand in ihre. "Bleib heute Nacht bei mir."
"Ich kann nicht. Es ist schon spät, ich muss heim. Ich habe Sam gesagt, dass ich nicht zum Abendessen komme, aber nicht, dass ich so spät zurückkehre", erwiderte ich ohne mich zu bewegen.
Emily schwieg. Sie griff nach ihrem Handy und spielte einen alten Song ab. Langsam zog sie ihr weißes Hemd aus der Hose und öffnete die Knöpfe von unten nach oben. Ich konnte den Blick nicht abwenden, wusste nicht, was sie vorhatte, hatte aber keine Zweifel, dass sie es schaffen würde. Sie zog das Hemd aus und warf es zu Boden. Sie öffnete den Hosenriemen, dann die Knöpfe, strich sich über den Körper und bog ihren Rücken leicht in meine Richtung. Ich spürte, wie die Hitze stieg, überkreuzte die Beine, um meine Erregung zu verbergen. Mein Atem ging schneller. Emily schien nichts

wahrzunehmen und fuhr fort. Sie zog die Schuhe und Socken aus und warf sie beiseite. Nur noch mit der geöffneten Hose und dem BH kam sie zu mir und setzte sich auf meinen Schoß.
Mit sanften und zärtlichen Gesten streichelte sie über meinen Nacken und mein Gesicht, wanderte dann zum Saum meiner Bluse hinunter und knöpfte die drei Knöpfe auf. Obwohl sich äußerlich kaum etwas verändert hatte, fühlte es sich an, als wäre ich nackt. Ihre Hand glitt durch den nun weiteren Ausschnitt und spielte mit dem Rand ihres BHs, im Wissen, dass sie nicht viel weiter vordringen würde. Ohne etwas zu sagen und ohne etwas zu verlangen, stand sie wieder auf und zog ihre Hose aus. Es war unmöglich, ruhig auf der Couch sitzen zu bleiben. Ich spürte, wie mein Herz raste, als würde es zerspringen, und hörte meinen eigenen schweren Atem.
Ohne den Blickkontakt zu unterbrechen, legte Emily sich vor mir auf den Teppich, den Kopf so positioniert, dass sie mich weiter ansehen konnte. Sie strich mit der Hand über ihre Brüste, ihren Bauch und verharrte schließlich auf dem schwarzen Stoff ihres winzigen Höschens.
"Willst du nur zusehen?", fragte sie leise.

**

Benommen wachte ich auf, draußen war es noch dunkel. Ich sah auf die Uhr, es war halb sechs. Neben mir schlief Emily tief und fest. Leise stand ich auf, sammelte die auf dem Boden verstreuten Kleidungsstücke ein und verließ die Wohnung, die Tür lautlos hinter mir schließend. Auf der Straße war niemand. Ich rief ein Taxi und war in weniger als zehn Minuten am Eingangstor unseres Grundstücks. Auch hier war niemand.
Ich ging ins Haus und legte mich ohne das Licht anzumachen ins Bett.

Samuel schlief und schien meine Ankunft nicht zu bemerken. Draußen graute der Morgen.

**

Erschrocken setzte ich mich auf. Ich hörte Magies Lachen aus dem Wohnzimmer. Wo war Samuel? Ich stand auf und ging den Flur entlang.
"Magie, wo ist Papa?"
"Was meinst du, wo Papa ist? Er ist zur Arbeit gegangen, schon vor Stunden. Es ist gleich zehn. Übrigens, wir haben uns schon Sorgen um dich gemacht, aber da Papa sagte, wir sollen dich nicht wecken, haben wir gewartet."
In der Ferne hörte ich das Klingeln meines Handys aus dem Schlafzimmer und rannte hin, um den Anruf entgegenzunehmen.
"Nicola?"
"Ja, ich bin's. Hast du jemand anderen erwartet?", fragte sie lachend und betonte ihren italienischen Akzent.
"Nein, ich meine, ja irgendwie schon. Wie geht es dir?"
"Gut. Ich bleibe noch ein paar Tage hier, am Freitag bin ich wieder zurück. Und wie geht es dir? Wen hast du erwartet?"

Kapitel 21

Zeit mit der falschen Person verschwenden

Nicola

"Eigentlich dachte ich, es wäre Emily. Ich habe bei ihr übernachtet. Oder besser gesagt, ich habe die halbe Nacht bei ihr verbracht."

Es überrascht mich, dass Carmen so schnell vorangekommen ist. Als wir am Freitag sprachen, schien sie so voller Zweifel, dass ich dachte, sie würde einen Rückzieher machen. "Ich freue mich, das zu hören. Tut mir leid für die Enttäuschung", sage ich lachend. "Und geht es dir gut? Geht es ihr gut?"

"Mir geht es gut. Ich weiß nicht, was sie in mir sieht."

"Hör auf, das zu sagen. Wenn du über den Altersunterschied sprichst, hör bitte sofort auf, oder ich werde ihre Worte benutzen und dir erneut sagen, dass du wie ihre Mutter aussiehst. Wenn es sich für dich gut anfühlt, stürze dich voll und ganz hinein. Was kann schon passieren? Ja, was ist das Schlimmste, das passieren kann? Nach dem, was du mir erzählt hast, lief es mit Samuel sowieso nicht mehr gut, es war nur eine Frage der Zeit. Und besser jetzt, bevor er für ein Jahr weg ist und du allein zurückbleibst. Vielleicht funktioniert es nicht, aber dann hattest du eben tollen Sex."

"Du bringst mich zum Erröten!", ruft Carmen lachend aus.

"Deshalb, meine Freundin, stürze dich voll und ganz hinein. Es ist ein sicherer Sprung."

"Ich werde über deine Worte nachdenken. Aber kommen wir zu etwas

anderem. Hast du wieder mit Simone gesprochen?"
"Nein", antworte ich, ohne ihr etwas über die Nacht vor meiner Ankunft in Rom zu erzählen. Die Wahrheit ist, dass ich seitdem nichts von Simone gehört habe. Sie muss zu Hause oder im Garten eingesperrt sein, sich mit existenziellen Zweifeln herumschlagen und versuchen, ihren verdammten Text fertig zu schreiben. "Das ist kein sicherer Sprung", scherze ich. "Ich glaube, das ist wie ein Sprung vom 10-Meter-Brett, ohne zu wissen, ob das Schwimmbecken Wasser hat!"
Carmen verlängert das Gespräch nicht viel länger. Sie muss darauf warten, mit Emily zu sprechen, denke ich und lächle in mich hinein.

**

Es ist kurz nach ein Uhr mittags, als ich Gios Büro betrete. Sie hatte am Morgen eine Besprechung, hat aber zugesagt, mit mir zu Mittag zu essen. Die Tür steht offen und ich setze mich auf einen der Sessel, um auf sie zu warten. Ich schaue mich um und erinnere mich an die Zeiten, die ich hier verbracht habe. Ich bin vor etwas mehr als einem Monat gegangen, aber es fühlt sich an wie ein Jahr. Am Samstag hat sie mich sehr früh vom Flughafen abgeholt und mich gezwungen, mich auszuruhen. Sie ließ mich am späten Nachmittag allein, aber trotzdem war ich nicht lange allein. Francesca tauchte nach dem Abendessen auf, sie war in guter Stimmung, als ob etwas besonders gut gelaufen wäre. Wir unterhielten uns und erinnerten uns an andere Momente in diesem Zimmer, in diesem Hotel. Da Eric in meiner Wohnung lebt, übernachtete ich in der Suite, die Francesca immer reserviert hält. Als sie am Sonntagmorgen ging, sagte sie mir, dass ich am Donnerstag zu einer "Sphären"-Party eingeladen war, ohne die Möglichkeit abzulehnen.

Gio kommt eilig herein und lässt sich buchstäblich auf den Stuhl neben mir fallen.
"Endlich ist es vorbei. Diese Meetings sind wenig nützlich, dauern aber Stunden. Ich glaube, es ist umgekehrt proportional. Wie geht es dir? Entschuldige, dass ich gestern nicht für dich da war, aber dein Besuch kam so unerwartet."
"Ich weiß, kein Problem. Du wirst sauer auf mich sein."
"Was hast du getan?", fragt sie stirnrunzelnd.
"Ich weiß, dass ich das alte Handy nicht hätte einschalten sollen, aber gestern Morgen, als ich spazieren ging, habe ich es aus irgendeinem Grund eingeschaltet."
"Was?! Warum hast du das getan? Ich bin sicher, dass sie versucht hat, dich anzurufen, oder?" Gio hat die Augenbrauen hochgezogen und sieht eher verärgert als überrascht aus.
"Wo gehen wir essen? Ich habe Hunger."
"Wechsle nicht das Thema. Hat sie angerufen oder nicht? Ich hoffe, du hast wenigstens nicht rangegangen."
"Ich habe wirklich Hunger. Lass uns essen gehen, ich verspreche dir, dass ich es dir während des Mittagessens erzähle", sage ich schon stehend, während ich zur Tür gehe.
Erst als wir im Universitätsrestaurant sitzen, komme ich auf das Thema zurück: "Du hast Recht, es bringt nichts, wütend zu sein. Du hast in allem Recht... Du hast Recht, dass ich das verdammte Gerät nicht hätte einschalten sollen, du hast Recht, dass Leo mich angerufen hat, und ja, ich bin schließlich rangegangen."

"Das kann ich nicht glauben! Du hast mit ihr gesprochen?"
"Ja", seufze ich tief, bevor ich antworte, und fange an, meinen Salat zu essen, wobei ich Gio mit einer Kopfbewegung dazu auffordere, dasselbe zu tun. Ein paar Sekunden lang kauen wir schweigend, aber dann fahre ich fort. "Nachdem ich die Nachrichten gesehen hatte, die sie in den letzten Wochen hinterlassen hatte, wusste ich, dass wir früher oder später miteinander sprechen müssen. Als sie gestern Nachmittag nicht locker ließ, entschied ich, dass es an der Zeit war. Sie war so verblüfft, dass sie einen Moment lang nichts sagte. Dann fasste sie sich wie üblich und erklärte mir ihre Liebe, als hätten wir uns letzte Woche gesehen. Ich weiß nicht wie, aber irgendwann im Gespräch bekam sie mit, wo ich mich befand, und natürlich saß sie keine Stunde später neben mir im Park."
"Ich glaub es nicht!"
Gios Blick zeigt, dass ihr Kommentar ernst gemeint ist. Ich glaubc, sie hatte nicht einmal im Traum daran gedacht, dass Leo und ich uns so treffen würden.

**

Leo kam gelassen an, als wäre es eine geplante Verabredung. Sie lächelte mich an und legte ihre Hände auf meine Schultern, sodass ich nicht aufstehen konnte. Als ich ihr einen Kuss auf die Wange geben wollte, drehte sie ihr Gesicht und berührte mich mit ihren Lippen.
"Bitte, Leo, hör auf damit! Du kannst nicht einfach hier auftauchen und so tun, als wären diese vier Jahre nicht vergangen! Du kannst nicht ignorieren, was ich dir beim letzten Mal gesagt habe!" Diese Lippenberührung reichte aus, um mir die Beherrschung zu rauben und den Rest der Ruhe, die ich seit

dem Auflegen des Telefons zu bewahren versuchte. "Verdammt! Hör auf mit diesen Dingen! Hör auf, mich zu stalken, vor vier Jahren hast du über unsere Leben entschieden. Es gibt nichts mehr zu sagen. Als du mich neulich gebeten hast, auf dich zu warten, hätte ich niemals zustimmen dürfen."

"Aber du hast zugestimmt", sagte sie mit dieser rauen und ruhigen Stimme, die mich verzaubert und gleichzeitig zur Verzweiflung bringt.

"Du sagtest, du hättest eine wichtige und schnell zu erledigende Angelegenheit. Gut, ich höre, aber denk nicht, dass du mich anfassen oder küssen kannst, als wären wir zusammen, denn das sind wir nicht! Und das werden wir auch nicht sein!"

"Als ich Anfang August nach Rom kam..., als ich bei dir auftauchte und du mich rauswarfst, hast du mich nicht erklären lassen, was los war. Du hast aufgelegt und bist aus der Wohnung gegangen, warum? Wäre es nicht einfacher gewesen, mit mir zu reden?"

"Du glaubst, dass sich immer alles um dich dreht, dass mein Leben immer noch um dich kreist. Da irrst du dich. Es gab einen Professorenaustausch und ich bin für ein Semester weg. Ein Kollege aus der anderen Fakultät ist in der Wohnung, ich hoffe, du bist nicht hingegangen, um ihn zu belästigen."

"Ich habe versucht, über Gio mit dir zu sprechen, ich habe sie nach deiner Nummer gefragt, aber sie hat sich geweigert. Ich bin sicher, dass sie dir meine Nachrichten nie übermittelt hat."

"Lass Gio da raus. Ein für alle Mal, sag, was du zu sagen hast."

"Meine Trennung ist endgültig. Ich bin in dich verliebt, war es immer und werde es immer sein. Ich glaube, das weißt du." Leo versuchte, ihre Hand auf mein Bein zu legen, wie sie es so oft tat, aber ich wies sie schroff zurück.

Sie fuhr fort: "Ich weiß, dass ich dich verletzt habe. Du wolltest ein Kind, damals konntest du nur daran denken, daran und an die Promotion. Es gab Wochen, Monate, in denen wir kaum miteinander sprachen. Er kam dir näher. Du warst so abwesend, dass du es nicht einmal gemerkt hast."
"Hör auf mit diesem Spiel, hör auf so zu reden, als wäre ich an irgendetwas schuld. Ich war mit dir zusammen, ich wollte ein Kind mit dir und du..., du wurdest von deinem Ex-Mann schwanger!"
"Es stimmt, aber du musst verstehen. Ich weiß, dass ich dich verletzt habe und ich bitte um Entschuldigung, ich bitte dich um Vergebung. Ich bin sicher, dass wir immer noch glücklich sein können und sogar ein Kind bekommen können."
"Bitte, Leo."
"Ich bin nach Rom gekommen, um näher bei dir sein zu können. Ich habe mich hierher versetzen lassen, ins Zentralkrankenhaus, und arbeite in der Psychiatrie. Ich habe eine riesige Wohnung in Parioli gemietet, ich bin sicher, dass sie dir gefallen wird."
"Du musst wohl halluzinieren. Es interessiert mich nicht, wo du arbeitest oder wo du wohnst, das geht mich nichts an! Nichts, was mit dir zu tun hat, geht mich etwas an!"
"Die Mädchen vermissen dich."
"Lass das, das ist selbst für dich zu niedrig, lass die Kinder da raus. Sie erinnern sich nicht mal an mich, und das ist auch besser so."
"Natürlich erinnern sie sich an dich, ich erzähle ihnen von dir, sie sehen Fotos."

**

Nachdem ich einen Teil des Gesprächs wiedergegeben habe, beschließe ich, Gio die intimsten Details zu ersparen, die tausend Argumente darüber, wie sehr sie mich liebt und vermisst.
"Weißt du, Gio, als ich jedes ihrer Argumente widerlegte und ihr sagte, dass ich ein neues Leben habe, zu dem sie nicht gehört, sagte Leo etwas, das mich beunruhigt hat."
"Wie das? Was könnte sie noch gesagt haben, nach alldem?", fragt Gio mit der Gabel in der Luft, auf halbem Weg zwischen Teller und Mund.
"Sie sagte, sie wüsste, warum ich aus Rom 'geflohen' sei. Glaubst du, sie könnte etwas wissen?"
"Natürlich nicht. Wie könnte sie? Nur wir und Francesca wissen es, sonst niemand. Mach dir darüber keine Sorgen, sie versucht nur, dich zu verunsichern. Du hast dich gut geschlagen, sehr gut. Glückwunsch!" Gio lächelt offen und unterstreicht mit ihrem Gesichtsausdruck, was sie gerade gesagt hat.
Wir beenden das Essen, während wir über leichtere Themen sprechen, vor allem im Zusammenhang mit der Universität und dem Beginn des Studienjahres.
"Kannst du mir jetzt sagen, warum du so plötzlich hierhergekommen bist? Am Samstag sahst du schrecklich aus, und ich akzeptierte dein Argument, dass du diesen Ort vermisst. Aber heute kannst du mir vielleicht die Wahrheit sagen. Was ist passiert? War es Simone?", fragt sie, während sie in ihrem Kaffee rührt.
"Ich kann nichts mit ihr anfangen. Das wäre, denselben Fehler zweimal zu machen. Sie ist so verführerisch wie Leo und genauso unzugänglich. Ich

habe keine Kraft, um um jeden Krümel zu kämpfen."
"Da irrst du dich. Simone ist sicher viel verführerischer als Leo, weil sie ein großartiger Mensch ist und auch großartig darin, zu lieben."
Was für ein seltsamer Kommentar, denke ich, was weiß Gio schon über Simone?
"Sie ist genauso großartig wie egozentrisch."
"Vielleicht, oder vielleicht ist es nur Angst. Aber ich stimme zu, dass jetzt nicht der richtige Zeitpunkt ist."
Ich verstehe immer noch nicht, aber ich gehe in eine andere Richtung: "Ich war bei Francesca, aber sie wollte nicht über das Projekt sprechen."
"Das kann ich mir vorstellen... Ich bin sicher, sie hatte andere, wichtigere Themen mit dir", sagt Gio lachend.
"Ja...", lache ich auch. "Aber habt ihr etwas entschieden? Ich bin nicht überzeugt, dass es möglich ist, Simone zur Zusage zu überreden. Wir verschwenden vielleicht unsere Zeit mit der falschen Person."
"Glaubst du, dass sie die falsche Person ist?", fragt Gio, nun in ernstem Ton.
"Nein, das wollte ich nicht sagen. Aber was nützt es, die ideale Person zu haben, wenn sie nicht mit uns arbeiten will?"
"Du hast recht, sie will nicht mit uns arbeiten, aber vielleicht will sie mit uns kämpfen."
Auf dem Rückweg zu Giovannas Büro grüßen mich einige Kollegen im Flur, überrascht, mich hier zu sehen. Eine Gruppe von Studenten spricht Gio an und sie bittet mich, schon vorzugehen.
Ich gehe hinein und setze mich wieder auf denselben Sessel. Sobald sie zurück ist, werde ich gehen. Ich fühle mich nicht sehr wohl, ich hoffe, es ist

nicht der Beginn einer Migräne. Ich spüre das Essen im Magen und ein leichtes Unwohlsein, ich glaube, es war der Kaffee. Ich beuge den Kopf nach vorne, halte ihn mit den Händen, die Ellbogen auf den Knien, und schließe für einen Moment die Augen.

"Nicola?"

Ich kenne diese Stimme, aber das kann nicht sein, denke ich, bevor ich den Kopf hebe. "Simone?!"

Sie ist es, steht in der Tür, hier in Rom.

"Nach deinem Gesichtsausdruck zu urteilen, hat Gio dir nicht gesagt, dass ich hier bin", sagt sie. "Geht es dir gut? Du bist blass. Brauchst du etwas?"

"Nein." Es stimmt, plötzlich ist das Unwohlsein verschwunden. "Du bist nach Rom gekommen?", sage ich und stelle das Offensichtliche fest. "Wann bist du angekommen?"

"Am Samstagabend."

"Samstag?" Ich weiß, dass ich immer wiederhole, was sie sagt, ohne die Situation begreifen zu können. Wir waren in dieser Nacht zusammen, ich habe sie aus meinem Haus geworfen und am nächsten Tag ist sie nach Rom gekommen. Ich verstehe es nicht.

Gio kommt in diesem Moment herein und schaut mich direkt an: "Ihr habt euch getroffen, ich sehe schon. Entschuldige, dass ich es dir nicht gesagt habe, Nicola. Simone hat beschlossen, mit Francesca zu sprechen."

"Und ihr habt vereinbart, es mir nicht zu sagen?", frage ich, sehr verärgert. "Ich gehe. Wir sprechen später, Gio", sage ich und stehe auf.

Kapitel 22

Umstände ändern sich schnell

Simone

"Geh nicht. Nicht so", sage ich, ohne zu wissen, was ich noch hinzufügen soll.

Nicola geht zur Garderobe und greift nach ihrer unverkennbaren Lederjacke. Inzwischen hat sich Giovanna an den Tisch gesetzt und starrt auf den Computer, so als würde sie die Situation ignorieren.

"Ich hoffe, deine Meetings verlaufen gut und du entscheidest dich dafür, dem Projekt beizutreten. Ernsthaft, unabhängig von allem, ich würde mich wirklich freuen, wenn du teilnimmst, das ist viel wichtiger als unsere persönlichen Angelegenheiten."

Nicola scheint es mit ihren Worten ernst zu meinen. Ich glaube, sie denkt wirklich, dass dieses Projekt etwas bewirken kann. Ich würde gerne mit ihr rausgehen und reden, aber jetzt ist nicht der richtige Zeitpunkt dafür. Mir bleibt nur zu hoffen, eine andere Gelegenheit zu finden.

"Wie lange bleibst du? Können wir zusammen zu Abend essen?"

Letztendlich gibt sie keine klare Antwort und geht mit dem Versprechen, anzurufen, um etwas auszumachen. Ich bin mir nicht sicher, ob sie es wirklich vorhat. Wie sich die Dinge ändern!

Als Nicola geht, schaltet Giovanna den Computer aus. "Ihr müsst reden, die Stimmung zwischen euch macht keinen Sinn."

"Neulich hast du mir gesagt, Nicola hat schon genug gelitten. Ich will nicht eine weitere Person auf dieser Liste sein. Ich mag sie", sage ich leise.
"Ich weiß", erwidert Gio mit gesenkter Stimme.
"Ich kann ihr nicht geben, was sie braucht. Du weißt, dass ich das nicht kann. Vielleicht kannst du einen Zweifel klären, der mich seit einiger Zeit quält: Warum ist Nicola an die Universität gegangen? Hast du darum gebeten, mit dem ursprünglich geplanten Kandidaten zu tauschen?"
"Lass uns hier rausgehen, das ist nicht der richtige Ort für dieses Gespräch."
Gio schaut aus dem Fenster, draußen regnet es in Strömen. Die Menschen hasten vorbei und versuchen, die Auswirkungen des unangekündigten Regens so gering wie möglich zu halten.
"Das Wetter hier ändert sich von einem Moment auf den anderen", bemerke ich, ohne zu wissen, was ich sagen soll.
"Möchtest du zu mir nach Hause kommen?", fragt sie aus heiterem Himmel. Ich glaube, sie hat nicht einmal über das nachgedacht, was sie sagte, es ist ihr einfach so herausgerutscht. "Wenn nicht, können wir auch woanders hingehen, wie du möchtest."
"Ich würde mich sehr freuen", antworte ich mit einem Lächeln und einer Prise harmloser Bosheit.
Wir fahren in ihrem Wagen und in weniger als einer halben Stunde sitze ich auf einem weißen Ledersofa, mit einer Tasse Tee auf dem kleinen Couchtisch, und warte darauf, dass er etwas abkühlt, damit ich ihn trinken kann. Das Haus erinnert in allem an das in Mailand. Wenige Möbel, alles in Weiß- und Schwarztönen, in einem sehr gepflegten, minimalistischen Stil. Es ist einfach typisch Giovanna Rossis Haus.

"Du kannst dich entspannen", sagt sie lachend, während sie sich auf das Sofa mir gegenüber legt und eine entspannte Haltung einnimmt. "Du sitzt so kerzengerade da, als würdest du erwarten, einem Verhör unterzogen zu werden oder so."
Ich lache über die Bemerkung und lehne mich in die vielen Kissen zurück, eine bequemere Position einnehmend.
"Dein Haus ist fantastisch, ich fühle mich, als wären wir nach Mailand zurückgekehrt", ich weiß nicht, ob die Bemerkung für sie oder für mich selbst ist.
"Ich liebte das Haus in Mailand, aber dieses hier ist auch nicht übel. Bevor wir gingen, hast du gefragt, und ja, ich war es, die darum gebeten hat, die Kandidaten zu tauschen. Sie musste hier raus."
"Aber warum? Warum jetzt? Was ist passiert?"
"So sehr ich es auch möchte, ich kann es dir nicht erzählen. Nico muss es dir sagen, wenn sie denkt, dass die Zeit reif ist, und ich bin sicher, dass es dazu kommen wird. Was ich dir sagen kann, ist, dass Leo zurück ist und auf alle erdenkliche Weise versucht, sich ihr zu nähern. Nico war nie in der Lage ihm zu widerstehen, aber diesmal scheint es anders zu sein."
"Was meinst du mit 'diesmal'?", frage ich, ohne zu verstehen, worauf sie hinaus will.
Gio rührt in ihrem Tee und lässt eine kleine Dampfwolke aufsteigen. Nachdem sie ein paar Schlucke getrunken hat, sagt sie: "Gestern haben sie sich getroffen. Leo hat sie angerufen, Nicola ist rangegangen und sie haben sich schließlich getroffen. Nach dem, was Nico mir erzählt hat, hatte Leo denselben Ansatz wie immer, stieß aber auf eine verwandelte Nico, die alle

Annäherungsversuche stoppte. Schau, Simone, ich kann mich irren, aber diese Verhaltensänderung hat mit dir zu tun."

"Mit mir?", frage ich überrascht über die mir zugeschriebene Bedeutung.

"Sie hat es mir nicht direkt gesagt, aber ich würde darauf wetten, dass Nico verliebt ist."

"In mich?"

"Natürlich, in wen sonst?"

"Sie kann sich nicht in mich verlieben. Ich kann ihr nicht geben, was sie braucht, und das weiß sie. Sie hat es beim letzten Mal, als wir zusammen waren, deutlich gemacht. Ich bin in Lisa verliebt..." Als ich diese Worte sage, die ich in den letzten fast drei Jahren so oft wiederholt habe, wird mir klar, dass es Gio ist, die vor mir sitzt. Ich bereue sofort, sie ausgesprochen zu haben, aber es ist unmöglich, sie ungeschehen zu machen.

Giovanna schaut mich an, stellt die Tassc ab und beugt sich nach vorne. "Ich bin die einzige Person, der du das nicht sagen kannst. Komm schon, Simone, sei ehrlich. Lisas Krankheit hat euch zusammengebracht, die letzten Jahre müssen schwierig gewesen sein, ich werde nicht sagen, dass ich es mir vorstellen kann, denn ich glaube wirklich nicht, dass ich das kann. Aber schon davor warst du nicht mehr verliebt."

"Ich wünschte, unsere Geschichte wäre anders verlaufen." Ich schüttle den Kopf und blicke zur Seite. Wie lange hatte ich es mir schon nicht mehr erlaubt, darüber nachzudenken, an Gio und die Momente zu denken, die wir zusammen verbracht haben?

"Unsere Geschichte war das, was sie sein konnte. Ich würde die Momente, die wir zusammen verbracht haben, für nichts in der Welt eintauschen

wollen, und wenn das Schicksal gegen uns gespielt hat, bleibt uns nur, das zu akzeptieren. Trotz allem glaube ich, dass wir mit den Karten, die wir in der Hand hatten, das Beste daraus gemacht haben", sagt sie lachend, während sie eine Träne wegwischt, die über ihr Gesicht läuft. "Wir waren ehrlich, wir haben fair gespielt, und das hat den ganzen Unterschied ausgemacht. Schau, heute sitzen wir hier, reden und trinken Tee, wie an so vielen anderen Nachmittagen. Wir haben die Stadt gewechselt, wir haben den Raum gewechselt, aber wir sind dieselben geblieben."
"Ich werde für niemanden jemals das empfinden, was ich für dich empfunden habe."
"Ich weiß."
"Warum willst du, dass ich dem Projekt beitrete? Warum ich? Warum jetzt?"
"Du hast dich überhaupt nicht verändert, du stellst Fragen wie ein Wasserfall. Ich weiß nicht, ob du Antworten erwartest, ich glaube, im Grunde denkst du, dass die Fragen wichtig sind und nicht die Antworten, die du bekommen könntest."
Ich lache laut auf. Es war immer so, wenn wir uns unterhalten, habe ich das Bedürfnis, Fragen zu stellen, und Gio..., Gio ist in der Lage, sie zu beantworten. Das ist etwas ganz Besonderes.
"Ich will es wirklich wissen, entschuldige."
"Das Projekt ist so komplex, dass nur ein Verstand wie deiner das Ganze integrieren kann. Wir brauchen jemanden ohne vorgefasste Meinungen, der bereit ist, für ein höheres Gut zu kämpfen, oft ungeachtet der Mittel. Du bist diese Person." Gio schaut mich an, steht auf und setzt sich wieder, diesmal neben mich. Sie nimmt meine Hände in ihre und fährt fort: "Es ist nicht nur

das, ich möchte mit dir arbeiten, und das Schicksal hat uns eine weitere Chance gegeben."
"Bist du sicher?"
"Was ist das denn für eine Frage? Ob ich sicher bin, dass du die richtige Person für das Projekt bist? Oder ob ich sicher bin, dass ich mit dir zusammenarbeiten will?"
"Das Zweite."
"Das ist keine Fortsetzung dessen, was wir vor..., warte, wie vielen Jahren ist es her?"
"Fast sechs, als bei Lisa die Diagnose gestellt wurde."
"Es ist der Versuch, etwas Neues aufzubauen. Du bist deinen Weg gegangen und ich meinen, wir sind andere Menschen, und ich glaube nicht, dass wir jene Leidenschaft wiedererlangen können. Aber die Freundschaft, die Freude an der Arbeit, die sind, zumindest meinerseits, unverändert."
"Ich würde sehr gerne mit dir zusammenarbeiten." Ich hatte fast vergessen, wie sehr ich es mag, mit ihr zusammen zu sein, mit ihr zu reden. "Es ist eine tiefgreifende Entscheidung. Um das ernsthaft zu machen, müsste ich hierher kommen."
"Du könntest dort ein Team aufstellen..."
"Du bist hier", sage ich und schaue sie an.
"Ich freue mich, dass du dich entschieden hast, die Sache zumindest in Betracht zu ziehen. Francesca wird auch zufrieden sein. Wann gehst du?"
"Am Mittwoch."
"Geh nicht!... Ich meine, geh nicht am Mittwoch. Am Donnerstagabend gibt Francesca eine Party. Ich würde mich sehr freuen, wenn du kommen

würdest."
"Eine Party?" Ich denke an das, was Nicola mir über Francescas Partys erzählt hat, über die 'Sphären'.
"Es werden viele Leute da sein, die du kennenlernen solltest. Vielleicht werden sie an unserem Projekt teilnehmen. Außerdem könnte es sein, dass der Zauber dieser Partys auf dich abfärbt."

**

Ich komme erst am Abend zurück ins Hotel. Ich habe keine Lust zu Abend zu essen, ich gehe hinauf und bestelle dann etwas zu essen, überlege ich, während ich die Lobby durchquere, die um diese Zeit wegen des immer noch fallenden Regens überfüllt ist. Als ich an der Bar vorbeigehe, schaue ich gedankenverloren auf die Menschen, die an den Tischen sitzen, und bleibe an einem neben dem Klavier hängen. Es ist Nicola. Ist sie in diesem Hotel? Was für ein Zufall! Oder vielleicht auch nicht, schließlich hat Giovanna meine Suite gebucht.
Ich zwinge mich, zu den Aufzügen zu gehen, ich werde jetzt nicht mit ihr sprechen. Vielleicht rufe ich sie später an, oder morgen, um zu sehen, ob sie sich für ein Treffen treffen möchte. Nach einem ausgiebigen Bad ziehe ich meinen Pyjama an und setze mich mit dem aufgeklappten Laptop an den Tisch. Ich muss zumindest versuchen, etwas zu schreiben. Mit jedem Tag, der vergeht, fühle ich mich schuldiger.
Ich lese noch einmal, was ich geschrieben habe, es ist nicht schlecht. Es fehlen ein oder zwei Seiten mit Kritik. Ich mag es nicht, Texte mit Schlussfolgerungen zu beenden. Ich schließe nie etwas ab, jedes Ende ist immer ein neuer Anfang.

Ich bin überrascht, wie leicht sich die Worte aneinanderreihen, wenn ich einen Schlusspunkt setze, habe ich die Gewissheit, dass der Text abgeschlossen ist. Ich höre nie auf, mich darüber zu wundern, wie offensichtlich das Ende immer ist, wenn ich schreibe. Es gibt einen Moment, in dem es endet, die Worte nehmen ihren Platz ein, die Absätze folgen aufeinander und es könnte nichts anderes sein als der letzte Schlusspunkt.
Wie schnell sich die Umstände ändern. Am Ende werde ich nicht nur fertig, sondern sogar vor der Frist fertig. Zufrieden mit mir selbst rufe ich an der Rezeption an und bestelle eine Suppe und ein Glas Wein. Ich denke an das Gespräch mit Gio und an all das, was es bedeutet, den Vorschlag anzunehmen. Nachdem ich gegessen habe, rufe ich Carmen an.
Ich erzähle ihr eine sehr kurze Version meiner Gespräche hier, ohne zu erwähnen, dass ich darüber nachdenke, das Projekt anzunehmen. Nebenbei erwähne ich, dass ich für Donnerstag zu einer Party eingeladen wurde. "
Und unser Turnierspiel? Das ist am Mittwoch."
"Stimmt, entschuldige, das hatte ich vergessen. Ich gehe nicht zu der Party und komme wie geplant am Mittwochmorgen zurück."
"Nein! Du wirst nicht wegen des Turniers auf diese Party verzichten. Aber seit wann gehst du auf Partys?"
"Es werden Leute da sein, die zum Projekt beitragen können. Giovanna und Francesca glauben, dass es wichtig ist, dass ich mit ihnen spreche."
"Stimmt...", Carmens Stimme klingt nicht sehr überzeugt. "Wir könnten absagen... oder..."
"Oder was?"
"Oder ich könnte Emily einladen, mit mir zu spielen. Ich weiß nicht, ob sie

zusagen wird, aber einen Versuch ist es wert. Sie hat mir gesagt, dass sie spielen kann."

Kapitel 23

Gewinnen ist das, was zählt

Carmen

"Du weißt nicht einmal, wann die Spiele sind... Ich bin sicher, du weißt auch nicht, wie hoch der Gewinn ist", sage ich lachend.

"Das ist egal, gewinnen ist das, was zählt", sagt Simone in ihrer typischen Art.

"Lass mich Emily fragen, ich rufe dich zurück."

Ich lege auf und wähle sofort Emilys Nummer, als bräuchte ich einen Vorwand.

"Ich habe dich vermisst!" ist das, was sie sagt, sobald sie den Anruf annimmt.

"Ich hätte gestern nicht bei dir bleiben sollen."

"Warum? Hattest du Probleme mit Samuel? Ich habe dich nicht gehen hören."

"Als ich ankam, hast du geschlafen und heute Morgen warst du schon weg, als ich aufwachte."

"Zum Glück. Ich kenne ihn kaum, aber von dem bisschen, was wir im Krankenhaus geredet haben, schien er mir ein sehr netter Mensch zu sein."

"Ich weiß nicht, ob 'nett' ein Adjektiv wäre, das ich benutzen würde, um ihn zu beschreiben, aber ja, er ist 'sehr nett'", entgegnete ich. "Magie ist schon schwer zu ertragen."

"Sei nicht böse auf sie, es ist eine schwierige Situation."
"Um zu einem weniger komplizierten Thema zu wechseln, Simone hat mich gerade angerufen, sie ist in Rom und muss ein paar Tage länger bleiben. Also wird sie am Mittwochnachmittag nicht hier sein für unser Turnierspiel..."
"Wie schade, werdet ihr absagen?", unterbricht sie mich, ohne mich den Satz beenden zu lassen. "Nein! Ich meine, nein, wenn du zustimmst, meine Partnerin zu sein."
"Ich?"
"Ja, du! Hast du nicht gesagt, du kannst spielen? Nun, es ist Zeit, es zu beweisen. Im schlimmsten Fall verlieren wir. Du wirst mich trösten und Simones Zorn ertragen müssen, wenn sie zurückkommt, das ist alles", sage ich lachend. Als ich auflege, fast eine Stunde später, schicke ich Simone eine Nachricht, dass Emily das Turnier spielen wird.

**

Pünktlich um drei Uhr sitzen wir am Tisch. Im Turnier werden die Karten automatisch gemischt. Der Schiedsrichter bringt die Kartenstapel und es ist an mir, das Spiel auszuteilen. Die Runden folgen aufeinander, niemand eröffnet das Spiel und der Ablagestapel wächst, was eine Spannung am Tisch hinterlässt. Um den Tisch herum verfolgen etwa ein Dutzend Menschen schweigend das Spiel. Ich schaue nach links und merke, dass Grace und David sich gerade hingesetzt haben. Sofort schaue ich zu Emily. Ihr Gesicht ist blass geworden und ihre Lippen sind zusammengepresst. Ich merke sofort, dass sie sie auch schon gesehen hat. Das Spiel macht zwei weitere Runden, ohne dass sich etwas ändert. Emily ist an der Reihe, eine

Karte abzulegen. Eine Dame! Bisher hat niemand Damen gespielt... Die Frau zu meiner Rechten lächelt. Sie nimmt ein Paar Damen aus ihrer Hand und legt sie zusammen mit einem Drilling Asse auf den Tisch. Wir sind in der ersten Runde, die Ansage liegt bei fünfzig. Während sie das Spiel auslegt, überlege ich, ob es noch etwas zu tun gibt. Im Turnier ist es nur ein Spiel bis fünftausend Punkte, wer gewinnt, kommt weiter und das andere Paar scheidet aus. Nachdem alle Karten auf dem Tisch ausgelegt sind und vier Canastas gebildet werden, fragt die Spielerin zu meiner Linken ihre Partnerin, ob sie beenden möchte. Das ist das Beste, was passieren könnte. Wenn sie jetzt beenden, machen wir Minuspunkte, aber sie werden nicht auf die fünftausend Punkte kommen und wir müssen mindestens eine weitere Runde spielen.

Viertausendeinhundert ist die Punktzahl des gegnerischen Paares. Es wird nicht leicht sein aufzuholen, aber es ist nicht unmöglich.

Ich schaue zu Grace, die ein sarkastisches Lächeln zeigt und den Kopf schüttelt, als würde sie schon voraussehen, dass ihre Tochter so schlecht wie möglich spielt. Wenn wir eine Chance haben wollen, muss Emily sich beruhigen und konzentrieren. In den nächsten Runden sagen unsere Gegnerinnen bei hundertzwanzig an, ihr Spiel wird schwieriger sein. Wir müssen die Gelegenheit nutzen, um schnelle Spiele zu machen und sie keine Canastas bilden zu lassen.

"Emy, Liebes, konzentriere dich, denk daran, dass es ein weiterer Wettbewerb ist, den du gewinnen wirst!", sage ich, wohl wissend, dass es dem Schiedsrichter nicht gefallen wird.

"Bitte Ruhe. Sie wissen, dass es während des Spiels keine Kommentare

geben darf."
"Entschuldigung", sage ich zwischen den Zähnen, ohne die geringste Reue. Emily lächelt und zeigt ihre Grübchen. Wir gewinnen die nächsten beiden Runden. Das Spiel wird ausgeglichener, aber sie liegen immer noch über tausend Punkte vor uns. Wir haben wieder eine angespannte Runde, niemand legt das Spiel aus, es gibt noch keine Canastas und der Ablagestapel beginnt wieder zu wachsen. Emily sperrt den Ablagestapel mit einem Joker. An diesem Punkt des Spiels bedeutet das nur, dass sie nichts mehr zu spielen hat. Dieser Zug gibt ihr nur eine Runde lang Luft zum Atmen. Sie ist wieder an der Reihe und legt einen weiteren Joker auf den Ablagestapel. Was macht sie da? Vielleicht war es keine gute Idee, ich habe sie in eine unnötig stressige Situation gebracht. Die Spielerin zu meiner Rechten, die zu Emily spielt, scheint nervös zu werden. Emily spielt eine Neun. Obwohl sie schon vor ein paar Runden gespielt wurde, ist es eine Karte, die nicht oft gekommen ist. Ich halte den Atem an und warte auf die Spielerin zu meiner Rechten, und atme erleichtert aus, als sie zum Kartenstapel greift, um eine weitere Karte aufzunehmen. Die Spielerin zu meiner Linken ist wieder an der Reihe. Sie macht eine Pause und spielt eine Neun, in der Gewissheit, dass, wenn Emily in der vorherigen Runde eine abgelegt hat, sie auch noch eine hat. Emily verändert ihren Gesichtsausdruck nicht und als es so aussieht, als würde das Spiel einfach weitergehen, nimmt sie ein Paar Neunen aus ihrer Hand. Es ist nicht einmal nötig, die Runde zu beenden, wir haben gewonnen!
Nach den Umarmungen und Glückwünschen kommen Grace und David herüber. "Das war außergewöhnlich, herzlichen Glückwunsch!", sagt Grace

und zwingt Emily zu einer Umarmung.
"Lasst uns feiern gehen, lasst uns ein Bier trinken gehen, ich akzeptiere keine Ausreden", sagt David und zieht mich am Arm. Ich zucke mit den Schultern, schaue zu Emily, die auch resigniert zu sein scheint, und wir folgen ihnen zu The Machine.
Das Gespräch dreht sich um das Spiel. Grace lobt Emilys Strategie, nicht ohne zu argumentieren, dass sie völlig hätte scheitern können. Nach der ersten Runde Bier scheint Grace mehr Lust zu haben, Emily zu provozieren und etwas Gift zu versprühen.
"Dein Satz war entscheidend, Carmen", sagt sie und schaut mich an. Ich ahne, dass ab jetzt ich an der Reihe bin. "Ich habe es nie geschafft, dass Emily auf mich hört, aber auf dich..."
"Ich habe nur versucht, sie zu motivieren."
"Wirklich? 'Liebes'? 'Emy'?"
"Mama, hör auf damit, wir sollten besser gehen", sagt Emily und gibt mir ein Zeichen, dass sie gehen will.
"Womit soll ich aufhören? Du hast das Praktikum abgebrochen, aber kommst mit deiner Tutorin Canasta spielen? Findest du das nicht seltsam? Von einem Tag auf den anderen gehst du zu einem Kongress, der nichts mit dir zu tun hat, schläfst in ihrem Zimmer. Glaubst du, wir sind alle Idioten?"
"Beruhige dich, Grace. Es ist besser, dieses Gespräch nicht hier zu führen", sagt David und versucht, die Gemüter zu beruhigen. Zu spät.
"Schau mal, David, wenn du nicht redest, rede ich. Es ist eine Unverschämtheit. Carmen ist alt genug, um Emilys Mutter zu sein, sie ist verheiratet und Mutter von zwei Töchtern. Was kann sie von unserer Tochter

wollen? Wohin führst du sie? Siehst du nicht, dass du ihre Karriere und ihr Leben ruinieren wirst?", fragt sie mich mit einem vernichtenden Blick. "Du und Simone, ich habe immer toleriert... ich mische mich nicht in das Leben anderer ein, aber bei Emily nicht."
"Was meinst du mit 'ich und Simone'?", frage ich und verstehe die Bemerkung nicht.
"Ja, ihr, gute Freundinnen, sie Witwe einer Frau... diese Freundschaft muss etwas anderes sein. Armer Samuel, er muss die Augen verschließen. Er ist ein Heiliger, dieser Mann."
"Halt den Mund! Du hältst jetzt den Mund!", schreie ich heftig, schlage mit der Handfläche auf die Tischfläche und werfe zwei der noch nicht leeren Flaschen um. Durch den Schrecken, den das Geräusch des Schlages und der Scherben verursacht, wird es still. "Du hast nicht die geringste Ahnung, wovon du redest. Du lebst von Schein. Zum Glück hat deine Tochter das rechtzeitig erkannt und sich distanziert. Was mich betrifft, ist es mir scheißegal, was du denken oder sagen magst, und ich weiß, dass dasselbe für Sam gilt. Willst du es wissen? Willst du es wirklich wissen? Deine Tochter und ich sind verliebt. Wenn ich sie 'Liebes' genannt habe, dann deshalb, weil sie genau das ist. Es hätte auch 'meine Liebe' sein können...", ich halte nur inne, weil ich keinen Atem mehr für mehr habe. Grace hat überhaupt nicht mit meiner Reaktion gerechnet und bleibt stumm, in ihrem Stuhl zurückgelehnt, mit glasigen Augen.
"Komm, Emy, lass uns nach Hause gehen, wir haben alles gesagt, was es hier zu sagen gab."
Wir betreten mein Haus und setzen uns in die Küche, Emily ist so blass, dass

ich fürchte, ihr könnte es nicht gut gehen. Samuel hat Dienst im Krankenhaus, aber die Mädchen sind in ihren Zimmern und haben uns hereinkommen gehört.
"Hallo Mama, bist du schon da?" fragt Bia."...was gibt es zum Abendessen?", fährt sie fort, noch bevor sie merkt, dass Emily in der Küche ist.

"Bia, guten Abend. Das ist Emily ... eine Freundin von Mama." Ich ärgere mich zutiefst über mich selbst, dass ich Emily so vorstelle. Aber was soll ich sagen?
"Hallo Emily", sagt Bia, die inzwischen in der Tür stehen geblieben ist.
"Hallo, hast du Hunger?", sagt Emily, als würde sie Bia schon kennen. "Die Schule hat schon angefangen, oder? Du siehst müde aus."
Bia lächelt über die Aufmerksamkeit. "Ich bin müde, stimmt. Schau, Mama, nur du glaubst nicht, dass Nachhilfe anstrengend ist, sogar deine Freundin hat das gemerkt."
"In welchen Fächern hast du Nachhilfe? Wenn ich dich so anschaue, kann ich sehen, dass du eine ausgezeichnete Schülerin bist. Was möchtest du machen, wenn du groß bist?"
"Ärztin, ich werde Kinderärztin... vielleicht Kinderchirurgin."
"Ausgezeichnete Wahl, ich glaube, ich werde Neurologin", antwortet Emily und hält die Unterhaltung am Laufen. Bia ist dahingeschmolzen, von hier an kann Emily alles von ihr verlangen. Wer hätte gedacht, dass es mit ein bisschen Magie so einfach wäre.
"Du bist schon groß und weißt immer noch nicht, was du machen willst?"

"Genau genommen nicht, ich studiere mehrere Sachen, mal sehen, worauf ich mich in Zukunft spezialisieren werde."
"Kannst du nicht alles machen?", fragt Bia, die sich inzwischen auf den Stuhl neben Emily gesetzt hat.
Emily lacht laut auf, "Erstaunlich, wie dieses Mädchen es schafft, viel schlauer zu sein als so viele Erwachsene."
Magie betritt die Küche gerade rechtzeitig, um den letzten Teil des Satzes zu hören, "...sie ist nicht direkt ein Kind, sie ist eher wie eine Erwachsene in Miniaturformat", sagt sie lachend und gibt Bia im Vorbeigehen einen Klaps auf den Kopf. Bia, verärgert, reagiert und tritt nach ihr.
"Bitte, Mädchen, benehmt euch! Hört auf!", sage ich in einer Mischung aus Empörung und Lachen.
"Hallo, du musst Magie sein, ich bin Emily, eine Freundin deiner Mutter."
Wie nett von ihr, meine Worte zu wiederholen und zu zeigen, dass sie nicht beleidigt war.
"Isst du hier zu Abend?"
"Magie, das ist keine Art, einen Gast zu behandeln."
"Ach Mama, ich muss wissen, wie viele Teller ich holen soll", antwortet sie trocken.
"Ja, ich esse hier, aber ich werde mir sehr gerne dabei helfen. Hast du auch Nachhilfe gehabt?"
"Natürlich nicht, wer macht schon Nachhilfe, wenn die Schule gerade erst angefangen hat." Magie schneidet eine Grimasse in Bias Richtung, die mit Handgesten antwortet.
"Entschuldige, Emily, sie können unerträglich sein!"

Schon während des Abendessens nimmt Emily das Gespräch mit Magie wieder auf: "Was hast du vorhin eigentlich gemacht? Ich wette, du hast noch nichts fürs Lernen zu tun."

"Ich habe mich für die Theatergruppe eingeschrieben, wir analysieren gerade Texte, um das Stück auszuwählen, das wir proben werden."

"Wenn du möchtest, würde ich mir nach dem Essen gerne die Texte ansehen, wer weiß, vielleicht kenne ich welche davon. Weißt du, ich studiere Poesie."

"Wirklich, bist du keine Ärztin?" Magie hört auf zu essen und schaut Emily überrascht an.

"Das bin ich, aber ich mag Poesie. Wenn ich könnte, würde ich mich dem Schreiben widmen."

"Und warum kannst du nicht?"

Um zu vermeiden, dass Emily antworten muss, fange ich an, den Tisch abzuräumen und hole Eis zum Nachtisch.

"Danke!", flüstere ich Emy ins Ohr, als ich an ihr vorbeigehe.

Wir gehen ins Wohnzimmer und überraschenderweise flüchtet Magie nicht sofort in ihr Zimmer. Im Gegenteil, sie setzt sich neben Emily auf das Sofa und unterhält sich weiter. In meiner Hosentasche spüre ich mein Handy vibrieren.

"Ich gehe ran, bin gleich zurück", sage ich und gehe in die Küche.

"Hallo Nicola, wie geht es dir?"

"Störe ich gerade? Seid ihr beim Abendessen?"

"Nein, wir sind schon fertig. Emily ist hier, sie ist mit den Mädchen im Wohnzimmer."

"Emily hat mit deinen Töchtern gegessen? Bei dir zu Hause? Ich kann ein halbes Dutzend Tage nicht weg und alles passiert. Wenn ich einen Monat wegbleibe, endet das damit, dass du sie heiratest", Nicola lacht laut über ihren eigenen Kommentar, was auch mich zum Lachen bringt.

"Erzähl, ich will von dir hören, wie es dir geht?"

Kapitel 24

Ein Tee und ein Cannolo

Nicola

"Du wusstest, dass Simone hier ist, oder?", frage ich, ohne zu antworten.

Carmen scheint überrascht zu sein: "Ja."

"Ich habe sie gestern in Gios Büro getroffen."

"Hast du mit ihr gesprochen?", fragt sie und zeigt, dass sie mich in so kurzer Zeit schon gut kennt.

"Nein! Ich bin zur Tür raus, ohne ihr Zeit für irgendetwas zu lassen. Sie hat mich gebeten, dass wir reden, dass wir zusammen essen gehen, aber ich glaube nicht daran."

"Ich bin froh zu hören, dass du dir nicht sicher bist."

Ich lache. "Du könntest Philosophin sein, wusstest du das? Du bist hervorragend darin, Worten Bedeutungen zu geben, die sie haben und die sie haben könnten. Du änderst den Kontext nach Belieben, oder?"

"Ich habe von der Besten gelernt!", antwortet Carmen, ebenfalls lachend. "Geh mit ihr essen, sprich mit ihr, oder höre ihr zumindest zu. Glaubst du nicht, dass es ein enormer Schritt ist, dass Simone von hier weggeht, das Haus verlässt und ein Flugzeug nach Rom nimmt?"

"Daran hatte ich nicht gedacht. Ich war so verärgert, weil mir niemand etwas gesagt hat, dass ich gar nicht darüber nachgedacht habe, warum sie überhaupt gereist ist. Aber warum letztendlich? Weißt du es?"

"Nein. Sie hat mir nichts gesagt, sie nannte verrückte Gründe , und ich habe nicht nachgehakt. Im Grunde glaube ich, dass sie dir hinterhergefahren ist." Carmen hört auf zu lachen und ihre Stimme klingt ernst und eindringlich. Ich denke darüber nach, ob es genau das war, ob Simone wegen mir gekommen ist, oder zumindest meinetwegen?
"Entschuldige, ich halte dich hier am Telefon und du hast sicher viel bessere Dinge zu Hause zu tun. Bitte heirate sie nicht, bevor ich zurückkomme."

**

Ich sitze bereits in einem meiner Lieblingsrestaurants, als Francesca und Gio zusammen hereinkommen. Wir haben vereinbart, gemeinsam zu Mittag zu essen und das Projekt zu besprechen. Schließlich haben wir aus dem einen oder anderen Grund noch nicht darüber gesprochen, seit ich hier bin.
Francesca kommt direkt zur Sache: "Wir haben mit Simone gesprochen, ich weiß, dass du es schon weißt. Du weißt, dass ich nicht leicht zu beeindrucken bin, aber Simone hat es geschafft. Was können wir tun, um sie zu überzeugen, zuzustimmen?"
"Ich habe am Montag mit ihr zu Mittag gegessen, wir haben über viele Dinge gesprochen, vieles, was wir all die Jahre unausgesprochen gelassen haben", sagt Gio, "Ich habe gemerkt, dass alles, was ich in ihr sah, immer noch da ist, vielleicht sogar besser, gereift durch die Zeit. Und doch, obwohl sie die richtige Person ist und das Projekt mag, ist sie von ihren Dämonen gefangen." Sie trinkt etwas Wein und schaut zu Francesca.
"Wie befreit man einen Menschen von seinen Dämonen?"
Obwohl die Frage nicht an mich gerichtet ist, bin ich es, die schließlich antwortet: "Sie wird sich nie davon befreien. Nach dem, was ich gesehen

habe, hat es keinen Sinn, darauf zu bestehen, sie wird nie zustimmen."
"Und doch ist sie hierhergekommen", sagt Francesca und schaut mir jetzt direkt in die Augen.
"Das stimmt", antworte ich.
Francesca, die inzwischen ihr Steak isst, so wenig durchgebraten, wie sie es mag, fragt erneut: "Wie befreit man einen Menschen von seinen Dämonen? Wenn wir die Antwort herausfinden, haben wir eine Chance."
"Wir sollten herausfinden, was sie quält", sage ich und denke dabei mehr an mich als an das Projekt.
"Du musst diejenige sein, die es versucht, Nicola", antwortet Francesca.
"Ich? Wie soll ich das machen? Ich habe sie aus meinem Haus geworfen. Es ist besser, wenn Gio mit ihr spricht." Ich höre auf zu essen, ich habe den Appetit verloren. Ich spüre einen Kloß im Hals und ein Drücken in der Brust. Ich will nicht mit Simone reden müssen. Die einzige sichere Art, mich von ihr fernzuhalten, ist, eben nicht mit ihr zu sprechen.
Gio lächelt und legt ihre Hand in einer mütterlichen Geste, die sie oft hat, auf meinen Arm. "Komm schon, Nico, Simone ist dir nach Rom gefolgt. Bitte sprich mit ihr."
Es ist von vornherein ein verlorener Kampf, es sind zwei gegen eine und sie sind viel stärker als ich. Als wir gehen, gebe ich das Versprechen, dass ich noch heute mit Simone sprechen werde.
*
Ohne eine andere Möglichkeit schicke ich ihr eine Nachricht, als ich ins Hotel zurückkomme. 'Passeggiata del Giappone, ich trinke um 17 Uhr einen Tee in dem Café am Ende, ich warte auf dich.'

**

Ich gehe durch den Parco Centrale dell'Eur, den Blick auf den See gerichtet. Ich erinnere mich an die Jahre, in denen ich kilometerweit zwischen den Bäumen und auf den versteckten Wegen des Parks gelaufen bin. Wenn ich zurückkomme, werde ich wieder damit anfangen, denke ich und versuche, mir selbst ein Versprechen zu geben. Es sind die schwierigsten einzuhalten, als wäre es wichtiger, was wir anderen versprechen als uns selbst, wie seltsam unser Gewissen doch ist.
Ob sie wohl kommt? Sie hat nicht geantwortet. Wahrscheinlich hat sie es nicht einmal gesehen, sie macht sicher irgendetwas anderes, wahrscheinlich arbeitet sie an ihrem verdammten Text.
Ausgestattet mit dem Mut von jemandem, der sich während eines mehr als halbstündigen Spaziergangs selbst überzeugt hat, betrete ich voller Zuversicht das Teehaus. Dic Tische mit weißen Tischdecken und Leinenservietten verleihen einen pompösen Eindruck, der schnell durch das Lächeln der jungen Frau zunichte gemacht wird, die mich an der Tür empfängt.
"Sind Sie allein? Möchten Sie einen Tisch?", fragt sie mit typisch römischem Akzent.
"Ja, ich meine... ich weiß nicht, vielleicht kommt eine Freundin zum Teetrinken noch mit mir, ich bin nicht sicher."
"Kein Problem, nehmen Sie den dort am Fenster, das ist der beste", sie lächelt wieder und stellt sich vor mich, um mich zum Tisch zu führen.
"Einen Tee und einen Cannolo, bitte", sage ich und schaue auf die Uhr.
Es ist zehn nach fünf, in Erwartung der Niederlage wiederhole ich mir, dass

Simone die Nachricht wahrscheinlich gar nicht gesehen hat. Ich beiße in das Gebäck und verteile die Creme um meinen Mund.
"Es war nicht leicht, dich zu finden!", sagt Simone lachend und taucht wie durch Zauberei vor mir auf.
Während sie den leeren Platz neben mir einnimmt, wische ich hastig die Creme ab, die mir über das Kinn läuft.
"Ich dachte, du kommst nicht."
"Warum sollte ich nicht kommen? Ich war es doch, die dich um ein Gespräch gebeten hat. Du hast gesagt, du würdest anrufen, ich habe gewartet, und hier bin ich."
Die freundliche junge Frau kommt wieder näher: "Wie schön, dass Ihre Freundin doch kommen konnte. Was kann ich ihr bringen?"
Ich weiß nicht, ob Simone es merkt, aber sie lässt sich nichts anmerken. Sie lächelt und bestellt mehr mit Gesten als mit Worten dasselbe, was ich esse.
"Es ist schön zu wissen, dass ich deine Freundin bin", kommentiert sie in ihrem stets ironischen Ton und zeigt, dass sie verstanden hat.
"Warum bist du gekommen?", frage ich direkt, ohne ihr Zeit für belanglose Gespräche zu geben.
"Entschuldigung! Es tut mir leid, wie ich dich behandelt habe. Es war nicht mit Absicht, natürlich. Aber das spielt keine Rolle, vielleicht ist es sogar noch schlimmer. Es bedeutet nur, dass ich entweder nicht aufmerksam genug war, um dich wirklich zu sehen, oder ich habe es gesehen und war nicht in der Lage, es anders zu machen, es besser zu machen." Der Ton ist jetzt ein anderer, er hat nichts Ironisches. Es sind wohlüberlegte Worte, langsam gesprochen in einem Akt der Reue.

"Du musst dich nicht entschuldigen, du hast nichts allein getan. Ehrlich gesagt, hast du nicht einmal etwas getan, was ich nicht wollte." Ich atme tief durch, nehme einen weiteren Schluck von dem nun kälteren Tee und fahre fort: "Es ist verwirrend, ich will nicht wieder in den Händen von jemandem sein, auch wenn mein Körper es mehr will als alles andere. Du, die Meisterin der Widersprüche, musst in der Lage sein, das zu verstehen, vielleicht besser als ich."
"Da kannst du dir sicher sein. Mir geht es jeden Tag so, nicht zu 'wollen', was ich eigentlich will. Wir brauchen mehr Wörter, die, die wir haben, sind offensichtlich unzureichend, um Gefühle auszudrücken. Daran könnten wir arbeiten", schließt sie und lächelt leicht.
Auch sie trinkt etwas Tee, verzieht aber schnell das Gesicht, als sie sich verbrennt. Ohne sich etwas anmerken zu lassen, führt sie den Cannolo zum Mund und beißt hinein. "Köstlich", sagt sie und schließt die Augen, während sie kaut.
"Lass dich nicht zu sehr begeistern, es gibt Leute, die behaupten, es sei ein phallisches Gebäck", sage ich feierlich und lache laut.
"Du hast mich gefragt, warum ich gekommen bin. Ich weiß es selbst nicht. Eine Verkettung von Umständen. Gio hat mich angerufen. Sie war besorgt um dich. Ich war neugierig zu erfahren, wer die Femme Fatale letztendlich ist und was sie mir zu sagen hat. Weißt du, wie viele Jahre es her ist, seit ich das letzte Mal mit Gio gesprochen habe, bevor sie mich am Samstag anrief?"
Wenn wir ein Gespräch führen wollen, egal welches, muss ich es schaffen, das Spiel auszugleichen.
"Erzähl es mir."

"Was?"
"Was zwischen dir und Giovanna passiert ist, eine Geschichte aus der Mitte", beende ich ganz klar provokativ.
"Das ist nur fair. Du bist eine ausgezeichnete Schülerin!" Simone gibt der jungen Frau ein Zeichen und bestellt ein Glas Weißwein. Ich lehne den Vorschlag ab und bestelle stattdessen ein Mineralwasser.
"Was möchtest du wissen?", fragt sie, genau wissend, was meine Antwort sein wird.
"Alles! Nichts weniger als das."
"Ich habe es dir doch gesagt, wir haben uns auf einem Kongress kennengelernt und uns dann jahrelang hin und wieder geschrieben. Bis wir... bis wir uns verabredet haben. Ich fuhr nach Mailand und verbrachte ein Wochenende bei ihr."
"Du hast ein Wochenende bei Gio verbracht?", frage ich, außerstande meine Überraschung zu verbergen. "Und Lisa?"
"Ich weiß nicht, ob du es gemerkt hast oder nicht. Ich habe nicht die Wahrheit gesagt, aber ich habe auch nicht gelogen. Ich bin einfach gefahren."
"Und danach?"
"Über Jahre hinweg haben Gio und ich eine wachsende Sehnsucht unterdrückt. An diesem Wochenende war es, als würde all das explodieren, was sich aufgestaut hatte. Ich gab mich Giovanna hin und sie sich mir, als gäbe es sonst niemanden auf der Welt. Am Montag fuhr ich nach Hause und nahm mein Leben so gut es ging wieder auf. Wir führten eine Beziehung, die sowohl von Distanz als auch von Nähe geprägt war. Wir teilten, und ich

glaube, wir teilen immer noch, eine Komplizenschaft, die durch Zeit und Raum nicht zunichte gemacht wird. Lisa war völlig auf ihre Arbeit fokussiert. Ich weiß nicht, ob sie jemand anderen hatte, wir haben nie darüber gesprochen, aber es würde mich nicht überraschen. Versteh mich nicht falsch, Lisa war so, sie sah in allem das Positive und lebte, um glücklich zu sein, sie hatte keine Zeit, die sie mit Eifersucht oder Misstrauen verschwenden wollte. Irgendwann bekam sie eine Einladung für ein Praktikum in Paris und nahm sie an, ohne mit der Wimper zu zucken. Im Gegensatz zu damals, als sie nach Kap Verde ging, wollte ich diesmal nicht hinterherfahren, diesmal wollte ich nach Mailand. Und das tat ich. Ich verbrachte fast einen Monat bei Gio. Wir taten alles, was wir wollten, erfanden eine Welt nur für uns, so widersprüchliche Realitäten, die nur wir verstehen und teilen konnten. Ich wusste, dass ich mich verliebt hatte, und danach gab es kein Zurück mehr zu meinem alten Leben, kein Lügen mehr. Und ich wusste, dass die Wahrheit das Schicksal ändern würde. Am Ende war es das Schicksal, das die Wahrheit änderte. Wenige Wochen nachdem ich nach Hause zurückgekehrt war, wurde bei Lisa Brustkrebs im fortgeschrittenen Stadium diagnostiziert. Die vorherige Wahrheit war nun die vollkommenste Lüge. Ich fuhr nach Mailand, verabschiedete mich von Gio und wir sprachen nicht mehr miteinander bis..., bis letzten Samstag."

"Ich hatte keine Ahnung", sage ich, ohne zu wissen, was ich hinzufügen soll.

"Was ich für Gio empfinde, wird niemals verschwinden. Aber wie alles bleibt es nicht gleich. Die Zeit sorgt dafür, dass das Wasser des Flusses unter der Brücke hindurchfließt und verwandelt die Gefühle in andere von gleicher Intensität, aber mit anderen Eigenschaften."

"Irgendwie verstehe ich, was du meinst. Gio stand mir in einer Zeit zur Seite, in der nichts einen Sinn ergab, in der alles Lüge war, weil die Wahrheit zu hart war, um sie akzeptieren zu können. Sie war jeden Tag, jede Woche da, oft ohne etwas zu sagen. Wir saßen auf der Wiese, sie brachte mir eine Blume, eine Umarmung. Gio war die Person, die mir die Hand hielt auf dem Weg zurück ins Leben. Seltsame Zufälle... Glaubst du an Zufälle? Glaubst du, wir sind ein Produkt des Schicksals oder dass wir das Schicksal selbst erschaffen?"

"Ich glaube an perfekte Kreise, in denen Anfang, Ende und Mitte unentzifferbar und unteilbar sind."

Simone wäre nicht Simone, wenn sie mir nicht mit einer Parabel antworten würde.

"Hat es dir gefallen, mit Francesca zu sprechen? Sie war beeindruckt von dir."

"Wer? Die Femme Fatale?"

"Ja."

"Das, was ich gehört habe, hat mir gefallen. Ich habe versprochen, über die Sache nachzudenken, und das habe ich auch vor. Und du, ich habe immer noch nicht verstanden, was deine Rolle in dem Projekt ist." Simone hat den Wein ausgetrunken und schaut auf das leere Glas, unschlüssig, ob sie noch eins bestellen soll oder nicht.

"Trinkst du mit mir?", fragt sie.

Ich gebe dem Kellner ein Zeichen und bestelle noch mehr Wein und Wasser.

"Heute nicht. Irgendwann ein andermal, aber heute nicht", sage ich, ohne etwas hinzuzufügen.

"Auf das Projekt!", sagt Simone, als die Getränke kommen, und stößt ihr Glas gegen meins.
"Ich weiß nicht, was meine Rolle sein wird. Ich glaube, es ist das, was in jedem Moment nötig ist. Wenn Giovanna sich sehr engagiert, muss ich wahrscheinlich ihre Abwesenheiten an der Universität ausgleichen. Wenn nicht, wer weiß, dann mache ich das, was nötig ist."
"Einschließlich Francesca zu ermutigen?", fragt sie und überschüttet mich mit Sarkasmus.
"Ja...", antworte ich lakonisch. Ich werde diese Art von Gespräch nicht weiterführen.
"Die Femme Fatale gibt heute Abend eine Party, wusstest du das?"

Kapitel 25

Wirklich frei

Simone

"Gio hat mich eingeladen, aber ich habe nicht vor hinzugehen", sage ich.

"Du musst hingehen!" Nicola antwortet, ohne sich Zeit zum Nachdenken zu lassen und versucht dann, dem, was sie gerade gesagt hat, einen Sinn zu geben. "Du musst hingehen, weil du wichtige Leute für das Projekt kennenlernen kannst. Außerdem ist es eine 'Sphären'-Party, hast du nicht gesagt, du wärst neugierig?"

"Dieser Ort ist wunderschön", sage ich, schaue aus dem Fenster und wechsle das Thema. Draußen ist es schon dunkel, aber die Beleuchtung lässt die Farben der nächstgelegenen Bäume erahnen. "Vielleicht finde ich hier einen Platz zum Lesen."

**

Ich komme mit einem Gefühl des Friedens in meinem Zimmer an, das ich lange nicht mehr hatte. Es hat mir gut getan, mit Nicola zu sprechen und mich mit jemandem an meine Geschichte mit Gio zu erinnern, der sie genauso liebt wie ich. Interessant, die vielen unterschiedlichen Arten zu lieben.

Als wüsste sie, dass ich an sie denke, schickt Giovanna mir eine Nachricht: *'Wag es ja nicht, nicht zur Party zu kommen, ich erwarte dich. Um es dir leichter zu machen, sie ist in deinem Hotel, du musst also nur in die oberste*

Etage fahren. P.S.: Es ist nicht formell, du kannst in deiner üblichen Kleidung kommen, das werde ich auch tun.'
Sie kennt mich immer noch gut. Ich habe zwei Stunden Zeit zum Baden und Anziehen, ich kann mich sogar noch etwas ausruhen. Mit diesem Gedanken lege ich mich aufs Bett und fange an, das Buch zu lesen, das ich mitgebracht habe. Ich schlafe nicht ein, aber ich verliere mich in alten Erinnerungen an Lisa, Carmen und Gio.
Lisa mit ihren blonden Locken, die im Wind wehen, am Strand rennend, mit der Energie eines Kindes im Körper einer Frau. Ich bin sicher, dass sie mich geliebt hat, aber ich habe keinen Zweifel, dass ich nicht ihre einzige Liebe war. Carmen, mit den sanften Augen, dem ernsten Gesicht, immer besorgt darüber, was von ihr erwartet wird, immer aufmerksam für Details. Wie habe ich nie bemerkt, dass sie sich zu Frauen hingezogen fühlte? War Emily die Erste? Wahrscheinlich nicht... Und Sam? Wusste er es? Ich denke wieder an Giovanna, an das Haus in Mailand, an ihr Bett mit den makellos weißen, perfekt gespannten Laken, als würde immer gerade jemand das frisch gewaschene Bett machen. Als ich Gios Gesicht sehe, erinnere ich mich an die Nachricht, an die Party, und stehe impulsiv auf.
*
Ich fahre mit dem Aufzug nach oben. Als ich im obersten Stock ankomme, sehe ich eine einzige, halb geöffnete Tür. Von der anderen Seite sind Musik und das Gemurmel von Stimmen zu hören. Ich verspüre einen ungeheuren Drang, wieder umzukehren. Ich atme ein paar Mal tief durch und lehne mich für ein paar Minuten an die Wand. Schließlich drücke ich die Tür auf und betrete den Saal.

Sofort, als hätte sie auf mich gewartet, höre ich Gios Stimme: "Simone! Schön, dass du da bist, komm her, wir haben gerade über dich gesprochen." Giovanna steht neben einem Tisch und einer Sofagruppe, auf der vier weitere Personen sitzen. Ohne viel zur Seite zu schauen, durchquere ich den Raum, der uns trennt.

"Hallo, Gio. Francesca, guten Abend!", grüße ich. Gio gibt mir zwei Küsse und Francesca steht für eine Umarmung auf.

"Analise, freut mich", begrüßt mich eine der Frauen, die auf dem Sofa sitzt. Gio macht die restlichen Vorstellungen. Ohne es zu merken, halte ich ein Glas Champagner in der Hand und unterhalte mich angeregt über die Widersprüche in Bezug auf die Verteidigung von Rechten. Auch wenn wir alle bei den allgemeinen Themen einer Meinung sind, gehen die Positionen auseinander, wenn die Angelegenheiten spezifischer werden. Bedeutet Globalisierung, die Differenz zu schützen oder auf Vereinheitlichung zuzusteuern?

Francesca scheut sich nicht, ihre Überzeugungen vehement zum Ausdruck zu bringen: "Es muss das Recht geben zu wählen, und die Wahl kann auch sein, nicht anders zu handeln, Normen und Traditionen zu respektieren und entsprechend zu leben, die uns rückständig erscheinen mögen. Wenn es dennoch eine informierte und freie Entscheidung ist, die von der Person selbst getroffen wurde, muss sie respektiert werden."

"Wie kannst du das sagen? Du weißt, dass das nie eine wirklich freie Wahl ist", sagt Analise mit gleicher Heftigkeit. "Menschen werden von dem Umfeld, in dem sie sich befinden, konditioniert. Auch wenn sie Zugang haben, ist es das Schwierigste, sich von den sozialen Fesseln zu befreien."

"Und wer definiert, was es bedeutet, 'wirklich frei' zu sein? Du? Ich?", sagt Francesca und leert das Glas in ihrer Hand.

Das Gespräch geht so angeregt weiter, dass ich nicht merke, dass Gio aufgestanden ist, bis ich sehe, wie sie sich nähert und Nicola an ihrer Seite mitbringt. Sofort unterbricht Francesca das, was sie sagt, und begrüßt Nicola mit einem Kuss auf die Lippen. Niemand scheint etwas Außergewöhnliches an der Geste zu finden, außer mir.

"Ich musste nach unten gehen und Nico aus ihrem Zimmer abholen, sie war gerade dabei, sich dagegen zu entscheiden zu kommen", sagt Giovanna, kehrt auf ihren Platz auf dem Sofa zurück und macht Platz für Nicola zwischen sich und Analise.

"Ich war müde, entschuldigt."

"Lang nicht gesehen", sagt Analise und zwinkert ihr zu.

Ich kann den Blick nicht abwenden. Als ich endlich aufschaue, sieht Nicola mich intensiv an und lächelt.

Die Musik wechselt und eine langsame Ballade beginnt zu spielen. Francesca steht auf und nimmt Nicolas Hand, um sie zum Tanzen aufzufordern. Ohne zu zögern folgt sie ihr und ich folge beiden mit meinem Blick.

Ich konzentriere mich wieder auf die Personen um mich herum, aber Gio und die beiden anderen Frauen sind aufgestanden und haben mich mit Analise allein gelassen. Sie nimmt das Gespräch über Freiheit wieder auf und was das in verschiedenen Kontexten bedeuten kann. Ich lasse mich von ihren Reisen um die Welt mitreißen, durch den Nahen Osten, Südostasien, bis tief in die Welten der Vereinigten Staaten von Amerika. 'Freiheit', was

für ein einfaches und gleichzeitig so komplexes Konzept. "Freie Entscheidungen, sind wir jemals wirklich frei in unseren Entscheidungen?"
"Ich glaube schon", verteidige ich. "In Ländern wie unseren und in dem Wissen, dass wir das Privileg von Bildung und Geld haben, glaube ich, dass wir uns das Recht erkämpft haben, zumindest in manchen Dingen freie Entscheidungen zu treffen", fahre ich fort.
"Schön, du scheinst überzeugt zu sein. Bist du bereit, deine Hypothese zu testen?"
"Welche Hypothese?" Wenn eine Frage so formuliert wird, werde ich sensibel für die Bedeutung jedes Wortes.
"Die Hypothese ist, dass du angesichts einer Situation, die dich direkt betrifft, in der Lage bist, wirklich freie Entscheidungen zu treffen. Akzeptierst du, sie zu testen?", lächelt Analise.
Ich kenne sie nicht gut genug, um den Ausdruck auf ihrem Gesicht zu deuten, aber sie ist eine sehr fesselnde Frau. Sie hat einen ungewöhnlichen Charme, dunkelhäutig, mit ein paar Kilos zu viel, hat sie in dem Glanz ihrer schwarzen Augen etwas, das sie besonders macht.
"Klar, teste mich!", sage ich sofort, wahrscheinlich als Folge der diversen Gläser Champagner, die ich schon getrunken habe.
"Mit Vergnügen", sagt sie, setzt sich neben mich und legt ihre Hand auf mein Bein. Analise scheint keinerlei Hemmungen zu haben. Sie bringt ihre Lippen nah an mein Ohr und beißt sanft hinein, bevor sie spricht. "Ich hatte schon von dir gehört und gebe zu, ich war neugierig."
"Neugierig?"
"Ja, neugierig, ob das, was ich gehört habe, der Wahrheit entspricht."

"Und? Zu welchem Schluss bist du gekommen?"
"Dass ich dich will!", antwortet sie und verstärkt ihre Berührung an meinem Oberschenkel.
Ich spüre, wie ich erröte und mein Herz schneller schlägt. Analise nimmt meine Hand, die ich verkrampft auf das Sofa gelegt habe.
"Was machst du da?", frage ich, als ob Erklärungen nötig wären.
"Ich schaffe eine Situation, die dir eine Entscheidung abverlangt, eine wirklich freie Entscheidung."
In diesem Moment wird mir klar, dass ich auf meinem eigenen Schachbrett in die Falle gelockt wurde. In diesem Spiel bin ich zum Bauern geworden und sie ist die Königin.
"Gehen wir in dein Zimmer? Francesca hat erwähnt, dass du hier eingeladen bist."
Als wir das Zimmer betreten und uns auf das Bett setzen, ist die Entscheidung längst gefallen. Ich weiß nicht, ob sie wirklich frei ist, noch weniger, ob es eine rationale Entscheidung ist, aber es ist die einzige, die ich treffen kann.
Analise drückt mich auf das Bett und zieht mir mit geübten Händen Hose und Hemd aus. Ohne den Blickkontakt zu unterbrechen, entfernt sie sich gerade weit genug, um ihre eigenen Kleider auszuziehen.
Sie legt sich neben mich und lässt das Licht an. Langsam gleitet sie über meinen Körper. Sie scheint es nicht eilig zu haben, es ist eine Herausforderung der Geduld und Zurückhaltung. Wenn sie merkt, dass ihre Zunge mich fast an meine Grenzen bringt, verlangsamt sie ihre Bewegungen.

Gleichzeitig macht sie deutlich, dass sie meine Hände auf ihrem Körper spüren will. Ich überlasse mich ihren Fingern, während sie sich mir hingibt. Ein Schrei der Ekstase entfährt mir, der kaum aus meiner eigenen Kehle zu kommen scheint.

Ich habe keine Kontrolle mehr, denn ich habe mich aus freien Stücken dazu entschieden, mich hinzugeben.

Wir holen nebeneinander liegend Luft, während wir an die Decke starren.

"Du hast mich überrascht, Simone. Ich hätte nicht gedacht, dass du in der Lage wärst, deine Hypothese zu überprüfen, aber ich freue mich, dass du es getan hast!"

Ich lächle, mehr lässt die Erschöpfung nicht zu, und schlafe sofort ein.

**

Ich wache mitten in der Nacht auf, die Bettdecke ist über mich gebreitet und Analise liegt nicht neben mir. Ich schalte die Nachttischlampe ein und sehe eine handgeschriebene Notiz auf dem Hotelblock: 'Es war wunderbar, dich kennenzulernen! Wir sehen uns an einer anderen Biegung des Schicksals wieder. Es ist gut zu wissen, dass wirklich freie Entscheidungen möglich sind, zumindest ab und zu!'

Ich fühle mich gut, so gut, dass ich mich schuldig fühle, mich gut zu fühlen. Ich versuche, diesen Gedankenfluss zu unterbrechen. Wenn ich weitermache, wird mich die Schuld dazu bringen, mich schlecht zu fühlen, meine wirklich freie Entscheidung hört auf, frei zu sein, und meine Hypothese wird sich als falsch erweisen. Ich lächle.

Schlaflos denke ich an Nicola. Wohin mag sie gegangen sein? Als ich mit Analise ging, habe ich sie nicht gesehen, weder sie noch Francesca.

Giovanna tanzte und ich sah, dass sie uns mit Blicken folgte, während wir zur Tür gingen.
Ich schalte das Licht wieder aus und versuche zu schlafen.

§§§

Lisa wird fünfunddreißig. Sie hat mich gebeten, dass wir nur zu zweit zu Abend essen, was ich gerne angenommen habe. Dieses Restaurant ändert sich nie. Ein Kellner bringt uns den ersten Gang mit verschiedenen Arten von Sushi.
"Ich liebe das!", sagt sie lächelnd und streicht sich mit der Hand die Locken in den Rücken. Ihre Haare sind gewachsen. Seit dem Studium kann ich mich nicht erinnern, sie mit so langen Haaren gesehen zu haben. Ich lächle und hebe meine Stäbchen, lasse sie gegen ihre klirren.
"Heute werde ich dich schlagen, auch wenn es nur heute ist!"
"Dieser Tag muss noch kommen", antwortet Lisa mit einem lauten Lachen.
In diesem Restaurant besteht die Herausforderung, die wir uns immer stellen, darin zu erraten, was jede der Köstlichkeiten ist. Wir machen uns Notizen auf einem Zettel und vergleichen am Ende unsere Meinungen, indem wir den Kellner, der uns schon kennt, als Schiedsrichter fungieren lassen. Ich habe es nie geschafft zu gewinnen.
"Siehst du, man muss nicht wissen, was es ist, um es mögen zu können", sagt Lisa zwischen zwei Bissen. "Ich sehe das Leben immer mehr so. Ich mag den Gedanken, dass es sich lohnt, Dinge auszuprobieren, auch ohne zu wissen, worum es geht, ohne alle Zutaten zu kennen. Meistens ist das Ergebnis positiv."
Im Zweifel darüber, was sie damit sagen will, wage ich zu fragen: "Gilt

dieses Konzept auch für Menschen?"
"Natürlich, das Leben besteht aus Menschen." Unter dem Tisch spüre ich die Berührung ihres nackten Fußes an meinem Bein. Sie hebt sich leicht an, gerade genug, um ihre Lippen mit meinen zu verbinden.
"Möchtest du mir etwas sagen?", frage ich leise.

§§§

Ich öffne die Augen und schließe sie sofort wieder. Das Morgenlicht flutet den Raum und zwingt mich, mein Gesicht mit dem Arm zu schützen, während ich mich an die Helligkeit gewöhne.
Vom Kissen neben mir strömt Analises Parfüm aus, in meinem Kopf taucht das Bild von Nicola auf. Ohne die Möglichkeit, gegen die Illusion der Sinne und die Halluzinationen des Geistes anzukämpfen, stehe ich auf.
Mein Flug geht um 15 Uhr. Ich weiß nicht, ob Nicola heute auch zurückfliegt. Ich könnte sie anrufen oder Gio fragen, aber ich habe keine Lust, mit irgendjemandem zu reden.

**

Ich genieße die Reise, als würde mich das Abheben der Füße vom Boden von allen Verantwortlichkeiten befreien. Über zwei Stunden lang denke ich an den Text, den ich geschrieben habe, und lächle wieder, zufrieden mit dem Ergebnis. Endlich haben die Worte die richtige Reihenfolge gefunden. Vielleicht wollten sie sich im Papier einsperren lassen, aber im Wissen um die Unveränderlichkeit geschriebener Worte hatten sie die Verpflichtung, mich so lange nachdenken zu lassen, bis ich sicher war, dass kein anderer Satz, kein anderer Absatz angemessener sein könnte als der, der am Ende geschrieben wurde.

"Wir werden den Sinkflug einleiten... Wir werden in zwanzig Minuten landen, die Temperatur bei der Ankunft beträgt etwa fünfzehn Grad..."
Als würde die Kälte schon beim bloßen Gedanken daran spürbar sein, kuschele ich mich in den Schal um meinen Hals. Ich lehne den Kopf zurück, richte die Rückenlehne des Sitzes auf und schließe die Augen. Bevor das Flugzeug landet, denke ich wieder an die Nacht mit Analise, an den Traum mit Lisa und plötzlich erinnere ich mich an den Brief, den ich in der Schublade des Nachttisches aufbewahrt habe.

**

Ich halte den Umschlag mit beiden Händen. Lisas schlampige Handschrift ist unverwechselbar, wo auch immer sie ist. 'Sisi' steht in Blau auf der Vorderseite, mit einem festen Strich darunter.
'Sisi, ich liebe dich! Aber das weißt du, das hast du schon immer gewusst, seit dem ersten Tag, an dem wir uns im Park geküsst haben. Wir hatten nicht die Zeit, die wir wollten, aber ich würde das, was wir hatten, gegen nichts anderes eintauschen. Ich habe den Tod akzeptiert und er macht mir keine Angst. Was mir Angst macht, ist der Gedanke, dass du, wenn ich nicht mehr an deiner Seite bin, aufhören wirst zu leben, dich in unserem Haus einschließen und dich davon überzeugen wirst, dass Arbeiten Leben ist, dass Schreiben Beziehungen pflegen ist und dass Carmen der einzige Mensch ist, den du brauchst.
In den Jahren, die wir zusammen verbracht haben, war ich fast immer völlig ehrlich zu dir, aber es gab Momente, in denen ich auf der anderen Seite des 'fast' stand. Vielleicht spielt das keine Rolle, Lügen sind nur zufällig nicht wahr, und Auslassungen gibt es nur, weil wir herausgefunden haben, dass

es sie gab.

Wenn meine Mutter dir diesen Brief gegeben hat, dann deshalb, weil du nicht getan hast, was du mir versprochen hast, nicht weitergegangen bist. Ich fürchte, dass ein Teil der Verantwortung bei mir liegt. Ich habe Entscheidungen für mich selbst getroffen, wohl wissend, dass sie dich beeinflussen könnten. Trotzdem habe ich mich dafür entschieden, sie zu treffen. Du kennst mich gut, besser als alle anderen, und du weißt, dass ich nicht perfekt bin, bei weitem nicht, aber ich bin glücklich.

Ich habe dir das Recht genommen zu wählen, ob du an meiner Seite sein willst, wenn ich sterbe, weil es für mich unmöglich war, deinen Schmerz zu sehen. Wahrscheinlich denkst du, dass du nicht da warst, weil du versagt hast oder wegen eines unglücklichen Zufalls des Schicksals, aber nein. Du warst nicht da, weil das meine Entscheidung war.

Vor einigen Wochen habe ich Samuel und Carmen gebeten, mir mehr Morphium zu bringen. Ich habe den einen und den anderen darum gebeten, wohl wissend, dass jeder von ihnen mit meinem medizinischen Team sprechen und es bekommen würde. Sie haben keine Fragen gestellt und ich habe keine Antworten gegeben. Ich habe mehr als genug, um den richtigen Zeitpunkt wählen zu können, und in diesem Moment wirst du nicht hier sein. Entschuldige, dass ich nicht den Mut hatte, dich in diese Entscheidung einzubeziehen, und bitte halte deine Versprechen! Lebe dein Leben weiter, verliebe dich und tue das, wofür wir keine Zeit hatten, es zusammen zu tun. Fotografiere die schönen Dinge und denke an mich, wenn es dich glücklich macht. Lache und küsse die Frau an deiner Seite mit derselben Liebe und Hingabe, mit der du mich immer geküsst hast. Du hast nicht nur die Pflicht,

glücklich zu sein, du hast die Pflicht, sie glücklich zu machen und zuzulassen, dass sie dich Sisi nennt!'
Tränen laufen in einem Strom über mein Gesicht, den ich unmöglich aufhalten kann. Vergeblich versuche ich zu atmen, aber die Luft weigert sich einzudringen, die Kehle schnürt sich zu und alles um mich herum wird dunkel. Ich höre meinen Herzschlag in meinen Ohren dröhnen. Wenn ich nur wieder atmen könnte. Nach und nach kehrt das Licht zurück, die Luft dringt ein, das Dröhnen des Herzschlags lässt nach und die Tränen versiegen. Ich falte den Brief wieder zusammen, stecke ihn zurück in den Umschlag, schließe ihn in der Schublade weg, und die Zeit fängt wieder an zu laufen.

**

Bevor ich aus der Tür gehe, schaue ich noch einmal in den Spiegel. Bei genauerem Hinsehen sind in meinem Gesicht noch einige Spuren von dem zu sehen, was vor ein paar Stunden passiert ist, aber ich komme zu dem Schluss, dass es niemandem auffallen wird. Es ist fast zehn, als ich die Treppe hinuntergehe und an Carmens Tür klopfe.
"Hallo Simone", schreit Bia und umarmt mich, als hätte sie mich jahrelang nicht gesehen. "Komm, wir sind hier im Wohnzimmer und lesen Theaterstücke. Komm, bitte." Und dann fährt sie schreiend fort: "Mama... Mama, Magie... Tante Simone ist da!"
Als wäre es mein Haus, gehe ich hinter Bia her und treffe auf eine junge Frau, die ich nicht kenne. Ich halte einen Moment inne und versuche, die Puzzleteile zusammenzufügen.
"Hallo Emily, guten Abend", sage ich, während Magie vom Sofa springt und

mich mit derselben Energie wie die kleine Bia umarmt, mit doppelter Kraft.
"Lass mich atmen, Mag, du brichst mir noch eine Rippe", sage ich lachend.
Carmen, die Figur, die noch fehlte, damit die Szene komplett war, erscheint aus der Küche, mit zwei Tassen Kaffee in der Hand.
"Sieht so aus, als würde mir eine Tasse fehlen, oder? Hallo Sisi, auch wenn du jetzt überraschend auftauchst, bist du hier immer willkommen."
Ich setze mich auf eines der Sofas und nehme eine der Tassen aus Carmens Hand entgegen. "Was habt ihr so gemacht?"

Kapitel 26

Slam Poetry

Carmen

"Wir versuchen Magie zu helfen. Seit Tagen lesen wir Theaterstücke, um ihr bei der Auswahl eines Stücks für die Schulgruppe zu helfen", sagt Carmen, bevor sie in die Küche zurückgeht, um mehr Kaffee zu holen.

Sobald sie geht, wirft Magie ein: "Es gibt keins, das mir gefällt, sie sind immer gleich."

"Schau mal, Magie", sagt Emily, "wie wäre es, wenn du es mit Poesie versuchst?"

"Wie meinst du das, Poesie interpretieren?"

"Slam Poetry, hast du davon schon gehört?" In der Annahme, dass nicht, nimmt Emily ihr Handy und spielt eine der bekanntesten Performances von Amanda Gordon ab. Die Stille, die sich im Raum ausbreitet, sobald die ersten Worte erklingen, ist so eindringlich wie die Stimme selbst.

Als das Video zu Ende ist, springt Magie auf und rennt, um Emily zu umarmen. "Das ist es! Das ist es, was wir machen werden!"

Mit Tränen in den Augen empfängt Emily Magie und auch Bia, die sich der Gruppenumarmung anschließt. Ich schaue zu Simone, die meinen Blick erwidert, ohne etwas zu sagen.

Etwa zwei Stunden später verabschiedet sich Emily und die Mädchen akzeptieren nach viel Drängen meinerseits schließlich, ins Bett zu gehen,

nachdem ich versprochen habe, dass Simone morgen zum Abendessen herkommt.
Wir sind allein. "Schön, dass du gekommen bist, ich habe dich vermisst", sage ich und streichle Simones Arm.
"Ich dich auch. Es hat mich gefreut, Emily kennenzulernen, und ich glaube, deine Töchter sind hin und weg von ihr. Wo ist Sam?"
"Sam ist gestern nach London gefahren. Es war ein schwieriger Abschied." Tränen steigen mir in die Augen, aber ich kaschiere es, indem ich etwas Tee trinke. "Du weißt, wie er ist, er versteht immer die andere Seite, er war tadellos. Magie besteht weiterhin darauf, dass sie nach England will. Ich habe keine Möglichkeit, sie daran zu hindern."
Ich atme tief durch und lege beide Hände um die Tasse, genieße ihre Wärme. "Vielleicht kannst du es, vielleicht will sie es selbst nicht."
"So rätselhaft wie immer, Sisi."
"Es ist nur so ein Gefühl. Und im Krankenhaus?"
"Erinnere mich bloß nicht daran. Im Krankenhaus hat sich herumgesprochen, dass Samuel von heute auf morgen gegangen ist, weil er mich mit Emily im Bett erwischt hat. Die Geschichte ist so schäbig, dass es leicht war, die bösen Zungen zum Reden zu bringen, als würden sie ein Geheimnis teilen, das in zwei Tagen zur absoluten Wahrheit wurde."
"Die menschliche Natur ist schwer, wenn nicht unmöglich zu verstehen", sagt Simone mit zusammengebissenen Zähnen und angespanntem Kiefer. "Du weißt, dass ich sehr kritisch war, als du es mir erzählt hast. Aber nach dem, was ich heute hier gesehen habe, habe ich keine Zweifel, dass das Mädchen verliebt ist."

"Nenn sie nicht 'Mädchen'."

"Stimmt, du hast Recht. Von jetzt an wird sie Doktor Emy sein", sagt Simone, nimmt den Tadel an und lacht laut auf.

Ich lache auch und atme tief durch. "Und du? Ich will von dir hören. Wie war es in Rom? Hast du mit Nicola gesprochen?"

"Wow, so viele Fragen auf einmal, du klingst fast wie ich. Ich habe mit Nicola gesprochen, und auch mit Giovanna und Francesca."

"Moment mal!", unterbreche ich plötzlich, "Giovanna, ist das Gio? Die Gio aus Mailand?"

"Ja", sagt Simone, ohne fortzufahren.

Sie hat diese Geschichte kaum mit mir geteilt, aber ich weiß, dass es etwas Wichtiges war. Manchmal hat Lisa die Sache erwähnt, aber sie war auch nie konkret und ich hatte nie den Mut, die eine oder andere zu fragen.

"Francesca hat den Vorschlag für das Projekt zur Bildung von Frauen in gefährdeten Regionen konkretisiert. Sie möchte, dass ich die Strategie koordiniere." Simone spricht langsam, aber es ist offensichtlich, dass sie die Sache ernst nimmt.

"Eine Herausforderung, die dir entspricht", sage ich lachend. "Wirst du annehmen?"

"Sie hat mich gebeten, darüber nachzudenken. Francesca hat die Mittel, das Projekt in den ersten zwei Jahren zu tragen, und ist absolut überzeugt, dass die Finanzierung nie ein Problem sein wird. Ich kann nicht ewig darüber nachdenken, ich muss eine Antwort geben."

"Und was ist dein Zweifel?", frage ich, nicht weil ich denke, dass es eine leichte Entscheidung ist, sondern um sie zu zwingen, Argumente vorzubringen.

"Alles, was ich habe, sind Zweifel."

"Okay, was ist dann deine Gewissheit?", frage ich, da sie wohl nie aufhören wird, widersprüchlich zu sein.

"Ich bin mir sicher, wie wichtig dieses Projekt sein kann! Und ich bin arrogant genug zu glauben, dass ich einen Unterschied machen kann."

"Das ist die Sisi, die ich kenne", sage ich und klopfe ihr auf die Schulter. "Ich glaube, du hast dich schon entschieden, nur hast du noch keine Zeit gehabt, dir dessen bewusst zu werden", sage ich ironisch. "Brauchst du keine Ärzte?", füge ich sarkastisch hinzu.

"Ein Arzt ist immer nützlich", antwortet sie mit gleicher Ironie.

"Wer ist diese Francesca?" Ich bin erstaunt. Simone ist nicht der Typ, der übertreibt oder sich von irrealen Argumenten blenden lässt.

"Die Macht liegt an Orten, die wir uns nicht vorstellen können. Letzte Nacht war ich auf einer Party..."

"Du? Auf einer Party?", ich schaue sie immer ungläubiger an.

"Ja, und glaub mir, die Zukunft wird zwischen Champagnergläsern und Klängen klassischer Musik entschieden. Femme Fatale hat zumindest sehr viel Einfluss."

"Femme Fatale?"

"Ja, das ist mein Spitzname für Francesca", sagt Simone mit einem lauten Lachen. "Glücklicher- oder unglücklicherweise konnte ich die Wahrhaftigkeit dieses Spitznamens nicht ganz überprüfen." Ohne es verhindern zu können, gähnt Simone und reibt sich die Augen. Sie hat Augenringe und die Müdigkeit wird offensichtlich.

"Geh dich ausruhen. Morgen essen wir zusammen zu Abend, oder?
"Lad Emily ein, ich würde sie gerne besser kennenlernen."

**

Simone kommt pünktlich zur vereinbarten Zeit und Emily kurz danach.
Simone öffnet eine Flasche Wein, die ich im Kühlschrank habe, und gießt drei Gläser ein, von denen sie eines ins Wohnzimmer trägt. Als sie zurückkommt, setzt sie sich auf einen der Stühle und sagt zu mir: "Ich habe mit Nicola gesprochen, ich habe mich entschuldigt."
Ich kommentiere es nicht, denn ich will nicht verraten, was ich über das weiß, was passiert ist. "Sie mag dich."
"Ich kann es nicht erwidern. Du weißt, dass ich das nicht kann."
Ich höre auf, den Reis umzurühren, und setze mich auf den Stuhl ihr gegenüber. "Ich weiß nichts. Warum sagst du das?"
"Du weißt, dass ich Lisa liebe, ich kann mich nicht in eine andere Frau verlieben."
"Ich weiß nicht, ob dir das schon jemand gesagt hat, aber sich zu verlieben ist keine Frage des Könnens oder Nicht-Könnens. Es passiert einfach. Die einzige Wahl, die dir danach bleibt, ist, was du damit machen willst, nachdem es passiert ist. Ich glaube, das ist im Moment dein Dilemma."
Es wird still in der Küche, nur unterbrochen vom sanften Blubbern des kochenden Wassers. Aus dem Wohnzimmer sind die Stimmen von Magie und Emily zu hören, und ich konzentriere mich auf ihr Gespräch.
"...Wirklich? Komm schon, lüg nicht. Hast du wirklich keinen Freund?", höre ich Magie fragen. Mein Herz bleibt stehen. Was wird Emily antworten? Auch Simone ist aufmerksam und greift nach meinem Arm, ahnt, was mir

durch den Kopf geht.
"Nein, habe ich nicht. Es ist wahr. Ich würde dich nicht anlügen, warum sollte ich das tun?" Emilys Stimme klingt ruhig, als wäre es das banalste Gespräch.
"Ich weiß nicht, Erwachsene lügen immer über solche Themen. Ich verstehe nicht, warum. Schau, meine Eltern haben sich getrennt. Aber keiner von ihnen wollte mir sagen, ob er sich in jemand anderen verliebt hat. Das ist doch am wahrscheinlichsten, oder? Glaubst du, mein Papa hat eine Freundin?"
"Ich weiß es nicht, Magie. Ich kenne deinen Vater kaum."
"Hast du dich schon mal getrennt?" Magies Fragen scheinen kein Ende zu nehmen.
"Ja. Du hast Recht, Erwachsene sagen jungen Leuten, dass sie ehrlich sein und über alles reden sollen, aber es ist ein einseitiges Gespräch, denn hinterher sagen sie selbst nichts über sich."
Man hört eine Pause und das Geräusch von Emilys tiefem Atemholen. Was kommt jetzt? "Ich bin lesbisch, Magie. Ich mag Frauen. Ich hatte schon ein paar Freundinnen, aber aus dem einen oder anderen Grund habe ich mich von allen getrennt."
"Und jetzt magst du niemanden?" Magie scheint von Emilys Erklärung überhaupt nicht überrascht zu sein und setzt ihr Verhör im genau gleichen Tonfall fort.
"Ich mag... Um ehrlich zu dir zu sein, ich mag jemanden."
"Und weiß sie es?"
"Ich glaube schon. Es ist kompliziert..."

"Warum?"
"Weil sie Kinder hat. Ich glaube, sie will es ihnen nicht sagen, sie hat Angst, dass sie es nicht akzeptieren. Aber kein Problem, ich warte. Ich warte so lange wie sie braucht."
"Wenn es um mich ginge, würde ich es akzeptieren. Alles, was ich will, ist, dass Mama und Papa glücklich sind, sie können nicht allein bleiben." Magies Stimme klingt laut und entschlossen und zeigt, dass es ein Thema ist, über das sie schon nachgedacht hat.
Simone steht plötzlich auf und schließt die Küchentür. "Wir haben genug gehört. Lassen wir sie reden. Vielleicht hat Bia auch eine Meinung zu dem Thema", sagt sie mit einem Lächeln und zwinkert mir zu.
Das Abendessen verläuft lebhaft. Emily hat definitiv einen herausragenden Platz gewonnen und ist die Protagonistin des Abends. Als die Mädchen in ihr Zimmer gehen, sind Simone und Emily in ein Gespräch über Kognition und Sinne vertieft.
Es ist schon nach Mitternacht, als ich ins Bett gehe. Ich schaue auf mein Handy und erinnere mich daran, dass Montag Nicolas erster Unterrichtstag ist. Seit sie zurück ist, habe ich noch nicht mit ihr gesprochen. Von jetzt an wird es nicht mehr so einfach sein, sie für unseren späten Vormittagskaffee in The Machine zu treffen, denke ich traurig. Trotz der Uhrzeit beschließe ich, sie anzurufen.
"Carmen, gut, dass du anrufst. Wie geht es dir? Du musst tausend Neuigkeiten haben", sagt Nicola und bringt mich mit ihrem Akzent zum Lächeln.
"Tausendundeine... Du ahnst nicht, wie viele Dinge diese Woche passiert

sind. Aber ich weiß, dass du auch viele Neuigkeiten für mich hast", sage ich und lasse die Worte in der Luft hängen.

"Sprichst du von Simone?"

Kapitel 27

Warum kümmern wir uns um den Tod?

Nicola

"Wir haben uns in Rom getroffen, aber das wusstest du schon. Ich bin deinem Rat gefolgt und habe sie angerufen. Ich glaube, sie hat sich nach Kräften bemüht, ich weiß nicht, ob ich mehr verlangen kann. Vielleicht hätten wir zu einem anderen Zeitpunkt, unter anderen Umständen, eine Chance gehabt."

"Sie hat heute hier zu Abend gegessen, sie war begeistert von dem, was sie von Francesca gehört hat", kommentiert Carmen, ohne ins Detail zu gehen.

"Glaubst du, sie könnte annehmen?", frage ich überrascht.

"Zumindest denkt sie über die Sache nach. Aus einer sehr egoistischen Sicht hoffe ich, dass sie sich nicht entscheidet, die Stadt und das Land zu wechseln", sagt sie, wobei ihre Stimme zum Ende hin fast zu einem Flüstern wird.

**

Der Sonntag ist immer schwierig. Heute ist der Tag so grau aufgewacht wie ich. Obwohl es nicht regnet, ist der Himmel wolkenverhangen, mit einem so trüben Licht, dass es scheint, als würde es dämmern, obwohl es zehn Uhr morgens ist.

Schließlich beschließe ich, den Vormittag mit Arbeit zu verbringen. Vielleicht gehe ich am Nachmittag spazieren. Der Regen ändert meine Pläne

komplett. Ich liege auf dem Sofa, als mein altes Handy klingelt, das, das ich hätte ausgeschaltet lassen sollen. Klar, das kann nur Leo sein. Ich nehme beim zweiten Klingeln ab: "Hallo Leo, ich hatte dich gebeten, mich nicht mehr anzurufen. Es wäre einfach, deine Nummer zu blockieren oder dieses Handy endgültig auszuschalten, aber es wäre besser, wenn du Respekt zeigen würdest."
"Bitte, hör mir zu. Ich liebe dich! Ich weiß, dass ich alles falsch gemacht habe, dass ich niemals hätte zulassen dürfen, dass sich irgendetwas zwischen unser Leben stellt, aber glaub mir, ich habe aus den Fehlern gelernt. Diesmal können wir glücklich sein. Die Mädchen wollen dich unbedingt sehen, sie haben dir sogar einen Brief geschrieben. Bitte, Nicola, gib mir eine Chance. Wenn jemand in der Lage ist zu verzeihen, dann du. Und ich weiß, wie leidenschaftlich du für mich bist. Das ändert sich nicht mit der Zeit, auch nicht mit der Entfernung", die Stimme klingt weinerlich, sie klingt nicht einmal wie sie selbst.
"Es ändert sich! Zeit und Entfernung verändern Gefühle, weil sie Menschen verändern. Ich war leidenschaftlich für dich, ich hätte mein Leben für dich gegeben... und ich wäre fast gestorben, aber ich habe überlebt. Weißt du, ich habe unsere Liebe überlebt und in diesem neuen Leben dachte ich, ich hätte die Fähigkeit verloren, jemanden zu lieben. Ich lag falsch. Ich bin verliebt, aber nicht in dich!", ich atme tief durch und merke gleichzeitig, dass mein Herz nicht rast und meine Stimme nicht zittert.
"Wer ist es? Sag mir, wo du bist, lass mich zu dir kommen. Du weißt, dass wir die Dinge klären können, das konnten wir immer."
Sie wird pathetisch, das ist alles, was mir in den Sinn kommt.

"Es spielt keine Rolle, wer es ist, du kennst sie nicht. Jetzt kann ich sehen, dass das, was wir hatten, nicht einmal so besonders war." Mein Kommentar ist bösartig und grausam, aber verdient.
Leo legt auf, ohne noch etwas zu sagen. Ich weiß, dass es ein endgültiges Auflegen ist, ihr Stolz wurde verletzt, sie wird nicht mehr darauf bestehen.
Ich feiere allein, in meinen dreißig Quadratmetern, tanze und singe, als würde ich Musik hören, und für ein paar Minuten lasse ich mich von der Freude des Sieges berauschen. Als ich mich beruhige, rufe ich Gio an und erzähle ihr ausführlich, was gerade passiert ist, und lasse sie mit mir feiern.

**

Ich halte meine erste Vorlesung, die Studenten sind aufmerksam und engagiert, was meine Aufgabe sehr erleichtert. Ich packe meine Sachen in den Rucksack mit dem Gefühl der erfüllten Pflicht. Als ich durch den Flur gehe, höre ich Simones Stimme. Die obere Tür des Hörsaals ist angelehnt. Ich schiebe sie ein wenig auf, betrete den Saal und setze mich unauffällig in die letzte Reihe. Der Saal ist voll. Einige Studenten machen sich Notizen, andere schauen sie einfach an, während sie dort unten in ihrem charakteristischen Rhythmus spricht und gestikuliert.
"Warum kümmern wir uns um den Tod? Um unseren Tod?" Simone nimmt den Stift und schreibt an die Whiteboard: 'Solange wir existieren, existiert der Tod nicht, und wenn er zu existieren beginnt, hören wir auf zu sein'. "Wir beschäftigen uns seit jeher mit dem Dilemma des Todes. Fast alle großen Philosophen haben sich zu dem Thema geäußert. Aber heute möchte ich, dass wir gemeinsam nachdenken. Warum kümmern wir uns um den Tod?"
Als Simone verstummt, ist kein Geräusch in dem riesigen Hörsaal zu hören.

Es ist, als wäre niemand da, und doch sitzen dort über hundert Menschen.
"Wir sollten uns nicht um unseren Tod kümmern", sagt jemand in einer der unteren Reihen, dem ich schon jetzt Tribut zolle, weil er den Mut hatte, die Stille zu brechen. "...es ist eine Situation, die wir nicht ändern können, also sollten wir nicht darunter leiden."
"Wir leiden im Voraus...", sagt ein anderer Student.
"Zu leiden, bevor es nötig ist, bedeutet, mehr zu leiden als nötig", sagt Simone, einen Philosophen der Antike paraphrasierend.
"Ich glaube, wir leiden unter dem Tod, weil wir Angst vor der Leere haben, wir haben Angst vor dem Unbekannten", antwortet jemand in der Nähe des Platzes, wo ich sitze. In einer unbedachten Geste ducke ich mich auf dem Stuhl und versuche, mich hinter den Studenten zu verstecken, die vor mir sitzen, als könnte sie mich von dort unten sehen.
"Machen wir uns mehr Sorgen um unseren eigenen Tod oder um den der anderen? Simone de Beauvoir sagte: 'Der Tod erscheint weniger schrecklich, wenn man müde ist'. Warum?"
Ich werde durch ihre Stimme aus meinen Gedanken gerissen: "Ich nehme als wahr an, dass es nicht nötig ist zu sterben, um den Tod zu verstehen, aber ist es nötig, jemanden zu verlieren, um ihn begreifen zu können?"
Als sie fertig ist, sind die Studenten überwältigt. Im Gegensatz zu den üblichen Geräuschen von Gesprächen, Stühlen und Gerenne sind gedämpfte Gespräche und leise Schritte zu hören, als dürfte die Bedeutung des Moments nicht durch die Geräusche des Alltags gestört werden.
Ich gehe zum Ausgang, ändere aber meine Meinung. Ich drehe um und entscheide mich, die Treppe hinunterzugehen. Als ich unten ankomme, steht

Simone noch am Tisch und packt ihre Sachen in ihre blau-türkisfarbene Ledertasche.
"Ich wäre gerne deine Studentin gewesen, als ich achtzehn war", sage ich ohne Umschweife.
Ich weiß nicht, ob sie überrascht ist, mich hier zu sehen, aber sie zeigt es nicht. "Ich nicht! Das würde bedeuten, dass wir uns nicht so hätten treffen können, wie wir uns getroffen haben." Sie hält inne, lächelt und sagt lachend: "Ich schlafe nicht mit Studentinnen, das ist ein unüberwindbarer Grundsatz!"
"Argument akzeptiert."
"Wie wäre es, wenn wir heute Abend essen gehen?", fragt sie mich, als wären wir alte Freunde.
"Essen?", ich bin erstaunt über die Einladung, das ist nicht ihr Stil.
"Warum? Hast du einen besseren Plan?" Simone scheint sich über unser Gespräch zu amüsieren. Ich würde sagen, dass etwas an ihr anders ist, aber ich kann nicht erklären, was.

**

"Begleitest du mich immer noch nicht mit einem Glas Wein?", fragt sie, als ich ein Mineralwasser zu den Tagliatelle bestelle.
"Vorerst bleibe ich beim Wasser", sage ich und erwidere das Lächeln.
Während wir essen, unterhalten wir uns über das Projekt. Simone scheint immer mehr involviert zu sein. Plötzlich hat sie das 'sie' durch 'wir' ersetzt und Francescas Ambitionen zu ihren eigenen gemacht.
"Erwägst du ernsthaft, anzunehmen?"
"Vielleicht. Ich habe darüber nachgedacht, was das implizieren würde."
"Du könntest nach Rom gehen", lächle ich ironisch.

"Wer weiß?" Sie scheint es ernster zu meinen, als es mir je in den Sinn käme. "Weißt du, Nicola, neulich hast du mir gesagt, dass ich viel über dich weiß und du nichts über mich, und das stimmt. Es fällt mir sehr schwer, über mich zu sprechen, aber..."
Ich nutze den Moment und unterbreche sie: "Erzähl mir eine Geschichte, eine Geschichte mit Tränen."
"Wie meinst du das?"
"Eine Geschichte, die dich zum Weinen gebracht hat. Wenn du wirklich willst, dass ich dich kennenlernen kann, gib mir etwas, das einen echten Einfluss auf die Person hatte, die du bist."
Simone sagt nichts. Sie schaut abwesend, führt das Glas zum Mund und trinkt in langen Zügen den Rest des Weins, wobei sie dem Kellner ein Zeichen gibt, noch eins zu bringen. Ich habe Unsinn gemacht, denke ich. "Entschuldige. Lass uns unser Abendessen nicht verderben."
"Nein... du hast Recht. Du hast mir schwierige Geschichten erzählt, du hast es verdient, dass ich dasselbe tue. Aber nicht hier. Lass uns zu mir nach Hause gehen, Geschichten implizieren eine Terrasse unter den Sternen."
"Simone, es gibt keine Sterne, der Himmel ist völlig bewölkt, es regnet fast", sage ich lächelnd über die Ungewöhnlichkeit des Gesprächs.

**

Schon auf den Sofas im Wohnzimmer sitzend, zögert Simone nicht zu beginnen: "Lisa starb an einem Sonntagnachmittag. An genau diesem Sonntag, nach vielen hier zu Hause verbrachten Tagen, beschloss ich, mit Carmen ins Kino zu gehen. Wir gingen um zwei, mit dem Versprechen, vor fünf zurück zu sein. Samuel blieb hier und Lisa verabschiedete sich mit den

Worten, dass sie die Gelegenheit zum Ausruhen nutzen würde. Sie hatte Schwierigkeiten zu atmen und schien manchmal ein wenig den Kontakt zur Realität zu verlieren. Sie war sehr dünn, und die blonden Locken waren schon lange durch ein Seidentuch ersetzt worden. Während dieser drei Stunden vergaß ich die Krankheit, die Angst, und lachte. Ich lachte, weil es eine Komödie war, ich lachte, weil ich verzweifelt lachen musste, vergessen musste. Als wir nach Hause kamen, war Samuel nicht da. Alles war still, das Licht im Zimmer an und Lisa auf dem Bett, reglos... tot. Ich war nicht da und sie starb. Sie starb allein, während ich im Kino lachte. Von da an habe ich jeden Tag den Moment rekapituliert, als ich an jenem Nachmittag nach Hause kam, den Moment, als ich mich verabschiedete und sie sagte: 'Bitte lache für mich'. Ich habe mir jeden Tag die Schuld gegeben und mir selbst versprochen, keinen einzigen Tag, einen Nachmittag, eine Nacht aufzuhören, an sie zu denken. Und ich habe es eingehalten... ich habe es eingehalten, bis ich dich traf, und anfing, an dich zu denken... und aufhörte, an sie zu denken, weil ich an dich dachte, aufhörte, von ihr zu träumen, weil ich von dir träumte... Ich war wütend auf dich, weil du mir nicht erlaubtest, das zu tun, was ich geplant hatte, und auf mich, weil ich wieder versagte, sie und dich im Stich ließ."

Simone hat Tränen im Gesicht, obwohl das Leid den Tonfall ihrer Stimme oder die Kadenz der Rede nicht verändert hat. Sie wischt sich mit der Hand übers Gesicht, steht auf und verlässt wortlos den Raum, um kurz darauf zurückzukehren. Sie hat einen Umschlag in der Hand, den sie mir gibt. "Vor ein paar Wochen hat mir ihre Mutter diesen Brief gegeben. Lies ihn bitte."

Ich wische eine Träne weg und nehme den Umschlag. Ich öffne ihn vorsichtig und lese die karierten Blätter, die sich darin befinden. Die Handschrift ist unregelmäßig und manchmal schwer zu entziffern. Als ich fertig bin, falte ich die Blätter wieder zusammen und stecke sie zurück in den Umschlag. Ich strecke meine Hand in Simones Richtung aus, und als sie ihre ausstreckt, um den Umschlag zurückzunehmen, halte ich sie zwischen meinen und drücke einen Kuss darauf, ohne etwas zu sagen.

"Lisa wollte nicht, dass ich hier bin. Wie immer hat sie die Ereignisse kontrolliert. Sie hat gelebt und ist gestorben, wie sie es geplant hat. Ich habe diesen Brief niemandem sonst gezeigt. Ich weiß nicht, was Carmen oder Sam wissen, denn keiner von uns hat je über jenen Nachmittag gesprochen, und ich hatte nicht den Mut, den Brief mit ihnen zu teilen. Aber ich wollte, dass du es verstehst."

"Danke", sage ich einfach, als wäre es das einzige Wort, das der Bedeutung der Situation angemessen ist.

Ich verlasse Simones Haus mit einem beklommenen Gefühl in der Brust. Wir verabschieden uns an der Tür mit einer Umarmung, die viel länger dauert als nötig.

Bevor ich schlafen gehe, schalte ich den Computer ein. Ich habe Gio versprochen zu schreiben.

> *'Liebe Amica,*
>
> *Die Kurse haben endlich begonnen, es war aus allen Gründen ein emotionaler Tag. Ich komme gerade aus Simones Haus und ich glaube, sie erwägt ernsthaft, den Vorschlag anzunehmen. Es hat ihr gut getan, mit euch zu sprechen. Ich verstehe jetzt viel besser, warum du so sicher warst, dass sie die Richtige ist und die einzig mögliche*

Wahl. Soweit es von mir abhängt, werde ich alles tun, damit sie annimmt.

Ich bin immer mehr davon überzeugt, dass mein Telefongespräch mit Leo endgültig war... Weißt du warum? Weil ich nichts mehr fühle... nichts außer Mitleid... Ich werde das andere Handy angeschaltet lassen, es gibt keinen Grund mehr, es stumm zu schalten, genauso wenig wie es einen Grund gibt, nicht zurückzukehren. Ich werde den Plan einhalten und bis Ende Januar bleiben. Aber danach kannst du mit mir dort rechnen, mit Leib und Seele. Ohne dich hätte ich nicht überlebt, und ich wollte, dass du das weißt!

Ciao. Nico'

Ich schreibe fertig, drücke die Sendetaste und denke wieder an Simone. Ich wünschte, die Dinge könnten anders sein zwischen uns. Ich nehme mein Handy und sehe, dass ich eine Nachricht von ihr habe, die vor ein paar Minuten eingegangen ist: *'Eines Tages werde ich bereit sein, warte auf mich, wenn du kannst'.*

'Wann und wo immer du willst, lass es mich wissen, an dem Tag, an dem du mir erlaubst, dich Sisi zu nennen', antworte ich ohne nachzudenken.

Kapitel 28

Du könntest es uns leichter machen

Simone

§§§

Einen Monat später

'Ich werde um zwei Uhr nachmittags in unserem gemeinsamen Büro sein, ich würde dich gerne sehen. Kuss. Sisi'

Ich schicke die Nachricht, sobald ich aufstehe. Heute ist ein Feiertag und es ist noch nicht acht Uhr morgens. Genau vor einem Monat haben die Kurse begonnen, genau vor einem Monat habe ich die letzte Nachricht mit ihr ausgetauscht, denke ich, während ich auf den Handybildschirm schaue und ihre Nachricht noch einmal lese.

Ich ziehe mich schnell an, angetrieben von der Energie, die nur Adrenalin bringt, und gehe hinunter, um in The Machine zu frühstücken. Zu meinem Erstaunen sehe ich Carmen und Emily an einem Tisch neben der Theke sitzen.

"Guten Morgen, oder besser gesagt guten frühen Morgen", sage ich lachend. "Habt ihr nicht geschlafen?"

"Guten Morgen, was machst du um diese Zeit hier, bist du aus dem Bett

gefallen?", sagt Carmen und sieht mich von oben bis unten an, als ob sie nach etwas suchen würde, das nicht stimmt. "Ich fange um neun Uhr mit der Schicht an und Emily ist zum Frühstück gekommen."
"Was die Liebe nicht alles macht", unterbreche ich. "Wie läuft es im Krankenhaus? In den letzten Wochen mit dem ganzen Durcheinander der Kurse und der Eröffnung der Promotion habe ich dich nicht einmal gefragt."
"Kompliziert."
Wir unterhalten uns noch ein paar Minuten, bevor sie gehen. Als ich allein bin, bestelle ich einen weiteren Kaffee und denke wieder an die Nachricht, die ich Nicola geschickt habe.

**

Ich habe den Morgen damit verbracht, die Anmerkungen des Verlags durchzugehen. Noch ein paar Tage und das Buch müsste fertig sein. Ich verlasse das Haus vor eins, es ist früh, aber ich schaffe es nicht, hier zu bleiben.
Ich gehe durch die Straßen, die ich auswendig kenne, ohne irgendetwas oder irgendjemanden anzusehen. Die Sonne scheint, trotz der Kälte, die zu spüren ist. Ich kuschle mich in den Schal und stecke die Hände in die Taschen.
Ich setze mich auf 'meine' Bank und hole das Buch heraus, das ich in der Tasche mitgebracht habe. Ich schalte eine meiner Lieblingsplaylists ein und setze die Kopfhörer auf. Trotz des Eintauchens bleibt ein Teil meines Gehirns an den Stunden und der Erwartung ihrer Ankunft hängen. Fünf nach zwei... wahrscheinlich hat sie die Nachricht nicht gesehen, oder sie hat sie gesehen, sich aber entschieden, nicht zu kommen. Ich versuche, mich wieder auf das Buch zu konzentrieren, und tauche erneut in die Tiefen des Textes

ein.
Ich schaue auf den Handybildschirm und überprüfe noch einmal den Anrufbeantworter. Es ist schon nach drei und es wird wirklich kalt. Die Sonne hat sich hinter den Wolken versteckt und es wird nicht lange dauern, bis es regnet. Mit einem Kloß im Hals markiere ich die Seite, indem ich die Ecke des Blattes umknicke, und stecke das Buch sorgfältig in die Tasche zurück.
"Simone", höre ich eine Stimme hinter mir.
Ich atme tief durch, bevor ich mich umdrehe. "Nicola! Schön, dass du gekommen bist", sage ich zwischen zusammengebissenen Zähnen, so leise, dass ich nicht weiß, ob sie mich hört.
"Du könntest es uns leichter machen... Ich war in Rom."
"In Rom?", frage ich ungläubig und runzle die Stirn.
"Gestern hatte Francesca Geburtstag, und weil heute ein Feiertag ist, wollte ich bis morgen dort bleiben. Zum Glück ist es leicht, Last-Minute-Flüge zu bekommen. Trotzdem komme ich zu spät, entschuldige."
"Du bist aus Rom gekommen, weil du meine Nachricht gesehen hast?", frage ich nach, ohne mein Erstaunen zu verbergen.
"Natürlich... deine Nachricht schien mir wichtig", sagt sie mit einem lauten Lachen. "Wir müssen eine Heizung in diesem Büro installieren lassen, oder beschließen, dass wir es nur im Sommer benutzen", fährt sie im selben leichten Tonfall fort.
Sie trägt einen größeren Rucksack als sonst, noch voller Flughafenetiketten, und hat das größte Lächeln der Welt im Gesicht. Sie streckt ihre Hand nach mir aus und sagt: "Biete mir ein Wasser auf deiner Terrasse an, oder in

deinem Wohnzimmer."
"Weißt du, mit wem ich gestern Abend zusammen war?", frage ich, während ich mich auf das Sofa setze.
"Francesca und Gio?"
"Ja, mit ihnen auch. Sie haben Küsse geschickt und darum gebeten zu fragen, ob du über die Sache nachgedacht hast... eine subtile Art zu sagen, dass sie auf deine Antwort warten. Ich war mit jemand anderem zusammen, der dir einen Kuss schickt."
"Wer?", frage ich, ohne sofort zu verstehen, worauf sie hinauswill.
"Analise."
"Analise! Klar."
"Mach nicht so ein Gesicht, du kannst dich entspannen, sie hat mir nichts gesagt. Aber jetzt, durch den Ausdruck auf deinem Gesicht, verstehe ich den Tonfall, mit dem sie den 'Kuss' geschickt hat."
"Lass es mich erklären..."
"Bitte, Simone, es gibt nichts zu erklären."
"Doch, das gibt es! Analise hat mich auf ihre Art dazu gebracht, Barrieren zu durchbrechen, ohne mir Zeit zum Nachdenken zu lassen. Ich werde in ihrer Schuld stehen, weil sie mir gezeigt hat, dass es möglich war, dass es möglich war, die Kontrolle aufzugeben. Sie wird nie wissen, wie wichtig diese Nacht war."
"Ich freue mich für dich."
"Tanzt du mit mir?", frage ich, während ich das Handy anschließe und dieselbe Playlist einstelle, die ich im Garten gehört habe.
Nicola steht auf, ohne zu antworten. Sie lehnt ihren Körper an meinen und

legt den Kopf auf meine Schulter, die Hände auf meiner Taille. So tanzen wir, umarmt, schweigend. Die Wärme ihres Atems, der Duft ihres Parfüms vermischt mit dem Geruch von Leder, die Weichheit ihrer Haare an meinen Fingern, ich lasse mich treiben, folge dem Rhythmus und spüre ihre Hände auf meinem Rücken.

Ein Gefühl der Panik ergreift mich. Was, wenn ich es nicht kann? Ich denke an Lisa, aber das Bild erscheint verschwommen, als könnte ich sie nicht scharf sehen. Ohne es zu merken, habe ich aufgehört zu tanzen. Nicola steht vor mir, hält die Hände auf meinen Hüften, tanzt aber nicht mehr, hat sich weit genug entfernt, damit sich die Körper nicht mehr berühren.

"Entschuldigung", murmle ich.

"Shh, entschuldige dich nicht. Komm..."

Ich weiß nicht wie, aber sie ist es, die mich ins Schlafzimmer führt. Sie macht das Licht an, ich merke, dass sie sich umschaut, aber ohne Zeit zu verlieren, zieht sie mich, bis wir auf dem Bett sitzen.

"Leg dich hin, schließ die Augen, lass mich dir eine Geschichte erzählen. Vielleicht geht die Angst vorbei." Ich tue, was sie verlangt, ohne zu widersprechen.

"Ich verliebte mich in Leo, und in ihre Kraft, ihre Macht. Der Charme kam von dem, was sie tat, aber vor allem von dem, was ich mir vorstellte, dass sie tun konnte. Von Anfang an war sie so begehrenswert wie unerreichbar. Sie war eine erfolgreiche, verführerische und verheiratete Frau. An dem Tag, als sie mich zum ersten Mal berührte, fühlte ich mich so besonders, so einzigartig, dass ich alles, wirklich alles getan hätte, was sie wollte. Vom ersten Kuss bis zum ersten Orgasmus vergingen nur ein paar Minuten. In

ihrer Praxis fühlte ich mich, als würde ich allen Risiken, allen Gefahren trotzen, aber ich schwelgte darin, die Auserwählte zu sein..."
Während sie spricht, berührt Nicola, die neben mir liegt, sehr sanft meine Haut.
"Leo hatte mich, wo sie mich haben wollte. Nur durch einen Blick, nur durch Vorwegnahme, wurde ich erregt. Sie bemerkte, wie anfällig ich für ihre Reize war, und wurde zur Meisterin in der Kunst, mich zu erregen, bis es nicht mehr möglich war. Ich... wurde süchtig, vielleicht verliebt, aber vor allem abhängig."
Nicola öffnet den Knopf meiner Hose und macht mit schnellen Gesten dasselbe mit meinem Hemd. Sie zieht ihre Schuhe und die Bluse aus und legt sich neben mich, ohne sich zu bedecken, nur in schwarzer Lederhose und BH. Das Bild ist sinnlich. Die Angst ist verschwunden und hat einem intensiven Verlangen Platz gemacht. Trotzdem bewege ich mich nicht, ich will den Rest der Geschichte hören.
"Ich konnte nur an das denken, was beim nächsten Treffen passieren würde."
Nicolas Hand wandert frei über meinen Körper. Mit der anderen Hand berührt sie ihren eigenen Körper und vergewissert sich, dass ich es sehe.
"Bitte, Nicola."
"Was willst du? Sag es mir."
"Berühr mich."
"Ist es nicht das, was ich tue?", fragt sie.
"Berühr mich wirklich."
"Ich spiele nicht", sagt sie und legt meine Hand auf ihre, damit ich sie führe.
Ohne zu zögern, schiebe ich ihre Hand nach unten.

Nicola hält die Hand dort, wo ich sie platziert habe, und kehrt zu ihrer Erzählung zurück. "Eines Tages brachte mich eine andere Frau dazu zu verstehen, dass Lust weit über einen Orgasmus, einen Moment hinausgeht. Dass das Flüchtige unendlich sein kann, weil es für immer in der Erinnerung bleibt. Als du zu mir nach Hause kamst, als du mich angeschaut hast, während du mich batest, mich zu berühren, als du in mich eindrangst, wissend, wie sehr ich schon dir gehörte, war das Gefühl so anders als alles, was ich je zuvor gefühlt hatte. Ich weiß, ich habe gesagt, du wärst wie sie. Ich war wütend, wütend auf mich, weil ich wusste, dass du weder gleich noch auch nur ähnlich warst. Bei dir wurde ich nicht dominiert, bei dir ergab ich mich dem, was ich fühlte, der Frau, die so verletzlich wie außergewöhnlich war, die neben mir lag, auch wenn sie sich nicht hingab. Bei dir war das, was weniger als alles war, nichts..." Nicola unterbricht den Satz und dringt tief in mich ein, während sie ihren Mund an mein Ohr presst. Es braucht nichts mehr, mein Körper explodiert, ich bin unfähig, die Emotionen zurückzuhalten, und lasse einen Schrei der Lust heraus.

Minuten lang sagt sie nichts und ich bleibe regungslos, als hätte ich nie wieder die Kraft zu sprechen oder mich zu bewegen. Nicola neigt ihren Kopf über meinen, legt ihre Lippen auf meine und küsst mich. Sie küsst mich tief, berührt mit der Zunge das Innere meines Mundes, lässt zu, dass meine ihre berührt, und dehnt den Kuss aus, bis sie atmen muss. Langsam steht sie auf und steht, mir in die Augen sehend, völlig nackt vor mir. Es ist eine Einladung, daran habe ich keine Zweifel. Es dauert nicht mehr als ein paar Minuten, bis ich spüre, wie ihr Körper zittert und ihre Stimme murmelt: "Sisi, ich halte es nicht mehr aus."

**

Ich schlafe ein, ohne es zu merken, und als ich aufwache, ist es schon Morgen und Nicola liegt nicht neben mir. Auf dem Handy erscheint eine Nachricht: 'Bis bald!'
Ohne den Mut, Frühstück zu machen, gehe ich hinunter zu The Machine. Carmen sitzt allein an einem der Tische hinten. "Du siehst gut aus, hast du gut geschlafen?", fragt sie ironisch.
"Wie ein Baby." Ich sage nicht mehr, denn ich will nicht über meine Nacht sprechen, nicht jetzt. "Nicola war gestern bei mir."
"Wirklich? Hat dir das geholfen, zu schlafen?"
"Du hingegen siehst nicht gut aus. Ist die Schicht schlecht gelaufen?"
"So schlecht wie alles in letzter Zeit dort im Krankenhaus läuft. Um das Thema zu wechseln, du hast nicht vergessen, dass am Samstag das Finale des Turniers ist, oder?"
Ohne mir Zeit zum Antworten zu lassen, winkt Carmen in Richtung Tür, zu jemandem, der hereinkommt. "Guten Morgen, Nicola. Wie geht es dir? Setz dich hier zu uns", lädt sie ein und zieht den Stuhl neben sich nach hinten.

Kapitel 29

Egal welche Hand, wir haben schon gewonnen

Carmen

Nicola lächelt und setzt sich auf den Stuhl, den ich angezeigt habe. Sie hat einen strahlenden Blick und einen besonderen Glanz. "Hast du auch wie ein Baby geschlafen?", frage ich provokativ und sehe abwechselnd zu ihr und zu Simone.

Sie antwortet, indem sie sich zu Simone dreht und laut lacht. "Du hast gut geschlafen, nicht wahr?"

Ich komme auf das Thema zurück: "Du hast das Turnier nicht vergessen, oder?", bohre ich nach.

"Nein, habe ich nicht vergessen", sagt Simone und isst mit Appetit weiter. "Aber ich dachte, es wäre fair, wenn Emily mit dir zusammen spielt. Schließlich hat sie die Qualifikation geschafft. Spiel mit ihr und ich kümmere mich darum, dass euch nichts und niemand stört."

Ich bin perplex über den Vorschlag. "Willst du nicht spielen?"

"Das ist es nicht, ich finde nur, es ist fair, dass sie gewinnen kann, denn ich bin mir sicher, dass wir gewinnen werden!"

**

An einem Tisch sitzend, die Hand auf dem grünen Filz und die Augen auf die Karten gerichtet, das ist die Szenerie während der fast zwei Stunden, die das Spiel dauert. Emily zeigt sich der Situation gewachsen. Viel ruhiger als beim letzten Spiel, schreitet sie entschlossen voran, ohne ein Risiko einzugehen. Die Karten werden verteilt und ich sehe mein Blatt an. Wir erreichen fast fünftausend Punkte, aber das andere Paar auch. Jedes Team kann gewinnen und dies ist wahrscheinlich die letzte Runde. Ich ordne meine Karten langsam. Ohne irgendetwas zu tun, habe ich einen Canasta auf der Hand! Ich atme tief durch. Sie wissen es nicht, aber das Schicksal hat über den Ausgang des Spiels entschieden, ohne dass ich eine Wahl treffen muss. Wir werden durch einen Zufall gewinnen, eine Reihe von Karten, die in meiner Hand gelandet sind. Ich bin die erste, die spielt. Egal, welche Karte ich vom Stapel nehmen werde, wir haben schon gewonnen.

**

Wir gehen zum Abendessen, ich, Emily, die Mädchen, Simone und Nicola. Pizza, Cola und Bier ist das Menü der Feier. Simone zeigt den Scheck für den Spielpreis und ich präsentiere triumphierend den Kristallpokal, den wir bekommen haben.

"Glückwunsch", sagt Nicola. "Eines Tages müsst ihr mir beibringen, wie man spielt."

"Mit Vergnügen", antworte ich schnell. "Schließlich brauchen wir noch eine an diesem Tisch."

"Nicola, gehst du wirklich nach Weihnachten?", fragt Emily. Sofort sehe ich, wie Simone den Kopf dreht und ihren Blick auf Nicolas Gesicht fixiert.

"Ende Januar muss ich nach Rom zurück." Nicolas Augen treffen auf die von Simone, aber keine der beiden sagt mehr.

"Ich sollte auch darüber nachdenken umzuziehen...", kommentiere ich, ohne zu merken, dass ich laut spreche.

"Was, Mama? Werden wir in einem anderen Land leben?", fragt Bia und erinnert mich daran, dass sie, obwohl sie völlig in ihre Handys vertieft zu sein scheinen, unserem Gespräch aufmerksam zuhören.

"Nein, natürlich nicht. Ich habe nur laut gedacht, die Dinge im Krankenhaus sind nicht einfach."

Nicola schaltet sich in das Gespräch ein und fragt: "Erkläre mir genauer, was los ist?"

"Eine Kollegin mit zweifelhaften Absichten hat Gerüchte gestreut... Und eine oft wiederholte Lüge ist überzeugender als die Wahrheit selbst, der Zweifel hat sich ausgebreitet. Die Leute glaubten, das Recht zu haben, mich zu verurteilen."

"Hast du nie daran gedacht, woanders zu arbeiten?"

"In einem anderen Krankenhaus?"

"Krankenhaus, Klinik oder ein anderes Projekt."

"Wovon sprichst du? Es gibt keine Projekte sonst wo. Lass uns über etwas anderes reden, heute ist der Tag der Entscheidungen, später kommt das Ergebnis des Poesiewettbewerbs", sage ich und schaue zu Emily, um das Gespräch auf ein angenehmeres Thema zu lenken.

"Erinnere mich nicht daran." Diskret und darauf bedacht, dass die Mädchen es nicht bemerken, schicke ich ihr einen Kuss und berühre zärtlich ihr Knie unter dem Tisch.

"Wann?", fragt Simone.

"Um Mitternacht stellen sie die fünf Finalisten in der Reihenfolge der Platzierung auf die Website und geben die Universitäten bekannt, die für das Stipendium zur Verfügung stehen."

"Es ist elf Uhr zehn, wir könnten zu mir nach Hause gehen und es gemeinsam ansehen", schlägt Simone vor.
"Los, Mama, lass uns gehen! Wir waren so lange nicht bei Tante Simone und ich will sehen, wie Emily gewinnt", sagt Magie und lässt das Handy los.
"Ich werde nicht gewinnen, aber unter den ersten fünf zu sein, ist schon eine Ehre." Man kann an Emilys angespanntem Gesicht sehen, wie nervös sie ist.
Wir gehen zusammen hinaus und durchqueren die Eingangshalle des Gebäudes, überqueren sie bis zu den Aufzügen, die zu Simones Wohnung führen. Auf halbem Weg sehe ich Grace und David in die entgegengesetzte Richtung gehen. Es ist unvermeidlich, dass wir uns begegnen. Grace dreht demonstrativ ihr Gesicht zur Seite, als sie an uns vorbeigeht. David grüßt Simone mit einem schnellen "guten Abend" und beschleunigt seine Schritte. Unglaublich, denke ich. Ich schaue zu Emily, die mit Bia spielt und lacht, in einem Versuch, das Geschehene zu überspielen.
Wir sitzen auf den Sofas und auf dem Boden des Wohnzimmers. Emily synchronisiert das Handy mit dem Bildschirm und lässt die Website des Wettbewerbs erscheinen. Eine Countdown-Uhr zeigt, dass es noch zweiundzwanzig Minuten sind... das ist viel Zeit.
Fünf Minuten, zwei, dreißig Sekunden, und das Ergebnis erscheint. Auf dem Bildschirm erscheint hervorgehoben 'Emily Martínez'.
Ohne mir Zeit zum Reagieren zu lassen, packen Magie und Bia Emily und schreien: "Du hast gewonnen! Du hast gewonnen!"
Inmitten etwas Verwirrung höre ich Simone sagen: "Carmen, Emily, geht in die Küche. Im Kühlschrank ist eine Flasche Champagner, das ist ein guter Moment, um sie zu öffnen."

Gesegnete Sisi. Endlich allein mit Emily, umarme ich sie fest und küsse sie.
"Carmen, die Gläser? Wir warten auf den Champagner." Das ist unser Zeichen, dass die Zeit um ist, dass wir ins Wohnzimmer zurückkehren müssen.
Wieder alle versammelt, betrachten wir erneut Emilys Namen auf dem Bildschirm.
"Schau dir die Universitäten an, lass uns auswählen", sagt Magie sehr aufgeregt, als ob sie diejenige wäre, die gewonnen hat.
"Jetzt nicht", sage ich und versuche es zu vermeiden.
"Warum nicht, Mama? Lass es uns sehen. Emy, bitte...", drängt nun Bia.
New York, San Francisco, London, Paris, Rom und fünf weitere europäische Universitäten, eine davon hier in der Stadt.
"Wohin möchtest du gehen, Emily? In die Vereinigten Staaten?", fragt Magie.
"Nein, ich glaube nicht. Ich werde eine der europäischen wählen." Das Gespräch geht weiter und nur ich bleibe still.
Es ist schon fast zwei Uhr morgens, als Emily sich verabschiedet und ich mit den Mädchen gehe. Nicola deutet ein Lächeln an und sagt, dass sie noch ein wenig bleiben wird.

**

Ich verbringe eine unruhige Nacht, ohne tief schlafen zu können. Es folgen Alpträume und seltsame Träume, in denen sich Samuel und Emily kreuzen.
Ich muss mit jemandem reden, ich muss mit Sisi sprechen.
Ich gehe hinunter zur Bäckerei, kaufe Brot und Croissants. Ich steige in den Aufzug und halte vor ihrer Haustür. Ich klopfe mit den Fingern an die Tür,

aber man hört kein Geräusch. Ich schaue auf die Uhr, es ist fast zehn. Simone wacht normalerweise früh auf. Ohne Alternative entscheide ich mich dafür, die Klingel zu betätigen. Wenige Sekunden später höre ich das Geräusch von Schritten und sie öffnet die Tür.

"Carmen", sagt sie zu laut. "Guten Morgen."

Nicola erscheint fast gleichzeitig, nur mit einem von Simones Hemden bekleidet, und mit einem Lächeln im Gesicht. "Guten Morgen, Carmen", sagt sie lachend.

Sprachlos lasse ich die Brötchentüte fast fallen, die Simone schnell ergreift. "Warmes Brot, was für eine gute Idee! Ich sterbe vor Hunger. Kommt rein, ich mache Kaffee."

"Entschuldigt", sage ich lachend.

"Du weißt, dass du jederzeit kommen kannst", sagt Simone und stellt drei Kaffeetassen vor uns hin.

"Ich konnte nicht schlafen, ich denke ständig an das Ergebnis des Wettbewerbs. Emily muss die beste Universität auswählen. Gestern, schon nachdem ich nach Hause gekommen war, rief sie mich an und sagte, dass sie sich entschieden hat, hier zu bleiben. Ich versuchte zu argumentieren, sagte, dass das keinen Sinn macht, wir stritten uns."

"Das alles ergibt überhaupt keinen Sinn, sie hat eine Karriere vor sich und es wird nicht einfach werden. Ich habe zwei Töchter und darauf will ich mich jetzt konzentrieren. Ich sprach schon sehr aufgebracht. Sie antwortete mir auch schreiend: 'Was soll das heißen? Willst du nicht, dass ich Teil deines Lebens bin, ist es deshalb, dass du es den Mädchen nicht sagen willst, glaubst du, sie sind dumm, dass sie es nicht merken? Sie wissen es längst, und was du vermittelst, ist, dass du dich schämst für das, was du bist und was du fühlst, und für mich. Wenn du es nicht annehmen willst, ist es vielleicht besser, wenn ich mich auf meine Karriere konzentriere und dich mit deinen Töchtern leben lasse...' Emily schien völlig außer sich, ich hatte sie noch nie so gesehen. Nach diesem Gespräch legte sie auf. Immer wenn ich anrufe, geht es zur Mailbox. Ich habe Nachrichten hinterlassen, aber sie antwortet nicht."

"Sagt Magie immer noch, dass sie bei Sam leben will?", fragt Simone. Bevor sie mich antworten lässt, fragt sie noch: "Wollt ihr noch Kaffee? Ich brauche noch einen."

Ich nehme an, Nicola lehnt ab und verlässt mit einer Entschuldigung das Zimmer in Richtung Schlafzimmer und lässt uns allein. Ich rühre den Kaffee mehr als nötig um. "Magie ist begeistert von Emily, sie hat in der Schule vorgeschlagen, 'The Hill We Climb' zu adaptieren und zu interpretieren. Es war ein Erfolg. Der Lehrer war begeistert. Kannst du dir vorstellen, wie sie sich fühlt? Sie spricht von nichts anderem, denkt an nichts anderes. Sie sagt, sie wird Literatur studieren und sich der Poesie widmen. Ich glaube, die Philosophie ist Vergangenheit. Deshalb denke ich, dass sich ihre Pläne geändert haben könnten."

"Das ist eine gute Nachricht", sagt Simone, ohne etwas hinzuzufügen.

"Wenn Emily geht, laufe ich Gefahr, beide zu verlieren."

Wir unterhalten uns weiter, wie wir es immer tun, und springen von einem Thema zum anderen. Erst als Nicola wieder auftaucht, schon in ihrer eigenen Kleidung, mit nassen Haaren, was zeigt, dass sie geduscht hat, merken wir, dass sie fast eine Stunde weg war.

"Carmen, ich wollte mit dir über etwas sprechen, das dich vielleicht interessieren könnte", sagt Nicola mit verschwörerischer Miene und setzt sich wieder vor mich hin.

Kapitel 30

Mineralwasser... klar, das ergibt Sinn

Nicola

"Ich habe gerade mit Francesca telefoniert... übrigens, Simone, sie lässt ausrichten, dass sie dich zum Abendessen erwartet, an dem Tag, an dem du willst."

"Ist die Femme Fatale hier?", fragt Simone stirnrunzelnd.

"Nein, sie erwartet dich zum Abendessen in Rom", bestätige ich lachend. "Also, Carmen, ich habe mit Francesca gesprochen, weil ich mich erinnerte, dass sie vor einiger Zeit eine Freundin erwähnte, die die klinische Leitung eines Krankenhauses in Rom übernommen hat. Es ist ein großes Krankenhaus, mit einem Patiententeil und einem Universitätsteil. Wie alle Freundinnen von Francesca, schien mir auch diese eine besondere Person mit kühnen Ambitionen zu sein."

Ich stehe auf, öffne den Schrank, nehme eine Tasse heraus und schenke mir Kaffee ein. Gleichzeitig denke ich, dass Carmen es seltsam finden muss, wie selbstverständlich ich mich hier bewege, aber genau das ist es, ich fühle mich zu Hause.

"Diese deine Femme Fatale hat überall Freundinnen. Ich bin beeindruckt", sagt Simone mit der ihr eigenen Ironie.

"Stimmt... Eines Tages lenkst du dich ab und nennst sie so. Nicht, dass es ihr nicht gefallen würde, vielleicht erhöht sie dir sogar das Gehalt", antworte

ich und kontere sofort.
"Ich möchte sie nicht zur Feindin haben", scherzt Simone.
Ich trinke den Kaffee aus und kehre zum vorherigen Gespräch zurück. "Du kennst Francesca nicht...", sage ich und schaue Carmen direkt an. "...aber wenn du sie kennenlernst, wirst du verstehen, dass mit ihr alles sehr schnell geht, die Welt dreht sich mit einer anderen Geschwindigkeit. Ich hoffe, ich habe dir keine Unannehmlichkeiten bereitet, aber ich war empört über das, was du über das Krankenhaus erzählt hast, und beschloss, es mit ihr zu teilen. Wie es ihre Art ist bei solchen Angelegenheiten, bat sie mich um ein paar Minuten und rief mich zurück und sagte, dass ihre Freundin sehr gerne mit dir sprechen würde. Sie schlug ein Abendessen am nächsten Wochenende vor. Und Simone, du und ich sind auch eingeladen. Samstag, um acht, im La Pergola."
"Meinst du das ernst? Du willst, dass ich nächsten Samstag nach Rom zum Abendessen komme?", fragt Carmen mit weit aufgerissenen Augen.
"Ja, hast du bessere Pläne?", frage ich mit einem Lächeln auf den Lippen. "Mach dir keine Sorgen, Francesca hat immer Zimmer reserviert, es geht nur darum, die Flüge zu buchen. Wenn du willst, kümmere ich mich um alles."
Als Carmen geht, scheint sie viel weniger besorgt zu sein.
*
"Wollen wir spazieren gehen? Es ist sonnig, wir könnten in den Park gehen", sage ich und versuche Simone dazu zu bringen, vom Stuhl aufzustehen und den Computer zu verlassen.
"Hast du das Buch fertig gelesen?", fragt sie, als sie endlich zustimmt, das Haus zu verlassen.

"Welches? "Gedanken über die Wahrheit in der Lüge und die Lüge in der Wahrheit"?"
"Ja."
"Ja, ich bin fertig damit. Ich bin nicht viel schlauer geworden, nachdem ich ans Ende gekommen bin. Als ich die letzte Seite beendet hatte, fragte ich mich, wo die Gebrauchsanweisung ist. Du hast sie nicht geschrieben, oder?", scherze ich mit ihr.
"Lies es nochmal, vielleicht hilft es", gibt sie ironisch zurück.
Wir halten bei den Bäumen an, wo wir schon ein paar Mal waren, wenn wir im Park spazieren waren. Ich lege mich auf den Rasen und stütze meinen Kopf auf Simones Beine, die sich mit dem Rücken an einen der Baumstämme lehnt.
"Die Doktoranden waren begeistert von dir."
"Ich habe nur zwei Kurse gegeben", antworte ich und verhehle die Freude über das Lob.
"Es reicht. Wahrscheinlich hätten auch fünf Minuten gereicht, sie baten mich, dich zu überzeugen, für das nächste Semester zu bleiben", Simone atmet stärker und das Zittern ihres Körpers lässt meinen Kopf erzittern. "Ich werde nicht lügen, ich will auch, dass du bleibst... und nicht wegen der Promotion."
"Warum?", frage ich scheinbar unschuldig.
"Wie warum?", bei ihrer Aufregung ist es unmöglich liegen zu bleiben und ich ende damit, mich neben sie zu setzen. "Du willst es mich sagen hören, nicht wahr?"
"Vielleicht... Was hast du zu sagen?"

"Ich liebe dich, Nicola! Nach allem, nachdem wir bis hierher gekommen sind, kannst du nicht einfach gehen."
"Komm mit mir nach Rom. Nimm Francescas Projekt an. Du kannst ein Traumteam zusammenstellen und buchstäblich das Leben von Tausenden von Frauen, von Tausenden von Mädchen verändern."
"Du musst nicht argumentieren. Ich hatte es dir noch nicht gesagt, aber ich bin zu dem Schluss gekommen, dass ich annehmen will. Aber ich dachte, ich könnte das Projekt von hier aus koordinieren."
"Und das kannst du, soweit ich gehört habe, haben sie dir freie Hand gegeben zu entscheiden, wo und mit wem du arbeitest. Aber denk nach, Giovanna ist in Rom. Hast du nicht gesagt, dass du sie in deinem Team haben willst? Glaubst du, sie wird hierher ziehen? Ich bin in Rom..." Ich lasse die Worte absichtlich in der Luft hängen.
"Ich würde gerne in der Lage sein, diesen Schritt zu machcn..."
"Was hindert dich daran?"
"Erinnerungen. Ich habe Angst, meine Erinnerungen zu verlieren und mich eines Tages nicht mehr erinnern zu können."
"Erinnerungen sind nicht an einen Ort oder eine Zeit gebunden. Das ist die Schönheit von Erinnerungen, sie begleiten uns, sie brauchen nichts und niemanden. Solange wir existieren, werden sie existieren. Du pflegst zu sagen, dass wir mit den Karten spielen, die das Schicksal für uns gemischt hat, aber wenn es um Erinnerungen geht, kontrollieren wir unser Spiel. In unseren Erinnerungen altern die Menschen nicht, die Worte werden sanfter, die Farben werden vollkommener, weil sie unsere sind und wir mit ihnen machen, was wir wollen. Du wirst die Erinnerungen an Lisa nicht verlieren,

weil du hier oder auf der anderen Seite der Welt lebst. Lisa existiert in deinem Kopf und geht mit dir, wohin du auch gehst, auch nach Rom. Natürlich werden wir neue Erinnerungen schaffen, aber das eine ersetzt nicht das andere."

Ich hätte nie gedacht, dass ich Simone so gern haben könnte, wie ich sie mag. Wenn sie am Ende nicht nach Rom kommen kann, glaube ich, werde ich einen Weg finden müssen, hierher zu kommen, denke ich.

"Du hast recht. Aber erkläre mir, warum du nicht bleiben kannst. Wir könnten in meinem Haus leben..."

Ich unterbreche sie, ich spüre, dass der Moment gekommen ist, die Wahrheit zu sagen. "Simone, es gibt etwas über mich, das du nicht weißt und das die Pläne beeinflusst, die du machst. Es waren verrückte Monate und ich hatte nicht den Mut, sofort zu sprechen. Dann habe ich mich geschämt, es nicht erzählt zu haben, aber jetzt gibt es keine Möglichkeit, es dir nicht zu sagen."

"Du machst mir Angst...", sagt sie, wechselt die Position und nimmt meine Hand in ihre. "Bist du krank?"

"Nein."

"Gibt es eine andere Person? Ist es Francesca?"

"Natürlich nicht, nichts dergleichen. Francesca verehrt dich und ich weiß, dass sie will, dass ich glücklich bin. Ich... bin schwanger!" Ich seufze tief, als wären hundert Kilo von meiner Brust gefallen. "Ich bin schwanger", wiederhole ich mehr zu mir selbst.

Simone sagt nichts, hält meine Hand und sieht mich an, öffnet und schließt den Mund, gibt aber keinen Ton von sich. Schließlich spricht sie: "Du bist schwanger?"

"Ja. Man fängt schon an, es zu sehen." Ich suche Simones andere Hand und lege sie auf meinen Bauch. Ihr Ausdruck ist unbeschreiblich, eine Mischung aus Erstaunen und Rührung, die ihr die Fähigkeit zu sprechen raubt. Es braucht etwas sehr Mächtiges, damit das passiert.
"Das Baby müsste im März zur Welt kommen, deshalb kann ich nicht für das zweite Semester hier bleiben, verstehst du?"
"Wie bist du schwanger geworden?" Simones Augenbrauen heben und senken sich und die Mundwinkel verziehen sich zu einem Ausdruck, der ihre Anstrengung widerspiegelt zu verstehen, was ich gerade erzählt habe.
"Ich habe eine In-vitro-Fertilisation gemacht. Ich habe den Prozess begonnen, als ich noch mit Leo in Mailand war, aber wir sind nicht dazu gekommen, etwas Konkretes zu tun. Danach hatte ich weder die körperlichen noch die psychischen Voraussetzungen. Ich konnte nicht schwanger werden, während ich diese Tabletten nahm, aber ich fühlte mich auch nicht bereit, sie abzusetzen. Es waren Jahre der Therapie, bis schließlich Anfang dieses Jahres der Arzt alle Medikamente absetzte und ich spürte, dass es an der Zeit war, es zu versuchen. Ich fing in Rom ganz von vorne an, machte alle Untersuchungen und drei erfolglose Versuche, bis es Anfang Juli klappte." Ich halte einen Moment inne, um die Position zu wechseln und wieder zu Atem zu kommen. "Aber es scheint, dass der Zufall immer zusammenspielt, um unsere Entscheidungen zu verkomplizieren. In der Woche, nachdem ich erfahren hatte, dass ich schwanger war, tauchte Leo bei mir zu Hause auf. Natürlich hatte das eine nichts mit dem anderen zu tun, aber der Zeitpunkt hätte nicht schlechter sein können. Den Rest kennst du, Leo fing an, mich zu verfolgen, und Giovanna kam mir noch einmal zu Hilfe.

Sie überzeugte mich zu kommen, die Idee war, Leo fernzuhalten, ich blieb bis Januar hier und kehrte erst kurz vor dem Geburtstermin zurück."

Simone hat Tränen im Gesicht. Ich kann nicht genau verstehen, was sie fühlt, aber ihre Augen leuchten intensiv.

"Ich weiß, dass dies 'dein Projekt' ist, aber wenn du zulässt, dass ich Teil davon bin, würde mich nichts glücklicher machen. Ich habe nie daran gedacht, Mutter von irgendjemandem zu sein. Ich weiß nicht, ob Lisa irgendwann Mutter sein wollte, aber die Dinge passierten und diese Hypothese wurde nie aufgestellt. Ich habe viel gelernt, seit ich dich kennengelernt habe, die Frau, die mit Hose und Lederjacke, mit Pilotenbrille und einem Helm unter dem Arm in die Fakultät kam. Die Frau, die alle anschauten, die laut sprach, mit einer sanften italienischen Aussprache, und alle mit ihrer guten Laune ansteckte..."

"Alle außer dich", sage ich und breche die Feierlichkeit, die die Worte schließlich angenommen hatten.

"Ich hasste es, dass du mir gefällst, und ich liebte dich, wie ich nicht wusste, dass ich lieben kann."

Ich nehme sie in meine Arme und umarme sie erneut, diesmal bringe ich sie aus dem Gleichgewicht und lasse sie rückwärts auf den Rasen fallen. Ich lege meinen Körper auf ihren und küsse sie.

Simone erwidert den Kuss, rollt den Körper, bis sie die Hand wieder auf meinen Bauch legen kann.

"Mineralwasser... klar, das ergibt Sinn", sagt sie aus dem Nichts.

EPILOG

1 Jahr später

Simone

"Ich wusste, wir hätten sie nicht Maria nennen sollen", sage ich und lache laut.

"Aber du hast den Namen ausgesucht", erwidert Nicola sofort.

"Alle Marias sind stur, schau, sie ist noch nicht mal ein Jahr alt und zwingt uns, den Bären im ganzen Haus zu suchen. Sie konnte nicht, nur heute, mit dem Pinguin, dem Oktopus oder dem Löwen im Arm schlafen, die alle dort im Bett sind?", beschwere ich mich erschöpft. "Morgen muss ich um neun dort sein. Ich bin nervös..."

"Du? Nervös wegen eines Arbeitstreffens? Das glaube ich nicht...", sagt Nicola und sieht mir in die Augen.

"Die Femme Fatale kann sehr einschüchternd sein, und die Gruppe, die zusammenkam, sieht buchstäblich aus, als käme sie aus einer Politik- oder Wirtschaftszeitschrift. Es ist eine Sammlung von beeindruckenden Figuren."

Ich werfe eines meiner Kissen nach ihr.

"Beschwerst du dich darüber, die Unterstützung derer zu haben, die Entscheidungen treffen? Morgen wirst du einige der Frauen versammelt haben, die viel von dem kontrollieren, was in der Welt passiert."

"Du hast recht..."

"Francesca wird dort sein, sie beschützt dich vor allem Übel und beherrscht die Codes des Milieus. Mach dir keine Sorgen. Ab morgen wird das Projekt offiziell, du wirst Journalisten haben, die Fragen stellen, und alle Augen werden auf dich gerichtet sein. Denk daran, zeige ihnen alles und verbirg, was wirklich wichtig ist", sagt Nicola, die sich als bemerkenswerte Strategin erwiesen hat.

**

Ich komme um acht Uhr abends nach Hause. Es war ein Tag, den ich nie vergessen werde. Ich öffne die Tür mit dem Schlüssel und wundere mich über die Stille. Es ist kein Licht im Wohnzimmer oder in der Küche. Ist etwas passiert? Als ich das Licht anmache, werde ich von einem einstimmigen Schrei überrascht: "Herzlichen Glückwunsch! Du hast es geschafft!" Vor mir stehen Nicola, Carmen, Emily mit Maria im Arm, Magie und Bia. Sie stoßen mit Champagner und Limonade an und kippen die Gläser vor Aufregung fast um.

"Wir schließen uns der Feier an", sagt Carmen und umarmt mich. "Wie fühlt es sich an?"

Carmen

"Wenn es jemand schafft, dann du, Freundin." Ich sage das überzeugt davon, dass Sisi die richtige Person ist, um dieses Projekt zu koordinieren.

"Wie läuft es mit den Arbeiten in eurer Wohnung? Endlich fertig?", stichelt Simone.

Wir sind vor etwa einem Monat in die Wohnung unten gezogen, aber die kleinen Anpassungen hören nicht auf. Simone sagt, wir lebten im Bau. Das stimmt nicht, aber es gibt immer etwas anzupassen. "Komplett fertig! Willst

du einen Einweihungsabend planen?"
"Weißt du, Tante Simone, heute habe ich in der Schule gesagt, dass meine Mutter mit Emily Martínez verheiratet ist. Meine Literaturlehrerin kennt sie. Sie ließ mich versprechen, dass ich Emy überreden würde, dorthin zu gehen, um einige Gedichte vorzutragen. Ich wurde über Nacht zum Star, nur weil ich Emilys Tochter bin... Ich meine, Emily, ich bin nicht wirklich deine Tochter, und du bist nicht alt genug, um meine Mutter zu sein, aber es macht dir doch nichts aus, wenn ich das sage, oder?"
Emily lächelt gerührt, mit Maria im Arm, die trotz all unseres Lärms tief schläft.
"Natürlich nicht, Mag. Du kannst das sagen, wann immer du willst."
"Willst du Maria ins Bett bringen? Sie ist schwer...", fragt Nicola und blickt zu Emily.
"Ich übe", sagt Emily und sieht mich von der Seite an.
"Und die Universität?"
"Sie ist fantastisch, alle sind sehr nett. Ich gewöhne mich an die Sprache, aber abgesehen davon fühle ich mich schon vollständig integriert. Vor ein paar Wochen haben sie herausgefunden, dass ich Ärztin bin. Du ahnst nicht, was für ein Aufruhr das war. Zwischen dem, was ich durch den Preis verdiene, und den Kursen muss ich nicht mal mehr Schichten machen. Das überlasse ich dir, Carmen." Emily kommt zu mir und drückt ihre Lippen auf meine und gibt mir einen Kuss.
"Ich mache auch keine Schichten mehr, erinnerst du dich? Jetzt bin ich klinische Beraterin der Direktion, Senior... Vielleicht sollte das Wort 'erfahren' sein, aber das klingt nicht gut. Deshalb bleiben wir bei 'Senior', mit

viel Erfahrung", ich lache laut und stecke alle an. "Nicola, wie geht es Giovanna? Simone hat mir gesagt, dass die Mission ein Erfolg war."

Nicola

"Stimmt! Manchmal denke ich darüber nach, wie gefährlich diese Arbeit sein kann, und ich fühle mich schuldig, hier mit meinen Kursen, meinen Projekten zu sein." Gleichzeitig lächle ich, wenn ich daran denke, wie sehr ich das mag, was ich tue. "Gio hat gestern geschrieben. Hört euch das an...", sage ich und fange an, laut vorzulesen:

"Liebe Nico,

wie geht es dir? Ich habe gehört, dass Maria einen Bruder bekommen wird, stimmt das? Was hast du mit der Simone gemacht, die ich kenne? Herzlichen Glückwunsch! Du ahnst nicht, wie glücklich ich für euch bin.

Ich möchte dir erzählen, was hier passiert, aber ich weiß nicht mal, wo ich anfangen soll. Diesmal war ich es, die versprochen hat zu schreiben, und hier kommt es... Ich weiß, dass fast sechs Wochen seit meiner letzten E-Mail vergangen sind, aber hier hat alles einen anderen Rhythmus.

Ich habe mit vielen Leuten gesprochen. In den ersten Tagen waren alle total verschlossen und misstrauisch. Nach und nach gewann ich das Vertrauen einer Frau. Ich könnte dir sagen, dass sie so etwas wie die Verantwortliche für die Organisation der Gemeinschaft ist. Die Mädchen gehen nur bis zum zwölften Lebensjahr zur Schule. Danach bereiten sie sich darauf vor zu heiraten und eine Familie zu gründen. Bis hierhin nichts Neues, das wussten wir schon. Aber was mich am meisten überraschte, als ich mit dieser Frau sprach, war die Erkenntnis, dass wir nicht die richtigen Fragen stellten. Ausgestattet mit dem Kolonisatorengeist, der uns laut ihr auszeichnet, gingen wir davon aus zu wissen, was richtig und was falsch ist, ohne uns selbst zu hinterfragen... Nach diesem sehr schwierigen Gespräch, bei dem ich dachte, meine Mission sei komplett gescheitert, folgten Tage der Entdeckung. In diesem kleinen Dorf gibt es eine Art Schule für die Mädchen. Sie ist nicht perfekt, weit davon entfernt, aber es ist ein erster Schritt. Als ich zustimmte, mich hinzusetzen und zuzuhören, war das der entscheidende Moment, um endlich unseren Zweck erklären zu können. Ich wurde informiert, dass es eine Gruppe von zehn Mädchen gibt, einige schon Frauen, die bereit wären, und du kannst glauben, dass sie es sind, ihr Studium an einer Universität fortzusetzen. Sie haben die Unterstützung einiger Familienmitglieder, stoßen aber auf den totalen Widerstand des Staates. Es ging darum, sie aus medizinischen Gründen herauszuholen und einen Weg zu finden, die Situation zu legalisieren, wenn sie dort ankommen.

Carmen war unermüdlich. Ich nehme an, sie hat nichts gesagt, weil sie um absolute Verschwiegenheit gebeten wurde.

Ich habe ein junges Mädchen entdeckt, das hier lebt und Französisch kann, und ein anderes, das im Ausland war, in England, und fließend Englisch sprechend zurückkam. Beide stimmten zu,

Unterricht zu geben. Ich habe die Unterstützung einer Familie von lokalen Händlern, die sichere Räume finden, damit jeden Tag Unterricht stattfinden kann.

Es ist großartig! Ich bin froh, dass ich es geschafft habe, es war einer der schwierigen Orte...

Wie du einmal in einer deiner E-Mails gesagt hast: 'Wir haben vereinbart, immer die Wahrheit zu sagen, egal wie schwierig sie auch sein mag'... Und die Wahrheit ist, dass ich mich verliebt habe! Ich habe mich in die Frau verliebt, von der ich dir erzählt habe. Aisha. Sie ist ungefähr in meinem Alter, hat eine dunkle Haut, so glatt, so weich, dass sie wie Samt wirkt, riesige Augen und ein Lächeln, das ihr ganzes Gesicht einnimmt. Sie hat nie geheiratet und nie Kinder bekommen. Ich weiß nicht, wie sie das geschafft hat, aber sie wurde immer respektiert. Vielleicht wegen ihrer einzigartigen Intelligenz, vielleicht weil sie das Glück auf ihrer Seite hatte, obwohl alle Karten gegen sie standen. In einer der Nächte, in denen wir uns unterhielten, konnte ich nicht widerstehen und küsste sie...

Ich weiß schon, du schüttelst bereits den Kopf und sagst 'Das sieht dir gar nicht ähnlich... Wenn es Francesca wäre...'. Nun, auch ich habe meine Momente. Vielleicht will Simone dir eines Tages einige Geschichten erzählen... Frag sie danach.

Um zu Aisha zurückzukommen, sie ist nicht von dort. Sie kam vor vielen Jahren aus der Hauptstadt und blieb schließlich. Sie fing an, sich abzuwenden, bis zu dem Punkt, dass sie tagelang nicht mehr mit mir sprach. Aber eins wusste ich mit Sicherheit: Mein Kuss wurde erwidert.

An dem Tag, an dem die jungen Frauen in einem Van abfuhren, der sie zum Flughafen und von dort nach Italien bringen sollte, sprach Aisha wieder mit mir. Wir feierten in ihrem Wohnzimmer, mit Tee und einem besonderen Abendessen. Was schüchtern und zurückhaltend begann, endete in einer Nacht der Leidenschaft. Ich spare mir die Details für ein andermal... Aber ich wusste sofort, dass ich mich verliebt hatte. Mehr noch, ich hatte die Gewissheit, dass meine Gefühle erwidert wurden.

Nachdem mir bewusst geworden war, was da passierte, und nachdem ich diese Phase meiner Mission dort beendet hatte, konnte ich nicht weitermachen. Es waren schwierige, fast unmögliche Tage... Nichts ergab mehr Sinn, wissend, dass ich in wenigen Tagen abreisen und Aisha zurückbleiben würde.

Sie hat einen anderen Geist, spart Kräfte und wählt ihre Kämpfe aus. Eines Tages rief sie mich an und zeigte mir eine E-Mail auf ihrem Handy. Es war eine Anfrage einer internationalen Menschenrechtsorganisation, die sie für ein Jahr für die Delegation in Paris für eine nicht näher bezeichnete Mission anforderte. An diesem Tag erfuhr ich, dass wir nicht die einzigen sind, die im Namen dieser Sache kämpfen. Still und anonym ist Aisha Teil einer dieser Gruppen.

Ich schreibe vom Flughafen aus. Wir sind in Dubai und warten auf den Anschlussflug nach Paris, wo wir in ein paar Stunden sein werden... Ich erinnere mich daran, dass Simone sagte: 'Das Leben ist ein Spiel. Ein Spiel, bei dem das Schicksal mischt, austeilt, und es an uns liegt zu entscheiden, was wir mit dem Glück machen, das uns zuteilwurde'. Ich habe entdeckt, dass wir, wenn das Spiel nichts als unmöglich ist und alle Alternativen zu einem angekündigten Tod zu führen scheinen, dennoch einen Unterschied machen können, und manchmal, nur manchmal, halten wir am Ende ein Gewinnerblatt in den Händen."

[ende]

Index

Über die Autorin

Maggy McAndrew ist Ärztin, Mutter von fünf Kindern und eine leidenschaftliche Schriftstellerin mit Sitz in Lissabon. Mit einem vielfältigen Portfolio, das wissenschaftliche Publikationen und fesselnde fiktionale Werke umfasst, liegt Maggies eigentliche Liebe in der Erschaffung von bewegenden lesbischen Liebesromanen. Aufbauend auf ihrer umfangreichen Erfahrung im medizinischen Bereich und im akademischen Umfeld, verwebt sie geschickt "Ausschnitte aus dem Alltag" mit den Komplexitäten der Krankenhaus- und Universitätsdynamik.

Maggies einzigartige Perspektive und ihr scharfes Verständnis für menschliche Beziehungen ermöglichen es ihr, authentische und emotional berührende Geschichten zu schaffen, die die Freuden, Herausforderungen und Triumphe von Frauen zeigen, die Frauen lieben. Ihre Romane bieten eine kraftvolle und kompromisslose Darstellung der lesbischen Liebe in all ihren Facetten.

Um mit Maggy in Kontakt zu bleiben und exklusive Angebote, kostenlose Auszüge aus ihren kommenden Werken und die neuesten Nachrichten über ihre Reise als Schriftstellerin zu erhalten, schreiben Sie bitte an maggy.mcandrew@gmail.com.

Maggy freut sich über die Gelegenheit, mit ihren Lesern zu interagieren, und ist dankbar für jegliche Kommentare, Rückmeldungen oder Fragen, die Sie haben könnten.

@maggymcandrew

Beschreibung der Sphären-Serie

Die Sphären-Reihe umfasst eine Sammlung von lesbischen Liebesromanen voller Erotik und Leidenschaft, erzählt in portugiesischer Sprache, mit eigenständigen Geschichten, die in der Gegenwart spielen und die Realität verschiedener lesbischer Frauen in ihrem Arbeitsumfeld beschreiben, sei es im medizinischen oder universitären Kontext.

Das verbindende Element dieser Geschichten ist die Existenz der "Sphäre".

Die "Sphäre" ist eine Organisation, die von Frauen, meist Lesben, aus ganz Europa gegründet wurde. Sie wurde in den 1920er Jahren in Frankreich von einer Amerikanerin ins Leben gerufen, die während ihres Aufenthalts in Paris eine Gruppe von prominenten Frauen aus verschiedenen Bereichen der Kunst und Wissenschaft um sich scharte. Die Frauen trafen sich, um berufliche Angelegenheiten zu diskutieren, sich zu unterhalten oder in einigen Fällen, um Beziehungen an einem sicheren Ort zu pflegen. Das Geheimnis der Gruppe wurde gewahrt durch die Notwendigkeit jedes einzelnen Mitglieds , die eigene Identität zu schützen. Im Laufe der Zeit wuchs die Gruppe und schloss bemerkenswerte Frauen aus verschiedenen Bereichen ein, insbesondere viele Frauen in Machtpositionen, sowohl wirtschaftlich als auch politisch. Die Mitglieder der Gruppe unterstützen sich gegenseitig, tauschen Einfluss aus und verfolgen weiterhin das ursprüngliche Ziel, sichere Räume für lesbische Frauen zu schaffen.